GUSTAV BECKER
Kothingbuchbach 1
8261 PLEISKIRCHEN
Tel. 08635 / 260

Klaus Wittmann

ALLES IN BUTTER – ODER WAS?

Klaus Wittmann

ALLES IN BUTTER – ODER WAS?

Eine Geschichte um Milch und Macht

Nachwort von Wilhelm Schmid

Ledermann Verlag

Alles in Butter – oder was?
Eine Geschichte um Milch und Macht
Autor: Klaus Wittmann
Nachwort: Wilhelm Schmid
Fotos: Daniel Biskup, Daniel Hintersteiner, Klaus
Wittmann, privat
Satz: Ledermann Verlagsgesellschaft mbH.

Copyright © 1992: Ledermann Verlagsges. mbH.
8939 Bad Wörishofen

Alle Rechte der Verbreitung, Übersetzung, auch die
Verwendung durch Film, Funk, Fernsehen,
fotomechanische Wiedergabe, Tonträger jeglicher Art und
auszugsweisen Nachdruck nur mit Genehmigung des
Verlags.

Printed in Germany

ISBN: 3-88747-010-4

INHALTSVERZEICHNIS

Einleitung: **ÄRMEL HOCHKREMPELN UND DURCH**
Müller-Milch – Das Bild einer Erfolgsmolkerei 9

Kapitel 1: **IM EILTEMPO**
Vom Dorfjungen zum Milchbaron 12

Kapitel 2: **DER GRÜSST NICHT MEHR**
Müller und die kleinen Leute 24

Kapitel 3: **SAFTIGE WIESEN IM WINTER**
Das Allgäu nach Hollywood verlegt 31

Kapitel 4: **IMMER GEGEN DIE GROSSEN**
„Grundwasserdiebstahl" mit Rückendeckung des Landrats 39

Kapitel 5: **ABER BITTE MIT SAHNE**
Millionen-Zuschuß für die eigene Kläranlage 56

Kapitel 6: **MILCHMAGIE**
Die verzauberten Drinks 73

Kapitel 7: **WEN KÜMMERT'S?**
Eine Großmolkerei als Schwarzbau 95

Kapitel 8: **IN MÜLLERS TONNE**
Mit Steckbrief und Strafanzeige gegen schärfsten Kritiker 115

Kapitel 9: **BECHER-POKER**
Millionen-Klage als Druckmittel 130

Kapitel 10: **EIN WENIG SÜSS**
Gefährliche Dämpfe auf dem Dach 136

Kapitel 11: **„RÄUM DAS ZEUG WEG!"**
Millionen-Zuschuß und Massenentlassungen in Ostdeutschland .. 145

Kapitel 12: **IMMER DIE ANDEREN**
Warum bleibt Müller stur? 183

Nachwort: **MILCH UND MACHT**
von Wilhelm Schmid 186

DOKUMENTATION: Abdruck des Protokolls des sächsischen
Landtages über die Zukunft der milchverarbeitenden Betriebe 191

Einleitung

ÄRMEL HOCHKREMPELN UND DURCH

Müller-Milch - das Bild einer Erfolgs-Molkerei

In einer Münchner Straßenbahn sitzt er, direkt eingeflogen aus Dallas. Doch er hält nicht etwa ein Whisky-Glas in der Hand, sondern - richtig, einen Joghurtbecher. Dallas-Ekel J.R. Ewing ist umgestiegen auf Müller-Milch-Joghurt. Und Theobald Müller, Deutschlands erfolgreichster Molkereimeister, der J.R. als neues Mitglied in der großen Müller-Werbefamilie begrüßt, steht einmal mehr im Rampenlicht.

Aber schon einige Monate zuvor, staunten die Menschen in der 270-Seelen-Gemeinde Aretsried, im Erholungsgebiet „Stauden", nicht schlecht, als Tennis-Idol Boris Becker, zwei Tage nach seinem Davis-Cup-Sieg in München, in der Molkerei aufkreuzte. Boris Becker, hier bei ihnen, ein schlagzeilenträchtiger Auftritt! Der Molkereimeister hatte nach Gerd Müller, der Fußballnationalmannschaft und Schalke 04, auch noch Boris Becker für seine aufwendigen Werbekampagnen engagiert.

Die Müller-Werbung vermittelt das Bild einer dynamischen, jungen Erfolgsmolkerei. Es ist ein makelloses Bild und es ist nichts zu sehen davon, wie Müller-Milch das Ortsbild von Aretsried verändert hat. Es ist nichts zu sehen von Fischsterben in der nahen Schmutter, wo die Fische in übergelaufener Sahne elend ersticken. Es steht auch nicht auf den Firmengebäuden, daß viele davon Schwarzbauten sind. Die Müller-Werbung läßt auch nichts ahnen von dem riesigen Plastikmüllberg, den die Erfolgsmolkerei Jahr für Jahr produziert, läßt nichts ahnen von der „Recycling-Lüge" und dem „Pfand-Trick" des Milchbarons. Aber vor geraumer Zeit mischten sich in die PR-Gags dann auch Meldungen über Verstöße der Molkerei, die mich aufhorchen ließen.

Einmal wird im Zuge eines großangekündigten Pilotprojekts Staatssekretär Wolfgang Gröbl aus Bonn per Hubschrauber ins kleine Aichach, wo Müller-Milch angeblich ein neuartiges Recycling-Verfahren startet, eingeflogen. Doch dann wird es mit einem Mal verdächtig still um dieses Recycling und man hört dafür, daß Sahne in Unmengen ausgelaufen ist. Aber nur bruchstückhaft dringen Informationen durch. Bis schließlich der Abgeordnete Raimund Kamm von den bayerischen Grünen mit der sensationellen Meldung aufwartet, Müller-Milch habe im großen Stil zigmillionen Liter Grundwasser geklaut. Sollte es doch einige dunkle Flecken auf der weißen Weste des erfolgreichen Milchmannes Theobald Müller geben?

Als die Firma auch noch eine sechsseitige PR-Beilage in der Regionalzeitung beilegen läßt und darin kräftig auftrumpft, ist meine Neugier endgültig erwacht. Gibt es nur die Schokoladenseite des Milch-Imperiums oder gibt es auch eine Schattenseite? Nutzt hier nur ein Unternehmen vorhandene Gesetzeslücken geschickt aus, und vielleicht auch eine gewisse Nachlässigkeit der Behörden? Oder hat ein allzu erfolgsverwöhnter Unternehmer schlicht und einfach übersehen, daß es ab einer gewissen Größenordnung nicht mehr getan ist mit „Ärmel hochkrempeln und durch"? Schließlich hatte es ja lange Zeit in keiner Weise als anrüchig gegolten, Normen und Bestimmungen geschickt zu umgehen und daraus kräftig Vorteile zu schlagen.

Bewunderung und Skepsis - beides spüre ich, und den Drang, über Müller-Milch endlich etwas mehr zu erfahren. Also entschließe ich mich, mir die Großmolkerei und das Drumherum einmal genauer anzusehen. Nachdem umfangreiches Archivmaterial gesichtet ist, mache ich mich auf den Weg nach Aretsried.

Tausche Whisky gegen Joghurt

Die Firmengeschichte – Kapitel 1

IM EILTEMPO

Vom Dorfjungen zum Milchbaron

Wer heute den Berg nach Aretsried hochfährt, der sieht zunächst einmal - noch vor dem Ortsschild - den Müller-Wegweiser zu den verschiedenen Firmenbereichen, er sieht hinter der Bergkuppe zwischen den Kühltürmen ein Stück vom schlanken Kirchturm, und er sieht ein großes Gebäude, das einer Flugzeughalle gleicht. Es ist das neue Becherwerk II, das hier, nur 20 Meter entfernt vom nächsten Bauernhof, in kürzester Zeit aus dem Boden gestampft wurde. In dem kleinen Dorf inmitten des „Naturparks Augsburg Westliche Wälder"

Die Ortseinfahrt

dominiert die Großmolkerei längst das Ortsbild. Wo man hinsieht, man sieht nur Müller-Milch. Ein großes Werbeplakat am Hauptgebäude der Molkerei zeigt den teuersten der Müller-Werbe-Stars: Boris Becker.

Aretsried hat nicht immer so ausgesehen wie heute. Noch vor zwanzig Jahren war das Dorf ein Ort wie viele im Großraum Augsburg. Rund um die Hügel von Aretsried gab es nur Felder und Wiesen, die kleinen Häuser und die Bauernhöfe hatten etwas Gemütliches, Verträumtes. In die Kirchenglocken mischte sich gelegentlich das Klappern von Milchkannen, wenn die Bauern ihre Milch in die kleine Vier-Mann-Molkerei von Alois Müller in der Ortsmitte brachten. Doch die Dorfmolkerei, in der die Milch zu Butter und Käse verarbeitet wurde, warf nicht sonderlich viel ab. Theo Müllers Eltern wollten die Molkerei aufgeben, hatten sie sogar schon verpachtet. Doch als der neue Pächter tödlich verunglückte, übernahm Anfang der 70er Jahre Theobald Müller den Betrieb des Vaters.

Theo Müller erkannte, daß mit Buttermilch gut Geld verdienen ist und er begann, sich auf Sauermilchprodukte zu spezialisieren. Mit einem neuen Verfahren gelang es ihm, Buttermilch drei Wochen haltbar zu machen. Die Voraussetzung für eine bundesweite Vermarktung war geschaffen. „Müller's Reine Buttermilch" schlug beim Verbraucher ein und es dauerte gerade vier Jahre, da startete Theobald Müller einen aufsehenerregenden Coup: der geschäftstüchtige Schwabe stieg in die Fernsehwerbung ein. Äußerst ungewöhnlich für einen 20-Mann-Betrieb. Eine Kuh muhte „Müller" von den Bildschirmen. Das war für die Molkerei der Durchbruch. Die Kuh, die Müller sagt, hieß es damals in einer PR-Veröffentlichung der Firma, soll zu einem Symbol für die Erzeugnisse der Molkerei Müller ausgebaut werden, soll die hochwertigen Qualitätsprodukte charakterisieren, die in so kurzer Zeit einen beispiellosen Siegeszug angetreten haben. Das war 1974 und schon damals bezeichnete sich die Molkerei selbst als Deutschlands Nummer eins als Buttermilch-Hersteller. Erst elf Jahre später kam Müller-Milch mit dieser Buttermilch ins Gerede, beim sogenannten Buttermilch-Skandal (siehe Kapitel „Milchmagie").

Doch zurück zu Müller's Erfolgskurve. Schon 1980 beschäftigte die Molkerei 100 Mitarbeiter, neun Jahre später waren es bereits 500 und heute sind es über 1.000. Möglich wurde dies durch eine rasant steigende Produktion. Eine perfekte Maschinerie ließ die Produktionszahlen in astronomische Höhen schnellen. Selbst scharfe Konkurrenten bewunderten die sinnvolle Anordnung der Müller'schen Produktionsanlagen. Wurden 1985 jährlich noch 300 Millionen Becher Müller-Produkte verkauft, so waren es 1990 schon deutlich über 700 Millionen Becher. Ein Wachstum wie im Bilderbuch, eine Karriere, die jede amerikanische Tellerwäscher-Saga in den Schatten stellt.

Unvorstellbare Mengen von Plastikbechern jagen durch die beiden Becherwerke, bis zu sechs Millionen am Tag, wenn's nötig ist. 210.000.000 Liter Milch schießen jährlich durch Müller's Produktionsdüsen. Längst muß mehr als die Hälfte der Milch zugekauft

Die Molkerei Alois Müller 1951

werden, bis aus Belgien und Holland. Und trotzdem sind es fast eintausend Milchbauern, die Theo Müller täglich ihre Milch liefern, jeder Betrieb im Schnitt 97.000 Liter. Müller hat immer wieder versucht, von der mit ihm konkurrierenden Genossenschaft Bauern abzuwerben. Er bot den Bauern einen Pfennig mehr pro Liter Milch und dazu ein saftiges Handgeld, nicht selten 10.000 Mark und mehr. Trotzdem haben die meisten Bauern allen Versuchungen mit Handgeld und Prämien widerstanden und der Genossenschaft die Treue gehalten. Weil sie fürchteten, eines Tages gehörig „gedrückt" zu werden, wenn es die Genossenschaft nicht mehr geben sollte.

Die Produktionszahlen stiegen, alljährlich waren zweistellige Zuwachsraten zu verzeichnen - gehörig gepuscht durch eine raffinierte Werbung. Wesentlich mit dazu beigetragen hat sicherlich die finanziell sehr großzügig ausgestattete Produktentwicklung bei Müller. Neue Müller-Milch-Spezialitäten werden in der als Technikum bezeichneten Abteilung kreiert. Eigentlich besteht das Technikum aus zwei Experimentierküchen, die von der übrigen Produktion völlig getrennt sind. Hier werden immer neue Frischmilcherzeugnisse zur Serienreife gebracht. Müller selbst berichtet stolz, daß diese Abteilung aus dem Vollen schöpfen kann. Die zwei Teams von Produktentwicklern sollen die Kreativität untereinander fördern, ein Wettbewerb um die besseren Ideen im eigenen Hause.

Müller hat es immer verstanden, die richtigen Mitarbeiter an die richtige Stelle in der Firma zu setzen. Sein Mit-Geschäftsführer Gerhard Schützner beispielsweise, von dem viele sagen, er hätte in der Firma das Sagen, ist schon rund fünfzehn Jahre bei Müller. Er ist für die Produktentwicklung ebenso zuständig wie für den Absatz und er ist präsent, wenn es Ungewöhnliches bei Müller gibt - Werbeaufnahmen mit Boris Becker in Hollywood beispielsweise. Theo Müller liebt Manager, die sein Denken kennen, die nicht erst großartig Anweisungen von ihm brauchen. Er ist der Herr im Haus, doch seine Verantwortlichen müssen wissen, wie er denkt. Dem *Manager Magazin* hat Gerhard Schützner verraten, daß Theo Müller ihm in all den Jahren in Aretsried „keine einzige Anweisung gegeben" hat.

Theo Müller, der leidenschaftliche Rennradfahrer und Jogger, der darüberhinaus auch das Kegeln nicht verachtet und sogar Geige und Posaune spielt, der nur äußerst ungern über Persönliches spricht, liebt die Eigeninitiative seiner Führungsmannschaft. Der technische Leiter seines Werkes, der ehemalige Schiffsingenieur Günter Meyer, weiß das. Als 1982 der Produzent der Müller-Plastikbecher ohne ersichtlichen Grund die Preise um fünfzehn Prozent anhob, schlug Meyer seinem Chef vor, doch künftig die Becher selbst zu produzieren. Müller ließ Meyer machen und der bestellte zwei Monate später - rechtzeitig zum Auslaufen des Investitionshilfegesetzes - bereits die Maschinen, die schon ein Jahr später produzierten (*Manager Magazin*). Daß diese geniale Eigeninitiative allerdings eine Reihe folgenschwerer „Schönheitsfehler" nach sich zog, man bei Müller versäumte, die Genehmigungsbescheide zu beachten, das sollte erst ein

Idylle in Aretsried

knappes Jahrzehnt später einer breiteren Öffentlichkeit bekannt werden.

Selbermachen ist ganz offensichtlich das Motto des Milchbarons, der sein Privatleben nach außen abschottet, der außerdem den Kontakt mit den „ganz normalen Leuten" wenig zu lieben scheint. Der Vater von sieben Kindern, der gutes Essen ebenso schätzt wie die Initiative seiner Mitarbeiter, reagiert allergisch darauf, wenn an seiner Macht gekratzt werden soll, berichten Leute, die mit ihm zu tun haben. Die Gemeinde Fischach und nicht nur sie, läßt er deutlich wissen, wer seiner Ansicht nach das Sagen hat. Wer zahlt, schafft an!

Bei Müller werden alljährlich neue Produkte mit gigantischen Werbefeldzügen in den Markt eingeführt. Vertrieben werden sie durch die eigene Spedition „Culina". Die aus über hundert LKW-Zügen bestehende Culina-Flotte hat natürlich, wie die meisten Firmenbereiche bei Müller, einen eigenen Geschäftsführer. Und sie hat neben dem Stammsitz Aretsried noch drei Niederlassungen im Bundesgebiet: in Mannheim, Paderborn und Bischofswerda/Sachsen. Müller ist stolz auf die enormen Leistungen der Spedition. Mehr als zwanzig Millionen Jahreskilometer haben die Culina-Brummis 1990 zurückgelegt. Dabei wurden sechs Millionen Liter Dieselkraftstoff verbraucht. Das Unternehmen spricht bei einem Spritverbrauch von 38 Litern auf 100 Kilometer von einem sparsamen Kraftstoffeinsatz. Doch die Verkehrs- und Umweltbelastung ist enorm, wenn täglich Milchlastzüge aus Holland, Belgien und Italien die Milch anfahren, die dann als Fertigprodukte wieder in die ganze Bundesrepublik gefahren werden. Über 420.000 Paletten mit Milchfrisch-Getränken hat Müller 1990 produziert. Um diese Menge zu vertreiben, mußten 12.500 Lastzüge beladen und auf den Weg gebracht werden. Für die Daimler Benz AG ist der Müller-Fuhrpark ein lukratives Geschäft, denn die über hundert LKW-Züge sind ausschließlich Mercedes-Fahrzeuge. In die werden übrigens nicht nur Müller-Produkte gepackt, sondern die Spedition befördert auch andere Güter, meist Lebensmittel, und verringert damit die Leerfahrten.

Mit den Produktionszahlen wuchs auch die Molkerei, wucherte sie immer mehr in den Ort Aretsried hinein. Sie wuchs so sehr, daß ein alter Bauer allenthalben Zustimmung hört, wenn er sagt: „Aretsried, das ist doch längst Müller-Ried - und zwar in jeder Hinsicht". Seinen Namen freilich will er unter keinen Umständen genannt wissen. „Meine Jungen arbeiten schließlich da drin". Der Bauer ist der erste von vielen Dorfbewohnern, die ich zu Müller und seiner Molkerei befrage. Und so wie bei ihm soll es mir noch häufig ergehen in Aretsried. Erzählen tun sie viel über den Theo Müller, der einen so unglaublichen Aufstieg hinter sich hat, der jedoch „alles kauft, was er will". Aber hinstellen, hinstellen und sagen was Sache ist, will sich keiner. Zu mächtig, sagen sie, sei der Unternehmer, zu groß sein Einfluß. Und außerdem zaudere der nicht lange, wenn es gelte, durch seine Rechtsanwälte und drohende Gerichtsverfahren unliebsame Kritiker einzuschüchtern.

Fährt 20 Millionen Kilometer jährlich – die Culina-Flotte. Spritverbrauch: 6 Millionen Liter im Jahr

Werde ich zu neugierig, dann wird ganz schnell abgeschwächt. „Das hat ja alles auch seine positiven Seiten", sagen sie. Den alten Bauern frage ich, welche das denn seien. „Die Arbeitsplätze und der günstige Fabrikverkauf falsch etikettierter Waren", meint er. Aber dann schränkt er selbst wieder ein, daß aus dem Dorf wohl nicht mehr als zehn, fünfzehn Leute beim Müller schaffen. Aber „zu den Vereinen am Ort ist Müller oft recht großzügig", versichert der Mann. Selbst für die Kirche habe er hunderttausend Mark gespendet, als der Putz ganz abgebröckelt war, obwohl er doch selbst wegen der hohen Kirchensteuer schon längst aus der Kirche ausgetreten ist. Diese Spende hat allerdings noch einen anderen, einen ganz profanen Grund, wie man in Aretsried erzählt. Für das erste Becherwerk benötigte die Molkerei ein Teilgrundstück der Kirchenstiftung. Diese wiederum ist bekannt dafür, daß sie nur äußerst selten Teile ihres Grundbesitzes verkauft. Doch für Müller Milch gab es eine Ausnahme.

Es gibt aber auch in Aretsried Menschen, die sich offensichtlich von niemandem einschüchtern lassen, die offen sagen, was sie denken. Einer von ihnen ist der Landwirt Fridolin Ringler. Er ist stinksauer auf Müller-Milch. Nur zwanzig Meter neben seinem Anwesen hat die Molkerei das große Becherwerk II errichten lassen. Ringler schimpft über den „elenden Gestank aus diesem lärmenden Becherwerk, das bloß dann leise ist, wenn einer sich mal wieder beschwert und die Polizei oder das Landratsamt zum Kontrollieren kommt". Eine Zumutung sei das. Für Ringlers Frau ist der Gestank aus den Becherwerken jedoch noch mehr als eine Zumutung. Sie, die früher nie Kopfschmerzen hatte, sagt, daß es durch diesen Gestank oft so schlimm sei, daß sie zwei, drei Tage gar nicht arbeiten könne. Wally und Fridolin Ringler kritisieren jedoch nicht nur die ihres Erachtens extrem starke Geruchsbelästigung, sondern auch die Kühltürme, die das Ortsbild verschandeln würden und mit ihren lauten Rührwerken zusätzlichen Lärm erzeugen. Aber am schlimmsten sei das mit den ungezählten LKW's jeden Tag, mit der Milchanlieferung mitten im Ort. „Das ist doch nichts als Geschwätz, wenn der Müller behauptet, durch die neue Umgehungsstraße würde der Verkehr aus dem Ort herausgehalten", sagt der Bauer. Elisabeth Wiedemann, ebenfalls eine Nachbarin der Molkerei, stimmt dem zu: „Wir gönnen ja dem Herrn Müller seinen Erfolg. Aber der soll uns doch auch ein wenig mitleben lassen".

„Also zu den ganzen Anschuldigungen, da möchte ich einmal sagen, es gibt den sogenannten Neidfaktor", kontert der Pressechef des Unternehmens, Herbert Wirths, als ich ihn mit den Vorwürfen und den Klagen der Leute im Dorf konfrontiere. „Kommen Sie mal mit, kommen Sie. Jetzt gehen wir mal vor das Werk und machen die Tür zu. Hören Sie da was vom Becherwerk? Nein, Sie hören nichts. Jeder PKW, der hier mit 50 durchfährt, ist wesentlich lauter. Und wir, wir stehen nur einen Meter von der Tür weg". Herbert Wirths ist aufgebracht. Im Eiltempo hetzen wir durch den Betrieb, raus aus dem Betrieb, rein in den Betrieb.

Ganz im Zeichen der Milchfabrik

Drinnen im Werk ist ein Höllenlärm. Nur schwer ist bei den ungezählten Bechermaschinen und Abfüllanlagen zu verstehen, was der Pressesprecher sagt, zumal er schon wieder weitereilt, kaum daß wir einen Moment stehen bleiben. „Ich meine, Herr Wittmann, wir wollen immer ehrlich zueinander sein. Überall dort, wo gearbeitet wird, fällt Lärm an. Die Frage ist, wieviel". Die Maschinen dröhnen. Die Mitarbeiter müssen Ohrenschützer tragen. Als wir im Treppenhaus sind, sagt Herbert Wirths: „Wenn ich jetzt, wie hier im Treppenhaus, eine Tür öffne, ist's ein bißchen lauter. Aber nach außen haben wir noch Lärmschutzfenster und eine dicke Betonmauer".

Dann stehen wir erneut vor dem Betriebsgelände: „Wir haben schon vor Jahren eine Umgehungsstraße gebaut. Wir haben es damit geschafft, daß der LKW-Verkehr auf vielleicht 20 Prozent reduziert wurde, trotz unserer ungeheuren Expansion. In das Dorf fahren ja nur noch Milchlastzüge, die LKW's mit Ware werden oben im Gewerbegebiet beladen. Die kommen überhaupt nicht mehr ins Dorf". Dann erklärt der Pressesprecher: „Es kommt noch etwas Restlärm durch, aber 10 Meter vom Betrieb weg hören Sie nichts mehr". Wirths sagt tatsächlich „Restlärm". Das klingt so, als sei dieser Lärm einfach zu vernachlässigen. Ein großgewachsener, gut gekleideter Herr im mittleren Alter kommt eiligen Schrittes heran, will ins Werk. Er sieht mein Mikrophon und bleibt stehen. Er stellt sich nicht vor, weiß aber scheinbar sofort, worum es geht und schaltet sich in das Gespräch ein: „Sehen Sie, da war früher eine Milchannahme, wo die Bauern mit ihren Milchkannen kamen. Wenn Sie sich das mal angehört haben. Das hat wesentlich mehr geklappert als das Werk. Das war starker Lärm. Heute haben wir, abgesehen von den Pkw's, die hier ringsherum fahren, wesentlich weniger Lärm".

„Arbeiten Sie hier im Werk", frage ich den großen Herrn mit der exakten Kenntnis von Milchkannenlärm und Produktionsgeräuschen. „Ja. Aber das ist so, wie ich Ihnen sage". Dann läßt er uns einfach stehen und verschwindet in der Firma. Wer ist das? Ein Aretsrieder

Bürger? Wenig später sehe ich ihn kurz auf dem Gang der Chefetage wieder. Ein Bauer, mit dem ich später noch spreche, sagt mir, „ich hab' schon gesehen, daß der Schwiegersohn vom Chef auf Sie eingeredet hat. Gell, das ist alles gar nicht so schlimm bei uns!"

Dann spreche ich Herbert Wirths auf das Thema Baugenehmigungen an. Noch liegen mir nicht die Informationen vor, die ich ein viertel Jahr später bekommen sollte. Aber auf das Gerücht hin, es würde wohl nicht immer mit rechten Dingen zugehen, was Baugenehmigungen angehe, will ich wissen, ob Müller-Milch tatsächlich einfach baut, ohne die erforderlichen Genehmigungen abzuwarten. „Nein, das ist nicht der Fall. Diese Vorwürfe können entkräftet werden. Es ist bei den Baugenehmigungen so, daß es teilweise vorläufige Baugenehmigungen gibt, die nützt man natürlich aus, aber das heißt im Klartext, das ist eine Ausnutzung einer vorhandenen Rechtslage".

Die Kirche im Dorf

Ist das alles tatsächlich nur eine Ausnützung der Rechtslage, also völlig in Ordnung? Ich frage nach: „Ist nun ohne Baugenehmigung gebaut worden oder nicht?"

„Es ist nicht richtig. Diese Vorwürfe bestehen, aber da ist nichts dran", sagt der Pressesprecher, der dann gleich von sich aus auf die während des schnellen Rundgangs gestellte Frage nach der Geruchsbelästigung zurückkommt. „Ich möchte mal sagen, daß die Belästigung durch die Jauche wesentlich höher ist. Ich hatte ja vorhin schon gesagt, es gibt einen gewissen Neidfaktor".

Ist das die Erklärung? Sind die Menschen in Aretsried alle nur neidisch auf Theobald Müller?

Kapitel 2

DER GRÜSST NICHT MEHR

Müller und die kleinen Leute

Im Mai 1990 war es mit der Geduld von drei Dorfbewohnern in Aretsried endgültig vorbei. Sie faßten ihre Klagen über Lärm- und Luftbelastung durch die Molkerei Müller in einer Petition an den Bayerischen Landtag zusammen, wehrten sich darin gegen den Gestank und Lärm, den starken LKW-Verkehr und den Müllereigenen Umgang mit Meßtrupps. Einer der Petenten freilich war schon recht schnell wieder abgesprungen und aus Aretsried weggezogen. Über ein Jahr lang blieb die Petition unbearbeitet. Erst als das Karussell der Verfahren gegen Müller wegen dessen zahlreicher Verstöße in Gang kam, beschäftigte sich der Landtag auch mit dem Anliegen der Petenten. Selbst die CSU-Mitglieder im Umweltausschuß, die sich mit der Eingabe beschäftigten, kamen zu dem Ergebnis, daß die Beschwerden der Aretsrieder Bürger durchaus berechtigt sind und Abhilfe geschaffen werden müsse. Der Abgeordnete Georg Schmid (CSU), Mitberichterstatter im Ausschuß, stellte fest, daß 300 LKW-Bewegungen pro Tag, auch an Sonn- und Feiertagen, sowie 900 PKW-Bewegungen eine erhebliche Belastung für die Anwohner darstellen. Dies gelte vor allem deshalb, weil immer noch die Ortsstraße benutzt wird, obwohl im Bebauungsplan die Anbindung des Werkes durch eine Erschließungsstraße vorgesehen sei. Schlußfolgerung der Vertreterin der Staatsregierung: die Verkehrssituation ist unzureichend.

Die Einwohner von Aretsried waren überrascht von diesem Sinneswandel. Jahrelang hatte es niemanden interessiert, wie Müller mit Genehmigungen, aber auch mit den Menschen in Aretsried, umging. Es wurde zunächst ignoriert, daß Müller-Milch beispielsweise einem 75jährigen Ex-Mitarbeiter einfach einige riesige 50-Tonnen-Alu-Milchtanks unmittelbar an sein kleines Einfamilienhaus hinstel-

300 LKW-Bewegungen pro Tag

len ließ, ohne sich auch nur annähernd an irgendeinen Mindestabstand zu halten. Die Klagen des Rentners, daß man es mit ihm ja machen könne, weil er sich in seinem Alter nicht mehr wehren kann, verhallten ungehört. Wen interessierte das schon?

Eine ältere Frau berichtet vom Umgang des Landratsamtes mit den Beschwerden der Anlieger: „Hören Sie, da pfeift es aus den Kesselanlagen, ein furchtbares Geräusch. Da dröhnt und stampft es im noch nicht fertigen Becherwerk II, in dem trotzdem schon produziert wird. Dann melden wir das dem Landratsamt. Und was tun die? Die sagen, ja, ja, wir geben das weiter, wir kümmern uns drum - und es passiert nichts. So geht man mit unseren Klagen um." Die Frau klingt resigniert. „Die haben den Müller angerufen und der hat gesagt, es sei alles in Ordnung. Aber nichts ist in Ordnung. Freilich, wenn die vom Landratsamt rauskommen zum Kontrollieren, dann ist plötzlich nichts zu hören und zu riechen. Aber kaum sind die wieder weg, geht es schon wieder los". Dann erinnert sich die Dame daran, wie die Frau Müller auf den Lärm im Ort reagiert hat. „Ich weiß nicht mehr genau, war's vor zehn oder fünfzehn Jahren, da hat der Herr Müller mit seiner Frau selbst noch in Aretsried gewohnt. Mein Gott, ich kenne den Theo ja noch, wo er ganz klein war, wo er mit seiner Mutter im Schweinestall war. Also vor zehn Jahren oder so, da hat die Frau Müller dann zu einer Nachbarin gesagt, sie würden wegziehen aus Aretsried, weil sie es nicht mehr aushalten könnte bei diesem Lärm. Und dann sind die Müllers nach Aystetten gezogen, ins Millionärsdorf. Uns fehlen die Millionen dazu, wir müssen weiter mit dem Lärm und Gestank leben. Wir kleinen Leute sind dem Herrn Müller doch völlig egal."

Ganz ähnlich empfinden auch andere Dorfbewohner. Die Menschen in Aretsried ärgern sich darüber, wie der Molkereichef mit ihnen umspringt. „Der grüßt doch uns kleine Leute nicht", sagt ein alter Mann aus Aretsried. „Ich hab' dem auch schon geholfen, für ihn privat schon Reparaturen durchgeführt. Aber beauftragt hat der mich nicht selbst. Da ist er sich zu fein dazu. Da beauftragt der jemanden, der mir das sagen soll. Und grüßen tut der mich trotzdem nicht mehr.

Obwohl er früher auch einer von uns war. Sie sollten mal sehen, wie der in seinem Mercedes drinsitzt."

Auch die eigenen Werbestars läßt Theobald Müller deutlich spüren, was er von ihnen hält. In einer großen PR-Sonderveröffentlichung heißt es unter der Überschrift „Warum Bum-Bum Becker und Fiesling J.R. für Müller-Produkte werben": Selbst wenn Boris sein Geld nach Monaco schaufelt und Sympathie für die Besetzer der Hafenstraße zeigt, mag das für eine Großbank nicht gerade ein förderlicher Werbepartner sein, für Müller-Milch ist sein Hauptsoll erfüllt - es wird über ihn gesprochen, geschrieben, und solange sich die Geister scheiden, kommt kaum jemand an dem Werbeträger vorbei. Da kann ein Prominenter schon einmal den ganz fiesen Typen verkörpern, wie J.R., oder den scheinbar Verkrachten wie Harald Juhnke - die Verbraucher nehmen die augenzwinkernde Werbung auch von Leuten in Negativrollen positiv wahr.." Aber dazu mehr im nächsten Kapitel.

Einen ganz eigenen Umgang hat sich Theo Müller auch für Gewerkschafter in seiner Firma angewöhnt. Erst als die Wogen in Sachen Müller-Milch hochschlugen, kam ein Vorfall aus dem Jahr 1981 zum Vorschein. Die Gewerkschaft NGG (Nahrung, Genuß, Gaststätten) spricht von einem „Nervenkrieg gegen aktive NGG-Mitglieder in der Molkerei Alois Müller". In der Gewerkschaftszeitung „NGG Einigkeit" vom August 1981 wird Theo Müller als „Schüttler von Aretsried" bezeichnet. Das hat folgenden Grund: Ein Betriebselektriker, der in der Abfüllhalle der Molkerei Reparaturen durchführte, sei plötzlich von hinten am Mantelkragen gepackt worden. „Zwei kräftige Hände krallten sich in seine Oberarme und schüttelten den Verblüfften so, daß er Blutergüsse an beiden Armen bekam", heißt es in einem NGG-Bericht zu dem Vorfall. Theo Müller persönlich sei es gewesen, der den Betriebselektriker solcherart traktierte. Später hätte der Molkereiboß den Vorfall so begründet, daß der Angriff nicht auf die Person des Betriebselektrikers, der auch gleichzeitig Betriebsratsvorsitzender war, gezielt gewesen sei, „sondern auf das Gewerkschaftsmitglied". Müller soll laut NGG-Bericht

Harald Juhnke für Müller

gesagt haben, er hätte aus dem Elektriker lediglich „die Gewerkschaft rausschütteln wollen". Auch andere NGG-Mitglieder, die in der Firma einen Betriebsrat installiert hatten, sind massiv unter Druck gesetzt worden. Dabei sei der Betriebsrat bei Müller-Milch eine höchst notwendige Sache gewesen, denn Müller habe Jugendliche und Frauen nachts arbeiten lassen und willkürlich Überstunden angeordnet, sagt der Geschäftsführer der Gewerkschaft NGG in Augsburg, Wolfgang Kastenhuber, der das mit den Worten kommentiert: „Müllers Vorstellungen von Arbeitnehmerrechten sind mittelalterlich". Zwei Gewerkschaftsmitgliedern sei sogar unterstellt worden, sie hätten Molkereiprodukte geklaut. Im deshalb von den Gewerkschaftern geführten Arbeitsgerichtsprozeß habe dieser Vorwurf nicht erhärtet werden können. Müller mußte den Gewerkschaftsmitgliedern eine Abfindung bezahlen. Die Vorgänge, von denen damals nur wenig an die Öffentlichkeit gedrungen ist, beschäftigten sogar die NGG-Hauptverwaltung in Hamburg. Doch noch heute

Die Molkerei in den Anfangsjahren *Luftbild-Freigabe: 7926117 53/01*

sei es mit gewerkschaftlicher Arbeit bei Müller-Milch nicht weit her, sagt Wolfgang Kastenhuber. „Wer Mitglied in der Gewerkschaft ist, wird entweder gar nicht erst eingestellt, oder massiv unter Druck gesetzt. Wir haben in der Firma einzelne Mitglieder, die kommen auch immer wieder zu uns und erzählen, was im Betrieb los ist, aber die sagen auch immer gleich dazu, die im Betrieb dürften aber keinesfalls wissen, daß sie Mitglied in der Gewerkschaft sind".

Bei den letzten Betriebsratswahlen im März 1990 habe die Wahlbeteiligung bei nur rund 18 Prozent gelegen. In vergleichbaren Betrieben seien es im Schnitt 80 bis 90 Prozent. Lange Zeit sei sogar eine Chefsekretärin Betriebsratsvorsitzende gewesen, ergänzt Walter Linner von der NGG-Verwaltungsstelle Augsburg.

Kapitel 3

SAFTIGE WIESEN IM WINTER

Das Allgäu nach Hollywood verlegt

Vor allem durch ihre geschickten Werbe-Feldzüge und PR-Gags hat die industrielle Großmolkerei das erreicht, was sie heute ist. Am Anfang war, wie gesagt, die Müller-Kuh auf deutschen Bildschirmen. Es folgten der Bomber der Nation, Gerd Müller, der für die Milchprodukte des Namensvetters warb, kurze Zeit später gleich die ganze Fußballnationalmannschaft. Unvergessen die schrägen Verschen: „Müller-Milch, Müller-Milch, die schmeckt. Müller-Milch, Müller-Milch, die weckt, was in Dir steckt". Unsummen blätterte die Molkerei 1988 für die Nationalmannschaft hin: eine Million Mark Honorar für den Werbevertrag und fünf Millionen für die damit verbundene Werbekampagne, berichtete am 14.8.89 der *Spiegel*.

Auch der Fußballclub Schalke 04 wurde Müller-Milch-Werbepartner. 3,8 Millionen Mark bekommt der Verein laut *Kicker* (16.6.89) für einen Mehrjahresvertrag. Doch damit sich die Spieler auch im Klaren darüber sind, was von ihnen erwartet wird, ließ Müller-Geschäftsführer Gerhard Schützner den Fußballspielern wissen, daß sie nicht dauernd gegen den Abstieg kämpfen dürften. Einen Uefa-Cup-Platz erwartet Werbepartner Müller, zumindest jedoch einen Platz im oberen Drittel der Bundesligatabelle. Meistermannschaft müßten sie nicht sein. Müller-Milch hat nie ein Hehl daraus gemacht, daß das Sport-Sponsoring ausschließlich geschäftlichen Interessen gilt. Raffiniert der Plan, durch die Müller-Millionen die Eintrittspreise für die Schalke-Spiele um etwa 60 Prozent zu senken. Billige Eintrittskarten dank Müller-Milch!

Müller-Milch beweist immer wieder eine glückliche Hand mit seinen Werbepartnern. Die Firma konnte nicht ahnen als sie Anfang 1991 mit dem eher drittklassigen Fußballclub Eisenhüttenstädter FC

Stahl einen Vertrag abschloß, daß im September des gleichen Jahres 90 Minuten lang ein Europapokalspiel des Clubs auf RTL plus übertragen würde - und Müller-Milch wieder einmal live dabei ist.

Müller-Milch im Sport, da kommt kaum jemand daran vorbei. Neben den Fußballclubs sponsert Müller den Motorradfahrer Stefan Prein, ein Fahrradteam aus Hannover, das 1990 sechsfacher deutscher Meister war und natürlich - wer wüßte das nicht - hat sich Müller-Milch einen spektakulären Vertrag mit Boris Becker gesichert. Während die Firma über die Kosten ihrer aufsehenerregenden Werbegags nur Andeutungen macht, ist beim Becker-Werbe-Deal die Summe bekannt geworden. Sage und schreibe fünf Millionen Mark ließ sich Müller-Milch den Vertrag mit dem Tennis-Idol Nr. 1 kosten. Aber, wief wie die Werbeleute bei Müller nun mal sind, Boris bekommt sein Geld nur unter bestimmten Bedingungen. Der Vertrag enthält eine Leistungsklausel. Nur wenn beim neuen „Energiecocktail" R'aktiv ein Jahresumsatz von 50 Millionen Mark rausspringt, so Theo Müller gegenüber dem *Spiegel*, kann Boris sein Spitzengehalt von fünf Millionen Mark in drei Jahren kassieren.

Theo Müller und sein Management wissen natürlich, daß die sparsamen Schwaben, aber nicht nur sie, Fragen stellen; Fragen, wie sich der Müller das leisten kann, die vielen Millionen für die Werbung. Und er weiß, der Milchbaron, daß da der Neid nicht weit ist. Deshalb wird mit der Veröffentlichung der Zahlen vorsichtig umgegangen. Und deshalb war es eine der ersten Pflichtaufgaben von Becker, den „Kollegen" im 270-Seelen-Ort Aretsried die Aufwartung zu machen. Der Zufall wollte es so, daß das zwei Tage nach dem Davis-Cup-Sieg gegen die USA war. Durch seine Visite im Milchwerk sollte die Gefahr von Mißgunst von vorneherein unterbunden werden. „Boris ist da, Boris ist da", war denn auch die Meldung, die in Windeseile im Werk in Aretsried die Runde machte. Den ganzen Montagnachmittag mußte sich der fünf Millionen Mark teure Werbestar Zeit nehmen für die Molkereibesichtigung, für Autogramme und die Fototermine. Ein fröhlicher Theo Müller neben einem mit Molkereimütze „gekröntem" Boris machte tags darauf in der deutschen Presse

Boris Becker bei der Werksbesichtigung mit Theo Müller

die Runde. Fünf Tage im Jahr, verriet die Molkereileitung, müsse laut Vertrag Boris Becker dem Hause Müller zur Verfügung stehen. Dann ließ dieser die zahlreichen Reportern wissen: „Ich identifiziere mich voll und ganz mit den Produkten meines neuen Werbepartners".

In den folgenden Tagen füllten dann allerdings auch Protestbriefe die Leserbriefspalten der Lokalzeitung. Überschrieben waren die Unmutsbekundungen über den Millionen-Deal zwischen Müller und Becker mit der Schlagzeile „Der Verbraucher zahlt mit". Eine Augsburgerin beispielsweise empörte sich: Da sieht man es wieder, wieviel Geld die milchverarbeitende Industrie verdient. Wir als Endverbraucher bezahlen die Millionen, die einem schwerreichen Werbeträger nachgeworfen werden, der das gescheffelte Geld ins Ausland transferiert. Meine Verwandten und Bekannten sind mit mir der Meinung, Müller-Produkte ab sofort zu boykottieren...

Und eine andere Leserin schreibt: Hier wird der Konsument doch wahrhaftig zu sehr verschaukelt. Noch dazu müssen diese Millionen einem Mann gegeben werden, der seinen Wohnsitz nach Monaco verlegt hat, um hier keine Steuern zahlen zu müssen. Sollte es wirklich so viele Dumme geben, die glauben, daß allein der Genuß von Müller-Milch ein Tennis-As aus ihnen machen wird? Vielleicht irrt sich hier auch Herr Müller!

Doch was den Werbeerfolg angeht, hat sich Herr Müller mit Boris Becker nicht getäuscht. Das hat er allenfalls dann, wenn er geglaubt haben sollte, es würde angesichts der vielen Millionen leicht, mit Boris Becker Werbeaufnahmen zu drehen. Müller mußte erfahren, wenn Boris kein Weg zu Müller zu weit ist und er sogar nach Aretsried kommt, dann darf erst recht Müller-Milch kein Weg zu weit sein zu Boris.

Der mit enormen Aufwand in Szene gesetzte Reklame-Clip für das neu kreierte Energiegetränk R'aktiv (von Re-aktiv) sollte ursprünglich in Neuseeland gedreht werden. Weil dort zum gebuchten Drehtermin Anfang April bereits herrliches Wetter ist. Und weil in

Neuseeland ein Landstrich ausfindig gemacht wurde, der dem Allgäu sehr ähnelt, mit dem ja Müller-Milch bekanntlich wirbt. Wer in der Bundesrepublik weiß schon, daß es jedem Allgäuer mindestens ein erstauntes Kopfschütteln abnötigt, wenn er in der Werbung vernimmt, daß die Müller's aus Aretsried als die „Müller's aus dem Allgäu" auftreten. Aretsried, dieses Dorf in Bayrisch-Schwaben, hat für sie mit dem Allgäu soviel zu tun wie Hamburg mit Düsseldorf. Aber schon 1978 hat die Staatsanwaltschaft in Augsburg darauf hingewiesen, daß im Verkehr mit Milch und Milcherzeugnissen die Grenzen des Einzugsgebiets Allgäu nicht mit den geographischen Grenzen übereinstimmen müssen. Basis dieser Entscheidung ist die Karte über das Arbeitsgebiet des milchwirtschaftlichen Vereins Allgäu. Dort ist zu ersehen, daß zu diesem Arbeitsgebiet Allgäu auch Landsberg, Donauwörth, Neu-Ulm und sogar Augsburg zählen. „Köstlich erfrischend aus dem Allgäu", diesen Müller-Slogan, könnte sich demzufolge auch eine Molkerei aus Neuburg an der Donau für Werbezwecke zunutze machen.

Doch zurück zur Allgäu-Werbung in Verbindung mit Boris Becker. Weil das Allgäu Anfang April wenig zu bieten hat vom geliebten Allgäu-Klischee, weil nun mal Anfang April noch nichts zu sehen ist von den saftig-grünen Löwenzahn-Weiden, deshalb hat der Werbefilm-Profi Hans-Joachim Berndt ein Stück Allgäu in Neuseeland ausgekundschaftet. Boris weilte zu dieser Zeit gerade in Australien, wo er allerdings bei den Australian Open unerwartet früh aus dem Turnier flog. So kam es, daß es nichts wurde mit dem Flug nach Neuseeland, gleich um die Ecke, zum Werbespot drehen. Werbefilmer Berndt und sein Team mußten umdisponieren, mußten anderswo ein Stück Allgäu finden. Die Wahl fiel, wie das *ZEIT-MAGAZIN* im April 1990 in einer Reportage über die Dreharbeiten berichtete, auf Hollywood. Die Dreharbeiten kommen zu Boris, nicht Boris zu den Dreharbeiten, schrieb der *ZEIT-MAGAZIN*-Autor.

Was für den R'aktiv-Spot an Aufwand betrieben wurde, das dürfte so manche Spielfilmproduktion in den Schatten stellen. Schließlich will der Verbraucher ja nicht sein Tennis-Idol Müllers R'aktiv vor der

Aretsrieder EG-Großmolkerei trinken sehen, sondern joggend, sich auf einer klassischen Allgäuer Holzbank stärkend, im (Hollywooder) Allgäu. Drei Stunden nördlich von Hollywood, in den Bergen bei Santa Barbara, da sieht es aus wie im Allgäu. Da haben Ronald Reagan und Michael Jackson ihre Ranches. Hierher ließ Werbefilmer Berndt das originale deutsche Bushaltestellenschild bringen, außerdem die Original-Allgäuer-Milchkannen - nicht zu alt, nicht zu neu. Die Allgäuer Holz-Milchbank wurde nach genauen Angaben aus Deutschland in Amerika gezimmert und später auf den kleinen Jungen an Boris' Seite „zugeschnitten".

Bis einige Monate später deutsche Fernsehzuschauer ihren Boris Becker neben einem sommersprossigen (amerikanischen) Schulbub auf dieser Allgäuer Holzbank sitzen sehen, soll noch einige Zeit vergehen. Vorher wird noch eine Agentin aus den Katalogen professioneller Kinderstars in der Umgebung von Los Angeles achtzig Jungs heraussuchen, werden von den passendsten Buben Probe-Videos gemacht werden. Und schließlich werden drei Jungs übrigbleiben und es wird mit allen Dreien alles durchgedreht, was für den Werbe-Clip zu drehen ist. Der Allgäu-Werbespot aus Amerika wird irgendwann einmal abgedreht sein, nach Aretsried zu den Müller's aus dem Allgäu geschickt und dann gut ankommen bei den deutschen Fernsehzuschauern.

Die Zeiten mit Boris Becker und Müller-Milch sind vorbei. Sind von Müller vorzeitig beendet worden, wie in der Fachpresse zu lesen ist. Das Fachblatt „W&V" berichtete am 17.10.1991: „Müller-Milch schaßt J.R. und Boris Becker", berichtete zu einer Zeit als sich Müller längst über eine „Hetzkampagne gegen sein Unternehmen" beklagte, daß die sogenannten Testimonials einer Umpositionierung weichen sollen. R'aktiv soll ein Erfrischungsimage bekommen. Und dann berichtet das Fachblatt davon, daß um die Etats von Müller-Milch zum Teil noch gekämpft wird.

Daß gerade die jungen Agenturen ganz wild auf Müller's Werbeetat sind, ist kein Wunder. Schließlich liegt der inzwischen bei rund

30 Millionen Mark jährlich. Wer würde sich da nicht gerne mit spritzigen Ideen eine goldene Nase und einen guten Ruf verdienen. Denn eins ist unstrittig: über die Müller-Milch-Spots spricht man nicht nur in der Branche.

Als aller Bedenken zum Trotz Müller-Milch mit seiner Kefir-Werbung auf den ZDF-Absteiger Harald Juhnke setzte, just zu der Zeit als die Fernsehgewaltigen in Mainz dem Juhnke nicht mehr das Stehvermögen für eine Live-Show zutrauten, da stieg der Umsatz für Kefir nach Firmenangaben um vierzig Prozent. Fünfundzwanzigtausend Briefe seien gekommen, verriet Müller-Werbemanager Jürgen Schwartz dem *Stern*.

Nicht weniger Aufsehen erregte Dallas-Ekel J.R., der von Theobald Müller der Presse in München straßenbahnfahrend und joghurt-

Joghurt zergeht eben auf der Zunge

essend präsentiert wurde. Öl ist out, Müller-Milch in. Das weiß sogar der Herr Bundeskanzler, und zwar ohne daß dazu große Dallas-Kenntnisse erforderlich wären. Schließlich war die Erfolgsmolkerei aus Aretsried schon mehrmals aktiv dabei, wenn Helmut Kohl zum „Kinderfest im Kanzleramt" einlud. „Am Dienstag bin ich nicht erreichbar, da bin ich im Kanzleramt, um unseren Stand für das Kinderfest beim Kanzler vorbereiten", ließ mich im Mai Müller-Pressesprecher Herbert Wirths nach einem Telefoninterview wissen.

Auch ausländische Regierungschefs haben Kontakte zu Müller-Milch. Das wurde im Frühsommer 1991 deutlich, als sich die polnische Presse darüber empörte, daß ihr Ministerpräsident sich als Müller-Milch-Werbeträger, und zwar im wahrsten Sinne des Wortes, zur Verfügung stellte. Ministerpräsident Jan Krzysztof Bielecki, ein leidenschaftlicher Fußballspieler und guter Stürmer, trat in einem Freundschaftsspiel Politiker gegen Schauspieler in einem Trikot auf, das ihm ein deutscher Profi geliehen hatte. Auf diesem Trikot prangte deutlich der Werbeaufdruck „Müller-Milch". Die polnische Zeitung Gazeta Wyborcza spendete nach einem bösen Kommentar der gesamten Regierungsmannschaft einen kompletten Satz neutraler Fußballtrikots. Aber Müller-Milch war einmal mehr von höchster Stelle präsentiert worden.

Kapitel 4

IMMER GEGEN DIE GROSSEN

„Grundwasserdiebstahl" mit Rückendeckung des Landrates

Der Pressesprecher von Müller-Milch war gerade auf dem Weg ins Kanzleramt, da wurde eine parlamentarische Anfrage des Abgeordneten Raimund Kamm von den bayerischen Grünen bekannt. Kamm wollte von der Staatsregierung wissen, ob die Firma Müller-Milch tatsächlich im Jahr 1990 anstatt der genehmigten 600.000 Kubikmeter Grundwasser rund 1,3 Millionen, also mehr als das Doppelte, gepumpt hat. Der Parlamentarier, der sich schon seit Jahren mit Müller-Milch befaßt und dem Molkereichef auch schon einen offenen Brief wegen dessen angeblicher Umweltverstöße geschickt hat, sprach von einem „großangelegten Grundwasserdiebstahl".

Der Vorwurf des Abgeordneten klang unglaublich. Doch er setzte sogar noch eins drauf: „Dabei hat es sich nach meinen Informationen sogar um sogenanntes tertiäres Grundwasser gehandelt, das sehr wertvoll ist, weil es sich in dieser Tiefe nicht oder nur extrem langsam nachbildet". Daß nun dieses tertiäre Grundwasser überwiegend zu Kühlzwecken verwendet worden sein soll, verbitterte Kamm zusätzlich. „Da haben wir schon noch ein Wasser, das von den Giften unserer Zivilisation noch nicht belastet ist, und dann holt sich das der Müller ohne Genehmigung und vergeudet es zu Kühlzwecken, das darf es doch nicht geben".

Und dann wartet Kamm mit einer weiteren unglaublichen Information auf: „Ich habe erfahren, daß es einen Bußgeldbescheid gegen Müller im Landratsamt gegeben hat. Daraufhin habe ich bei verschiedenen Stellen nachgefragt und das bestätigt bekommen. Über 70.000 Mark soll dieser Bußgeldbescheid gelautet haben, aber der Landrat hat angeblich diesen Bescheid niedergeschlagen. Das werden wir noch rechtlich prüfen lassen, ob Dr. Vogele sich da nicht der Rechtsbeugung schuldig gemacht hat".

Als ich bei Müller-Milch nachfragen will, wird das recht schnell zur „Buchbinder-Wanninger-Tour". Der Molkereichef ist nicht zu erreichen, der Pressechef sagt, ihm sei von der Grundwassergeschichte nichts bekannt, auch der Geschäftsführer ist nicht zu sprechen. Die Versuche, mich mit dem technischen Leiter Günter Meyer zu verbinden, scheitern. Der Mann hetzt angeblich von einer Besprechung in die andere. Der versprochene Rückruf bleibt aus. Drei Tage später, am Montag darauf, zunächst ein ähnliches Spiel. Bei Müller-Milch jagt wieder einmal eine Besprechung die nächste. Doch irgendwann einmal werde ich mit dem technischen Leiter verbunden. Ein Interview will Günter Meyer nicht geben. Das Landratsamt, sagt er, kenne das Problem. „Wir haben's ja nicht heimlich gemacht, damit ist für mich meine Informationspflicht erledigt". Ein neuer Antrag auf Mehrentnahme sei den Behörden vorgelegt worden. „Wir brauchen das nicht groß weiter auszubreiten". Erst auf die wiederholte Nachfrage, ob das nun ein Grundwasserdiebstahl sei oder nicht, wird der Betriebsleiter etwas gesprächiger. Das sei doch alles bloß Politikergeschwätz, das immer nur gegen die Großen, gegen Müller-Milch, gehe. Die Mehrentnahme sei aus der Not geboren. „Wenn die Nachfrage in der DDR um fünfzig Prozent steigt, dann müssen wir eben produzieren. Wir können ja die Milch nicht vergammeln lassen, die muß gekühlt werden", sagt der Betriebsleiter, der noch anmerkt, daß der Wasserverbrauch der Molkerei ja schon halbiert worden sei. Auch werde man auf elektrische Kühlung umsteigen. „Aber die Aggregate werden nicht so schnell geliefert". Keine Spur von Unrechtsbewußtsein bei der Firma. Wenn die Molkerei Müller 800.000 Kubikmeter beantragt und ihr nur 600.000 genehmigt werden, sie aber wegen des gestiegenen Absatzes mehr Wasser braucht, dann nimmt sie sich eben was sie braucht. Notfalls auch weit mehr als die beantragte und noch nicht genehmigte Menge.

Und Landrat Karl Vogele, dem von einer Reihe von Dorfbewohnern schon lange vorgehalten wird, daß er mit Müller-Milch mehr als schonend umgeht. Wie wird er reagieren? „Das ist uns sehr wohl bekannt, daß mehr Grundwasser gepumpt wurde. Aber Sie wissen ja selbst, daß die Firma Müller ein a-typischer Betrieb ist." Der Landkreischef drückt herum. Seine Behörde habe Müller schon im Oktober 1990 mitgeteilt, daß sie erwarte, daß die anstehenden Probleme schnellstens gelöst werden. Es habe auch einen Erörterungstermin gegeben. Dabei sei der Firma in Aussicht gestellt worden, daß das Landratsamt zunächst gegen die erhöhte Wasserentnahme nicht einschreiten werde. Der Betrieb, so der Landrat weiter, wäre sonst Gefahr gelaufen, handlungsunfähig zu werden. Müller-Milch sei empfohlen worden, umgehend einen Antrag auf erhöhte Wasserentnahme einzureichen, was auch geschehen sei.

Nachgefragt, ob das denn so einfach geht, zögert der Landkreischef. Doch dann gibt er zu: „Der Antrag existiert, aber er ist so nicht verhandlungsfähig". Zur Menge der Mehrentnahme durch Müller-Milch weicht der Landrat ebenfalls aus: „Es gibt Mutmaßungen. Aber ich beteilige mich selbst nicht an Mutmaßungen. Ich darf Ihnen das ganz offen sagen. Weil das sind ja Streitfragen.... Wir schauen da nicht zu, sondern wir sind da, alle miteinander, in einer schwierigen Situation". Was soll das bedeuten? Weil es Streitfragen sind, sagt der Landrat, deshalb beteilige er sich nicht an den Schätzungen, wieviele hundertmillionen Liter Grundwasser die Molkerei Müller widerrechtlich zuviel entnommen hat. Wie er zu der Behauptung kommt, „wir schauen da nicht zu", bleibt mir ein Rätsel. Denn genau das passiert doch hier seit Jahren. Wie würde dieses Landratsamt wohl reagieren, wenn ein kleiner Bauer aus Aretsried sich einfach einen eigenen Brunnen schlagen und willkürlich Wasser entnehmen würde? Und wenn er denn, nach den Gründen für dieses Verhalten befragt, sagen würde, das Landratsamt hat meinen Antrag abgelehnt, aber ich hab' das Wasser gebraucht und es mir eben genommen.

Der Landrat wird sichtlich nervöser. Ob er denn sehenden Auges so etwas dulde, will ich von ihm wissen? „Sehenden Auges wohl nicht. Sie haben Recht, daß da natürlich zwischen Genehmigung und Praxis eine Kluft herrscht. Aber die wird versucht, zum gegenwärtigen

Zeitpunkt zu schließen. Mehr kann ich im Augenblick nicht sagen". Was sind das für Antworten? Stimmt es am Ende gar, was der Abgeordnete Kamm berichtet hat, daß dieser Landrat einen Bußgeldbescheid niedergeschlagen hat, aus Rücksicht auf Theobald Müller? „Das trifft so nicht zu", sagt Karl Vogele. „Es gab Überlegungen eines Sachbearbeiters. Und das ist ganz klar, daß alles, was in dem Rahmen möglich ist, daß all diese Dinge auf den Tisch kommen". Das ist natürlich auch eine Antwort. Nachfrage: Mir leuchtet immer noch nicht ein, warum man nicht einfach sagt, wenn ihr mehr Wasser als genehmigt entnommen habt, dann müßt ihr eben ein Bußgeld entrichten.

„Das können Sie durchaus in der Richtung so formulieren. Bloß die Praxis ist halt viel viel schwieriger als sich das mit wenigen Worten so leicht darstellen läßt." Dann fügt der Landrat noch an, daß man eben den Betrieb nicht von heute auf morgen kalt stellen könne. Als ob das irgendjemand gefordert hätte. Selbst der Müller-Milch-Kritiker Raimund Kamm hatte mehrfach betont: „Die Firma Müller-Milch soll ja wachsen, soll ja ihren Erfolg haben. Aber sie soll das unter der Wahrung der Rechte der Nachbarn, der Umwelt und der Natur".

Daß Müller-Milch die gesetzlichen Bestimmungen einhalten muß, verkündet auch Landrat Karl Vogele. Doch er verknüpft das in unserem Interview immer wieder mit Einschränkungen: „Aber es gibt halt Knackpunkte, wo es schwierig ist, die gesetzlichen Dinge zu erfüllen.... Es geht um viele Arbeitsplätze und es geht auch um die Milch, die an den Mann muß". Sind das die Aufgaben eines Landrates, sich darüber Sorgen zu machen, daß Müllers Milch an den Mann muß? Kann das die Begründung dafür sein, eine Firma, die sich nicht um Genehmigungsbescheide und Auflagen kümmert, einfach gewähren zu lassen und ihr immer noch ein Hintertürchen aufzuhalten? Immerhin geht es doch um eine wichtige Trinkwasserreserve, die überwiegend für Kühlzwecke vergeudet wird. Die Milch muß an den Mann und die Umwelt und die Nachbargemeinden müssen das eben schlucken! Das berühmte Argument mit den Arbeitsplätzen darf auch nicht fehlen. Aber daß der Nachbarort Ustersbach im Sommer schon drastische Wassersparmaßnahmen verkünden mußte, den Wasserverbrauch per Anordnung des Bürgermeisters einschränken mußte, das scheint den Landrat nicht zu interessieren.

Über zwei Monate soll es dauern, bis der Abgeordnete Kamm die schriftliche Antwort auf seine Parlamentsanfrage bekommt. Doch was der bayerische Innenminister Edmund Stoiber im Zusammenhang mit dem „Grundwasserdiebstahl durch die Fa. Müller-Milch" mitteilt, hat es in sich. Die Molkerei habe zwar eine höhere Grundwasserentnahme als genehmigt beantragt, habe gegen die Genehmigung auch Widerspruch eingelegt, schreibt Stoiber. Doch ihre im wasserrechtlichen Bescheid geforderten Jahresberichte zur Grundwasserentnahme habe die Molkerei einfach nicht vorgelegt. Erst als das Wasserwirtschaftsamt Donauwörth vom Landratsamt beauftragt wurde, die Grundwasserentnahme zu überprüfen, teilte die Firma Müller mit, daß sie bereits bis Oktober '90 die genehmigte Jahresmenge von 600.000 Kubikmeter um 100.000 Kubikmeter überschritten habe.

Unmißverständlich schreibt Innenminister Stoiber, daß es sich um eine „rechtswidrig entnommene Wassermenge" handle, und der Minister listet auch gleich auf, welchen finanziellen Vorteil sich Müller-Milch damit verschafft hat: allein für 1990 etwa 257.000 Mark! Dabei gibt Stoiber offen zu, daß eine genaue Berechnung gar nicht möglich ist. Wie Raimund Kamm vermutet hatte, muß man sich auf die Angaben der Firma verlassen, denn verplombte Wasseruhren existierten nicht. Innenminister Stoiber dürfte denn auch den Nagel auf den Kopf getroffen haben, als er schrieb: „Weitere Überschreitungen in der Vergangenheit sind zu vermuten".

Die Industriemolkerei Müller hat also möglicherweise über Jahre hinweg viele zig-Millionen Liter Wasser gepumpt, hat sich die benötigten Mengen selbst genehmigt und erst im Jahr 1991 verplombte Wasseruhren eingebaut. Doch damit nicht genug. Hatte Müller-Milch noch kaltschnäuzig die Vorwürfe, es handle sich um wertvolles tertiäres Grundwasser, zurückgewiesen, so mußte sich die

Firma von Edmund Stoiber etwas ganz anderes sagen lassen: „Aus wasserwirtschaftlicher Sicht genießt das Tiefengrundwasser höchsten Schutz. Daher sollte eine Verwendung als Kühl- und Reinigungswasser möglichst unterbleiben".

Weil die illegale Grundwasserentnahme durch die Großmolkerei Müller auch dem Innenministerium zu weit ging, obwohl doch CSU-Mann Theo Müller sich angeblich immer wieder seiner guten „Verbindungen nach oben" rühmt, ließ Innenminister Stoiber dem Abgeordneten Kamm mitteilen, daß das mit dem Bußgeldbescheid des Landratsamtes gar nicht so falsch war. Stoiber schreibt wörtlich: „Nachdem das Landratsamt Augsburg im Oktober 1990 von der erhöhten Grundwasserentnahme Kenntnis erlangt hatte, fanden amtsinterne Überlegungen statt, ob wegen der erhöhten Grundwasserentnahme ein Bußgeldverfahren eingeleitet werden sollte. Im Rahmen des im Ordnungswidrigkeitenrecht geltenden Opportunitätsprinzips wurde jedoch vorläufig von der Einleitung eines Ordnungswidrigkeitenverfahrens abgesehen. Ausschlaggebend hierfür war wohl nicht zuletzt die Tatsache, daß sich die Firma bei einer Besprechung im Landratsamt bereit erklärt hatte, ein Konzept über die Wasserverwendung in dem Betrieb vorzulegen und gravierende wassersparende Investitionen vorzunehmen".

Daß er mit der geduldigen Art des Landkreischefs offenbar überhaupt nicht einverstanden ist, das machte Stoiber unmißverständlich deutlich: „Das Staatsministerium des Innern ist jedoch der Auffassung, daß im Hinblick auf die Dauer und Schwere des Verstoßes dennoch die Verhängung eines Bußgeldes angezeigt ist, wobei der entstandene wirtschaftliche Vorteil abgeschöpft werden sollte. Das Staatsministerium des Innern hat das Landratsamt Augsburg bereits entsprechend angewiesen und die Regierung von Schwaben als aufsichtführende Behörde gebeten, den Vollzug sicherzustellen. Darüberhinaus wurde das Landratsamt Augsburg darauf hingewiesen, daß eine weitere Duldung der Überschreitung der genehmigten Wasserentnahme auf unbestimmte Zeit nicht in Betracht kommt."

BAYERISCHES
STAATSMINISTERIUM DES INNERN

Oberste Baubehörde im Bayerischen Staatsministerium des Innern
Postfach 220036 8000 München 22

```
An den                          Ab 01.07.91 neue
Herrn Präsidenten               Rufnummer für
des Bayer. Landtags             Telefon: 089/2192-02
Maximilianeum                   Telefax: 089/2192-3350

8000 München 85
```

Ihr Az./Ihr Dat.	Unser Zeichen	Tel. 089/	München
AI-Nr. 1720/1991	IIB3-4532.2-001/91	2192-3606	22. Juli 1991
v. 16.05.91			

Schriftliche Anfrage des Herrn Abgeordneten Kamm
vom 14.05.1991 betreffend "Grundwasserdiebstahl durch die
Fa. Müller-Milch"

Anlage:
3 Abdrucke dieses Schreibens
1 Diskette mit Versandtasche und Beiblatt -g.R.-

Sehr geehrter Herr Präsident,

die schriftliche Anfrage beantworte ich wie folgt:

Die Firma Molkerei Müller erhielt vom Landratsamt Augsburg
mit Bescheid vom 16.09.1988 die wasserrechtliche Erlaubnis
zur Grundwasserentnahme von insgesamt 600.000 m^3 pro Jahr.
Die Entnahme erfolgt aus drei Brunnen, die eine Ausbautiefe
von 46 m (Brunnen I), 126 m (Brunnen II) und 193 m (Brunnen III) haben. Da die Fa. Molkerei Müller 800.000 m^3 pro
Jahr Grundwasserentnahme beantragt hatte, legte sie gegen
den Bescheid vom 16.09.88 Widerspruch ein. Der Rechtsstreit
ist noch nicht entschieden und derzeit beim Verwaltungsgericht Augsburg anhängig.

Dienstgebäude	Besuchszeiten	Telefon: (089) 3890-1	Konto der Zahlstelle
Franz-Josef-Strauß-Ring 4	Mo. - Fr. 8.00-12.00 Uhr	Telefax: (089) 3890-350	Postgiroamt München
8000 München 22	oder nach Vereinbarung	Telex 898987 OBB M	Nr 22892-806 (BLZ 700 100 80)
		Telex: 522 705 obbm d	

Originalauszug des Schreibens...

BAYERISCHES STAATSMINISTERIUM DES INNERN

Oberste Baubehörde im Bayerischen Staatsministerium des Innern
Postfach 220036 8000 München 22

- 6 -

Tatsache, daß sich die Firma bei einer Besprechung im Landratsamt bereit erklärt hatte, ein Konzept über die Wasserverwendung in dem Betrieb vorzulegen und gravierende wassersparende Investitionen vorzunehmen.

Das Staatsministerium des Innern ist jedoch der Auffassung, daß im Hinblick auf die Dauer und die Schwere des Verstoßes dennoch die Verhängung eines Bußgelds angezeigt ist, wobei der entstandene wirtschaftliche Vorteil abgeschöpft werden sollte. Das Staatsministerium des Innern hat das Landratsamt Augsburg bereits entsprechend angewiesen und die Regierung von Schwaben als aufsichtsführende Behörde gebeten, den Vollzug sicherzustellen.

Darüber hinaus wurde das Landratsamt Augsburg darauf hingewiesen, daß eine weitere Duldung der Überschreitung der genehmigten Wasserentnahme auf unbestimmte Zeit nicht in Betracht kommt.

Mit freundlichen Grüßen

Dr. Edmund Stoiber
Staatsminister

Dienstgebäude:	Besuchszeiten:	Telefon: (089) 3890-1	Konto der Zahlstelle:
Franz-Josef-Strauß-Ring 4 8000 München 22	Mo. - Fr. 8.00-12.00 Uhr oder nach Vereinbarung	Telefax: (089) 3890-350 Teletex: 898987 OBB M Telex: 522 705 obbm d	Postgiroamt München Nr. 22892-806 (BLZ 700 100 80)

...vom Bayer. Innenministerium

Wann hatte es schon einmal eine solche Antwort auf eine Anfrage eines Grünen-Abgeordneten in Bayern gegeben? Eine schallende Ohrfeige für das Landratsamt. Doch es sollte noch einiger „Weisungen von oben" bedürfen, bis man in Augsburg endlich einen normalen Vollzug in Sachen Müller-Milch herstellte. Aber was war geschehen, wieso reagierten plötzlich „die Oberen" in München so hart auf Müller? Diese Frage wird sich noch nachdrücklicher stellen, wenn wir uns mit dem „Pfandtrick" von Müller-Milch und der scharfen Reaktion des bayerischen Umweltministers Peter Gauweiler beschäftigen. Denn der Grundwasserdiebstahl, zunächst ja als pure Kampagne eines Grünen-Politikers abgetan, sollte beileibe nicht der einzige Müller-Milch-Verstoß bleiben, der ans Licht der Öffentlichkeit gezerrt wird.

Es dauerte keine acht Tage, da wurde das vom Innenministerium so hart kritisierte Landratsamt weisungsgemäß aktiv und verhängte gegen die Molkerei Alois Müller ein Bußgeld in Höhe von 375.000 Mark. Wegen einer Ordnungswidrigkeit nach dem Wassergesetz, sprich der Entnahme von Grundwasser ohne wasserrechtliche Erlaubnis. Doch was sind für Müller-Milch 375.000 Mark im Zusammenhang mit dieser extrem hohen Grundwasserentnahme. Wenn man bedenkt, daß bei zurückhaltender Berechnung das Innenministerium auf einen wirtschaftlichen Vorteil von über 250.000 Mark pro Jahr kommt, es aber ausdrücklich darauf hinweist, daß dies wohl schon lange so läuft, dann werden nicht einmal die fälligen Wasserkosten mit dem Bußgeldbescheid abgedeckt. Obwohl das bayerische Innenministerium unmißverständlich deutlich machte, daß eine weitere Duldung der Überschreitung der genehmigten Wassermenge auf unbestimmte Zeit nicht in Betracht kommt, packte das Landratsamt für Müller dem Bußgeldbescheid auch gleich noch ein Zuckerl bei: die Firma erhielt nämlich gleichzeitig einen Bescheid, der es ihr erlaubt, bis zum 31.12.1992 jährlich 350.000.000 Liter mehr Grundwasser zu entnehmen als offiziell genehmigt. Der Form halber wird eingeschränkt, die Trinkwasserversorgung im Raum Aretsried habe jedoch absolut Vorrang und müsse gesichert sein. Aber das sei ja alles schon durch ein Fachgutachten geklärt. Ganz zufrieden scheint man im Landratsamt mit diesem Fachgutachten aber nicht zu sein, denn Müller-Milch muß bis Oktober 1992 ein weiteres und detailliertes Gutachten über die gesamte Grundwasserlage erstellen lassen.

Während das Landratsamt keinen Grund zur Besorgnis im Hinblick auf die Wasserversorgung der Umgebung von Aretsried sieht, bewerten das die Nachbargemeinden offenbar ganz anders. Die Gemeinde Ustersbach hat durch ihren Anwalt dem Landratsamt ihre Bedenken gegen die erhöhte Müller-Wasserentnahme mitteilen lassen. Sie befürchtet eine nachhaltige Beeinträchtigung der eigenen Wasserversorgung durch die erhebliche Mehrentnahme.

Doch genau die ist Müller-Milch ja zunächst befristet doch genehmigt worden. „Der Müller lacht doch über das Bußgeld", kommentierte Raimund Kamm diese Entscheidung des Landratsamtes. „Denn jetzt kann er ja doch erheblich mehr abpumpen. Und das für ein, für seine Verhältnisse, recht geringes Bußgeld, für das er ja einen erheblichen wirtschaftlichen Gegenwert - nämlich wertvolles Wasser - erhält".

Was steckt dahinter? Spielt Müller-Milch einmal mehr auf Zeit? Denn wenn alles nach Plan läuft, dann kann schon 1994 ein neues großes Werk in Sachsen eröffnet werden. Wird tatsächlich dort die Hälfte der Müller-Produkte erzeugt, dann könnte daheim - unabhängig vom Ausgang des Gutachtens und einer gewissen Übergangszeit - der Wasserbedarf deutlich zurückgefahren werden. Und was vorbei ist, ist vorbei, denn zurückgeben kann man tertiäres Grundwasser bekanntlich nicht.

Was dann, zwei Tage vor dem Prozeß passiert ist, bei dem es um den Widerspruch der Molkerei Müller gegen den 375.000-Mark-Bußgeldbescheid gehen sollte, veranlaßte den Abgeordneten Raimund Kamm zu der Frage: „In welcher Abhängigkeit zu Theobald Müller steht Landrat Karl Vogele?" Grund für diese harte Attacke ist für Kamm „die Tatsache, daß so kurz vor der Verhandlung der Landrat der Molkerei einen Persilschein ausgestellt hat". Der ganze

Vorgang hat sich wie folgt zugetragen: Am Mittwochabend, 29.1.92, sendet Müller-Milch an zahlreiche Redaktionen eine Presseerklärung, der ein Brief des Landrats Karl Vogele an die Molkerei Alois Müller GmbH & Co beigefügt ist. In der Presseerklärung heißt es:

Landratsamt: Vorwurf des Wasserdiebstahls gegen Molkerei Müller „absurd" - Angeblicher „Wasserdiebstahl" war nur ein Formfehler

Mit kaum zu überbietender Deutlichkeit hat das Landratsamt Augsburg der Aretsrieder Molkerei Alois Müller gestern bestätigt, daß der von einem Landtagsabgeordneten der Grünen erhobene Vorwurf des Wasserdiebstahls durch das Unternehmen „rechtlich unzutreffend und angesichts des Sachverhalts absurd" sei.

Das Unternehmen habe lediglich einen Formfehler begangen, erklärte das Landratsamt in einem Schreiben an die Geschäftsleitung. Die Molkerei Müller muß deshalb für den eigentlichen Tatvorwurf nur ein Bußgeld in Höhe von DM 2.400,— zahlen (.....)

Bei der Molkerei Alois Müller wurde das Schreiben des Landratsamtes mit großer Genugtuung aufgenommen. „Das böse Wort vom Diebstahl ist damit hoffentlich aus der Diskussion", erklärte der Inhaber Theo Müller. „Jetzt können wir auch unseren Einspruch gegen den Bußgeldbescheid ohne weiteres zurückziehen".

Molkerei Alois Müller GmbH & Co - Schützner

Daß die Molkerei Müller das Schreiben des Landrats Karl Vogele „mit großer Genugtuung" aufgenommen hat, wird niemanden verwundern, der dieses Schreiben liest. Denn was der amtierende Landrat des Landkreises Augsburg schreibt, liest sich in der Tat wie ein Freibrief für die Großmolkerei. Man fragt sich nach der Lektüre des Landratsbriefes, wieso diese Behörde überhaupt einen Bußgeldbescheid erlassen hat. Karl Vogele schreibt:

++ müller +Presseinformation++++

LANDRATSAMT: VORWURF DES WASSERDIEBSTAHLS
GEGEN MOLKEREI MÜLLER "ABSURD"

Angeblicher "Wasserdiebstahl" war nur ein Formfehler

Aretsried, den 29.01.92

Mit kaum zu überbietender Deutlichkeit hat das Landratsamt Augsburg der Aretsrieder Molkerei Alois Müller gestern bestätigt, daß der von einem Landtagsabgeordneten der Grünen erhobene Vorwurf des Wasserdiebstahls durch das Unternehmen "rechtlich unzutreffend und angesichts des Sachverhalts absurd" sei.

Das Unternehmen habe lediglich einen Formfehler begangen, erklärte das Landratsamt in einem Schreiben an die Geschäftsleitung. Die Molkerei Müller muß deshalb für den eigentlichen Tatvorwurf nur ein Bußgeld in Höhe von DM 2.400,-- zahlen.

Der Behörde seien die erhöhte Grundwasserentnahme und die Gründe dafür bekannt gewesen. Sie sei "nach Abwägung aller Gesichtspunkte" bewußt nicht dagegen eingeschritten, weil die einzige Alternative die Schließung des expandierenden Betriebs in Aretsried gewesen wäre. Dies hätte ein unnötiges Risiko für Arbeitsplätze und viele bäuerliche Existenzen bedeutet - ein Risiko, das angesichts eines bloßen Formverstoßes völlig außerhalb jeder Verhältnismäßigkeit gelegen hätte. Eine Gefährdung der öffentlichen Wasserversorgung habe im übrigen zu keinem Zeitpunkt bestanden.

Bei der Molkerei Alois Müller wurde das Schreiben des Landratsamtes mit großer Genugtuung aufgenommen. "Das böse Wort vom Diebstahl ist damit hoffentlich aus der Diskussion", erklärte der Inhaber Theo Müller. "Jetzt können wir auch unseren Einspruch gegen den Bußgeldbescheid ohne weiters zurückziehen".

MOLKEREI ALOIS MÜLLER
GMBH & CO

Schützner

Pressestelle der Molkerei Alois Müller, Aretsried: Herbert Wirths, Telefon (08236) 57-118 + 57-163
MOLKEREI ALOIS MÜLLER GMBH & CO · 8935 ARETSRIED · Fax (08236) 5977 · FS 533 377 · Ttx 82 36 81
Kommanditgesellschaft: Sitz Aretsried, Registergericht Augsburg HRA 10968, Persönlich haftende Gesellschafterin: Molkerei Alois Müller GmbH,
Registergericht Augsburg HRB 7078, Geschäftsführer der Molkerei Alois Müller GmbH: Theo Müller, Gerhard Schützner

Müller-Presseerklärung zum „Persilschein" des Landrats

Sehr geehrter Herr Müller, das Landratsamt bestätigt den Eingang Ihres Schreibens vom 24.1.1992. Es ist richtig, daß die vom Landratsamt Augsburg im Jahre 1988 erteilte wasserrechtliche Genehmigung erheblich hinter der von Ihnen beantragten Menge zurückblieb. Aus diesem Grunde haben Sie auch gegen den Wasserrechtsbescheid Widerspruch eingelegt und Klage erhoben.

Es ist weiter zutreffend, daß Sie im Oktober 1990 dem Landratsamt mitgeteilt haben, daß die genehmigte Menge von 600.000 cbm, insbesondere wegen der starken betrieblichen Expansion in Folge der Wiedervereinigung, im Jahre 1990 nicht ausreichen würde. Aus diesem Grunde habe ich sofort zu einem Gespräch in meinem Haus über die Problematik eingeladen. In diesem Gespräch haben Sie schlüssig dargelegt, daß die unumgängliche Folge eines Beharrens des Landratsamtes auf der Menge von 600.000 cbm Grundwasserentnahme jährlich die Schließung Ihres Betriebes in Fischach wäre.

Weil Sie sich in dem Gespräch verpflichtet haben, zusammen mit einem Antrag auf erhöhte Entnahme von Grundwasser ein hydrogeologisches Gutachten vorzulegen sowie in Ihrem Betrieb wassersparende Maßnahmen durchzuführen und die Kühlung künftig zum großen Teil nicht mehr mit Grundwasser, sondern auf technische Weise vorzunehmen, hat sich das Landratsamt Augsburg bereit erklärt, die erhöhte Grundwasserentnahme zwar nicht zu dulden, dagegen vorläufig auch nicht einzuschreiten.

Diese damalige Entscheidung wurde nach Abwägung aller Gesichtspunkte getroffen. Eine Gefährdung der öffentlichen Wasserversorgung bestand zu keinem Zeitpunkt. Das Landratsamt hatte darüber hinaus auch andere Gesichtspunkte des öffentlichen Wohls, vor allem die Sicherung von Arbeitsplätzen und vieler bäuerlicher Existenzen, zu berücksichtigen. Wenn in diesem Zusammenhang ein Abgeordneter, der nicht in der Verantwortung steht, später von „Wasserdiebstahl" gesprochen hat, halte ich diesen Vorwurf für rechtlich unzutreffend und angesichts des Sachverhalts für absurd.

Ihre Firma hatte im 4. Quartal 1990 jedoch formal gegen den Genehmigungsbescheid verstoßen. Auch unter Berücksichtigung der vorstehenden Ausführungen ist das Landratsamt deshalb nicht in der Lage, den Bußgeldbescheid, wie von Ihnen gefordert, aufzuheben, da die Grundwasserentnahme über die genehmigte Menge hinaus formell rechtswidrig war. Hierbei ist zudem zu berücksichtigen, daß bei dem festgesetzten Bußgeld in Höhe von 375.000,— DM das Landratsamt in erster Linie den wirtschaftlichen Vorteil abzuschöpfen hatte. Diesen hat das Landratsamt bei der Berechnung der Bußgeldhöhe mit 372.600,— DM angesetzt. Daraus geht bereits hervor, daß das festgesetzte Bußgeld den eigentlichen Tatvorwurf nur noch mit 2.400,— DM berücksichtigte.

Abschließend bestätige ich Ihnen, daß Ihre Firma seit dem 1.1.1991 die wasserrechtlichen Bestimmungen einhält und die Grundwasserentnahme in Höhe von 950.000 cbm entsprechend der Ihnen erteilten vorläufigen Genehmigung erfolgt.

Mit freundlichen Grüßen - Dr. Karl Vogele - Landrat

Was des Landrats Interpretation zum Bußgeld in Höhe von 375.000 Mark angeht, reagierte das bayerische Innenministerium unverzüglich. „Das kann man nicht aufspalten, nicht auseinanderdividieren", erklärte der Pressesprecher des Innenministeriums unmittelbar nach Bekanntwerden des Landrats-Briefes. Das Ordnungswidrigkeitengesetz würde eindeutig festlegen, daß das Bußgeld als Ganzes zu sehen sei, auch wenn es sich „selbstverständlich aus verschiedenen Faktoren wie Gewinnabschöpfung und Bußgeld zusammensetzt". Doch als diese Erklärung des Innenministeriums kam, war in vielen Zeitungen bereits die Schlagzeile gelaufen „Müller-Milch bezahlt 2.400 Mark Bußgeld". Vor allem die *Augsburger Allgemeine* hatte sich nach dieser Überschrift harsche Kritik eingehandelt. Die *Süddeutsche Zeitung* berichtete am 31.1.92 davon, wie der ganze Vorgang „medienwirksam in Szene gesetzt" wurde. Nur wenige Stunden nach Eingang des Vogele-Briefes hätten Theo Müller und sein Geschäftsführer Schützner die Chefredaktion der *Augsburger*

Allgemeinen aufgesucht, bevor dann am Abend per Telefax auch die überregionalen Medien über die „Ehrenerklärung des Landrats informiert" wurden.

Bei meiner Nachfrage im Innenministerium wird mir vom Chef der Obersten Baubehörde, Dr. Benno Brugger, bestätigt, daß wenige Tage vor dem Brief des Landrats an Theobald Müller sowohl der Molkereichef als auch der Landrat in München vorgesprochen hätten. Den Landrat und den Regierungspräsidenten des Bezirkes Schwaben habe er zu einem Gespräch gebeten, sagte Brugger, um sich sachkundig zu machen. Daß Theo Müller mit seinem Geschäftsführer drei Tage später bei einem persönlichen Gespräch versucht habe, den Bußgeldbescheid in der Höhe zu beeinflussen - was ihm nicht gelungen sei - ‚halte er für einen ganz normalen Vorgang. „Es war für uns jedoch klar, daß es von der Erklärung des Ministers Stoiber kein Abweichen gibt", sagte Brugger. Was Müller getan habe, sei rechtwidrig gewesen und war somit zu sanktionieren.

Die Bestätigung des obersten Baujuristen im Innenministerium, daß man in der Sache hart geblieben sei, unterstreicht nocheinmal, wenn auch in sehr vorsichtigen Worten, daß der Landrat und Theo Müller gehörig abgeblitzt sind. Deutlich zu spüren war im Innenministerium auch die Verwunderung über den merkwürdigen Brief des Landkreischefs, auch wenn sich dazu niemand offiziell äußern wollte. Was freilich durch dieses Schreiben wieder in den Mittelpunkt gerückt wurde, ist die Frage nach den Gründen dafür, warum dieser Landrat sich nach all den Verstößen der Firma Müller-Milch so für die Molkerei ins Zeug legt. Kritiklos die sehr fragwürdige Argumentation von Müller-Milch zu übernehmen, daß ein Bestehen auf eine genehmigte Grundwassermenge die Schließung des Betriebes zur Folge hätte, wirkte doch ausgesprochen peinlich. Wie kann denn ein Landratsamt künftig auf die Einhaltung von Genehmigungen pochen, wenn es selbst ganz offen am Sinn der eigenen Festlegungen und Bescheide zweifelt?

LANDKREIS AUGSBURG

Landratsamt Augsburg Prinzregentenplatz 4 8900 Augsburg

Augsburg, 28. Januar 1992

DER LANDRAT

Molkerei
Alois Müller GmbH & Co
z.Hd. Herrn Theo Müller
Aretsried
Zollerstr. 7

8935 Fischach

Sehr geehrter Herr Müller,

das Landratsamt bestätigt den Eingang Ihres Schreibens vom 24.1.1992.

Es ist richtig, daß die vom Landratsamt Augsburg im Jahre 1988 erteilte wasserrechtliche Genehmigung erheblich hinter der von Ihnen beantragten Menge zurückblieb. Aus diesem Grunde haben Sie auch gegen den Wasserrechtsbescheid Widerspruch eingelegt und Klage erhoben.

Es ist weiter zutreffend, daß Sie im Oktober 1990 dem Landratsamt mitgeteilt haben, daß die genehmigte Menge von 600.000 cbm, insbesondere wegen der starken betrieblichen Expansion in Folge der Wiedervereinigung, im Jahre 1990 nicht ausreichen würde. Aus diesem Grunde habe ich sofort zu einem Gespräch in meinem Haus über die Problematik eingeladen. In diesem Gespräch haben Sie schlüssig dargelegt, daß die unumgängliche Folge eines Beharrens des Landratsamtes auf der Menge von 600.000 cbm Grundwasserentnahme jährlich die Schließung Ihres Betriebes in Fischach wäre.

Weil Sie sich in dem Gespräch verpflichtet haben, zusammen mit einem Antrag auf erhöhte Entnahme von Grundwasser ein hydrogeologisches Gutachten vorzulegen sowie in Ihrem Betrieb wassersparende Maßnahmen durchzuführen und die Kühlung künftig zum großen Teil nicht mehr mit Grundwasser, sondern auf technische Weise vorzunehmen, hat sich das Landratsamt Augsburg bereit erklärt, die erhöhte Grundwasserentnahme zwar nicht zu dulden, dagegen vorläufig auch nicht einzuschreiten.

Diese damalige Entscheidung wurde nach Abwägung aller Gesichtspunkte getroffen. Eine Gefährdung der öffentlichen Wasserversorgung bestand zu keinem Zeitpunkt. Das Landratsamt hatte darüber hinaus auch andere Gesichtspunkte des öffentlichen Wohls, vor allem die Sicherung von Arbeitsplätzen und vieler bäuerlicher Existenzen, zu berücksichtigen. Wenn in diesem Zusammenhang ein Abgeordneter, der nicht in der Verantwortung steht, später von "Wasserdiebstahl" gesprochen hat, halte ich diesen Vorwurf für rechtlich unzutreffend und angesichts des Sachverhaltes für absurd.

Ihre Firma hatte im 4. Quartal 1990 jedoch formal gegen den Genehmigungsbescheid verstoßen. Auch unter Berücksichtigung der vorstehenden Ausführungen ist das Landratsamt deshalb nicht in der Lage, den Bußgeldbescheid, wie von Ihnen gefordert, aufzuheben, da die Grundwasserentnahme über die genehmigte Menge hinaus formell rechtswidrig war. Hierbei ist zudem zu berücksichtigen, daß bei dem festgesetzten Bußgeld in Höhe von 375.000,-- DM das Landratsamt in erster Linie den wirtschaftlichen Vorteil abzuschöpfen hatte. Diesen hat das Landratsamt bei der Berechnung der Bußgeldhöhe mit 372.600,-- DM angesetzt. Daraus geht bereits hervor, daß das festgesetzte Bußgeld den eigentlichen Tatvorwurf nur noch mit 2.400,-- DM berücksichtigte.

Abschließend bestätige ich Ihnen, daß Ihre Firma seit dem 1.1.1991 die wasserrechtlichen Bestimmungen einhält und die Grundwasserentnahme in Höhe von 950.000 cbm entsprechend der Ihnen erteilten vorläufigen Genehmigung erfolgt.

Mit freundlichen Grüßen

Dr. Karl Vogele
Landrat

Kapitel 5

ABER BITTE MIT SAHNE

Millionen-Zuschuß für die eigene Kläranlage

Wenn im Frühsommer 1989 in Fischach/Aretsried bei den Schmutter-Fischern wieder einmal der Spruch die Runde machte, daß die „biblische Schmutter" ihrem Namen einmal mehr gerecht geworden sei, dann hat das nichts damit zu tun, daß die Menschen hier besonders katholisch sind. Es liegt vielmehr daran, daß der kleine Fluß erneut durch Müller-Milch-Abwässer gehörig verdreckt worden war. So schlimm, daß es zu einem großen Fischsterben gekommen ist. Nachdem rund 5.000 Liter Sahne bei Müller „durchgegangen" und über die völlig überlastete Fischacher Kläranlage in die Schmutter gelangt waren, erstickten die Forellen, Weißfische und Schleien regelrecht am Rahm. Beinahe zynisch sprachen die Schmutterfischer daher von der „biblischen Schmutter", in Anlehnung an den alttestamentarischen Spruch, daß Milch und Honig fließen sollen.

Was damals auch nach monatelangem Streit mit dem Müller-Milch-Chef nicht floß, war die Entschädigung für die Fischer, die von der Molkerei 30.000 Mark gefordert hatten. Die Fischer zogen damals den Kürzeren. Doch unabhängig vom Zivilstreit kam es zwei Jahre später wegen der schweren Gewässerverunreinigung zu einem förmlichen Strafverfahren gegen Theobald Müller. Der Richter hatte das persönliche Erscheinen des Angeklagten angeordnet. Es war Theo Müller's erster öffentlicher Auftritt seit langem.

Als eine Verkettung unglücklicher Umstände stellte Theobald Müller vor dem Augsburger Amtsgericht den „bedauerlichen Zwischenfall" dar. Müller war es sichtlich unangenehm, auf der harten Anklagebank Platz nehmen zu müssen. Doch dem erfolgreichen Molkereibesitzer blieb nichts anderes übrig, nachdem der Strafrichter einen Antrag der Müller-Anwälte, daß ihr Mandant nicht auf der Anklagebank sitzen müsse, abgelehnt hatte.

Günstiger als dieser Antrag ging für Theo Müller das Strafverfahren aus. Es endete mit einer Einstellung, nachdem sich Müller bereit erklärt hatte, 10.000 Mark Geldbuße zu zahlen. Der Molkereichef hatte in der Verhandlung den Zwischenfall von 1989 bedauert und bestritten, daß ihn an dem Unfall ein persönliches Verschulden treffe. Dieser Auffassung schloß sich auch der Amtsrichter an. Und selbst der Staatsanwalt erklärte sich mit der Einstellung des Verfahrens einverstanden. „Ich halte Herrn Müller grundsätzlich für einen Ehrenmann, mit dem ich schon oft kooperiert habe", sagte Oberstaatsanwalt Johannes Winter, und hielt dem Angeklagten zugute, daß dieser durch den Bau einer betriebseigenen Kläranlage ja Vorsorge für künftige Probleme treffen wolle. Über den ausgesprochen heftigen Streit, der just wegen dieser Kläranlage im Ort entbrannt war, verlor das Gericht kein Wort.

Allerdings mußte während der Verhandlung Richter Joachim Rahlf feststellen, daß sich einige Zeugen in Widersprüche verstrickten. So beispielsweise der technische Geschäftsführer des Unternehmens, Günter Meyer. Bei der polizeilichen Vernehmung hatte Meyer angegeben, der volle Neutralisationstank sei übergelaufen und so die Sahne über die Kanalisation in die Schmutter gelangt. Während der Verhandlung änderte Meyer dann allerdings seine Aussage und berichtete von einem leeren Tank, an dem zum Zeitpunkt des Zwischenfalls gerade Reparaturarbeiten durchgeführt wurden. Ein „Jahrhundertzufall" sei dieser Unfall gewesen.

Auch der als Zeuge vernommene Klärwärter der Gemeinde Fischach sagte in der Verhandlung anders aus als bei seiner polizeilichen Vernehmung. Dort hatte er angegeben, erst gegen mittag am Unglückstag von der Firma Müller informiert worden zu sein, daß 5.000 Liter Sahne auf die Kläranlage zuflössen. Ein Gespräch mit dem Müller-Verfahrenstechniker habe jedoch sein Gedächtnis aufgefrischt. Müller-Milch hätte tatsächlich schon am Vormittag des Unglückstages bei der Kläranlage angerufen.

Doch die beiden widersprüchlichen Aussagen blieben durch die Einstellung des Verfahrens ebenso unberücksichtigt wie die Ausführungen des Sachbearbeiters für Wasserrecht am Landratsamt Augsburg. Der hatte nämlich den Angaben von Theo Müller widersprochen, daß es sich bei den Zwischenfällen tatsächlich um eine einmalige Ausnahme gehandelt habe. Wenn auch sonst keine Sahne die Kläranlage an den Rand der Kapazität gebracht habe, so seien es andere stark verschmutzte Abwässer gewesen. Genau aus diesem Grund sei die Firma schon 1987 aufgefordert worden, endlich die Abwasserentsorgung vernünftig zu regeln. Was bei Gericht überhaupt nicht zur Sprache kam, war ein Vorfall aus dem Jahr 1975. Damals war Theo Müller vom Amtsgericht Augsburg zu einer Geldstrafe in Höhe von 3.000 Mark verurteilt worden, weil Molkerei-Abwässer ungeklärt in die Schmutter geflossen waren. Die Mißstände, so hieß es damals, seien den Behörden schon seit 1968 bekannt. Das Gericht hatte im September 1975 Theo Müller vorgehalten, nicht alles ihm Mögliche getan zu haben, um die Abwässer zu reinigen. Doch der damals 35jährige Unternehmer sah sich lediglich als ein Opfer der Bürokratie. Im *Augsburger Landboten* wurde Müller mit den Worten zitiert: „Ich kann nur die Schmutter verschmutzen oder den Betrieb stillegen". Was Müller tat, war klar - die Schmutter verschmutzen! Die Schuld daran, daß die Molkerei den kleinen Fluß verdrecken mußte, sah schon damals der Inhaber bei der Gemeinde.

Er habe alles dafür vorbereitet, daß die Abwässer in die Erdklärbecken von Fischach fließen können und warte nur darauf, daß die Gemeinde den Anschluß herstelle, hatte Müller dem Gericht erzählt. Ein Jahr zuvor waren die schlimmen Mißstände anläßlich einer Schmutterbegehung der Behörden offenkundig geworden. Gegen die Molkerei, die nie eine Erlaubnis besessen hatte, ihre Abwässer ungeklärt in den Fluß zu leiten, wurde damals Strafantrag wegen eines Vergehens gegen das Wasserhaushaltsgesetz gestellt. Dem Angeklagten wurden auch 1975 schon strafmildernde Umstände zugebilligt, weil die Behörden den bestehenden Zustand zunächst geduldet hatten. Es waren kurz vor der Anzeige Verhandlungen zwischen Müller-Milch und der Gemeinde gescheitert. Es ging dabei um Müllers fälligen Zuschuß zum Kläranlagenbau. Obwohl die Molkerei die Schmutter mit ihren Abwässern genauso stark belastete wie der komplette Ort Fischach, weigerte sich Müller, von den Kosten für die Kläranlage in Höhe von 2,5 Millionen Mark, eine knappe Million zu bezahlen. Weil er sich nur mit bis zu 400.000 Mark beteiligen wollte, flossen eben während der langwierigen Verhandlungen die ungeklärten Abwässer weiter in die Schmutter. Der Amtsrichter stellte denn auch verbittert fest: „Er (Müller) hat durch das ungesäuberte Einleiten jahrelang Geld gespart".

Das war 1975. Sechzehn Jahre später war Theobald Müller also wieder einmal äußerst glimpflich davon gekommen. Er selbst verweigerte auch nach der Verhandlung jede Stellungnahme. Zu Interviews war er erst recht nicht bereit. Einziger Kommentar: „Sie haben's doch gehört, was Sache ist. Es gibt keinen Grund für eine Stellungnahme".

Doch was der Sachbearbeiter des Landratsamtes im Zusammenhang mit der längst überfälligen Regelung der Abwasserentsorgung im Gerichtssaal angesprochen hatte, das muß einem Mann besonders in den Ohren geklungen haben: dem Bürgermeister von Fischach, Josef Fischer. Der hatte nämlich kurz nach seinem Amtsantritt 1990 einen einstimmigen Gemeinderatsbeschluß bewirkt, daß die Müller-Abwässer überprüft, sprich gemessen werden sollen. Von der Einstimmigkeit wollten übrigens einige besonders Müller-freundliche Gemeinderäte ein Jahr später plötzlich nichts mehr wissen. Was die Messungen der Gemeinde zutageförderten, übertraf selbst die schlimmsten Befürchtungen. Statt der genehmigten 800 Kubikmeter Abwasser leitete Müller-Milch an den Tagen der Messung 1.444 beziehungsweise 1.210 Kubikmeter Abwasser ein. Die für die Bemessung der Schmutzfracht wichtigen Einwohnergleichwerte machen noch deutlicher, wieviel mehr als erlaubt Müller-Milch der Kläranlage zumutete: sind der Molkerei täglich 4.000 Einwohnerwerte genehmigt, so wurden am 5. Juni 1990 sage und schreibe 19.045 Einwohnerwerte gemessen.

Die Gemeinde mahnte die Firma Müller sofort ab und das Landratsamt Augsburg drängte einmal mehr auf die Lösung der Abwasserprobleme. Müller-Milch reagierte mit der Ankündigung, eine eigene Kläranlage bauen zu wollen, in der die Betriebsabwässer behandelt werden sollen. Lediglich die sogenannten häuslichen Abwässer werde Müller weiterhin in die Gemeindekläranlage einleiten. Doch was Müller-Milch mit der Ankündigung zum längst überfälligen Kläranlagenbau verband, das schlug für viele Aretsrieder und Fischacher dem Faß den Boden aus: Die Großmolkerei verlangte von der Gemeinde eine Abfindung in Höhe von 2,7 Millionen Mark dafür, daß sie fortan ihre Betriebsabwässer nicht mehr in die Gemeindekläranlage einleitet. Eine Forderung, die Empörung auch bei denjenigen Bürgern hervorrief, die sich bislang in Sachen Müller-Milch deutlich zurückgehalten hatten.

Schnell machte im Ort das Gerücht die Runde, die äußerst knappe Gemeinderatsentscheidung, die wenig später folgte und die zugunsten der Molkerei ausfiel, habe etwas damit zu tun, daß Gemeinderäte von Freien Wählern und CSU sich einige Tage vor der Abstimmung mit Theo Müller getroffen hatten. Die Sache war tatsächlich recht merkwürdig, denn zu einer CSU-Ortsvorstandssitzung am 15. Juli 1991 war nicht nur Theo Müller eingeladen worden, sondern auch die beiden Gemeinderäte der Freien Wähler. Diese erklärten später, sie seien an diesem Abend rein zufällig in die „Traube" gekommen, wo die CSU tagte. Einige Kollegen erinnern sich dagegen noch gut daran, daß die beiden Gemeinderäte sich bei einem Gemeinderatstermin - es ging um die Besichtigung eines Feuerwehrautos - recht bald entschuldigten und dann eben ganz zufällig zu der CSU-Sitzung kamen. Schon etwa drei bis vier Tage vor der Sitzung sollen sie dazu eingeladen worden sein. In dieser Sitzung wiederum soll sich Theobald Müller kräftig Luft gemacht haben. Wenn die Firma Müller nicht den Zuschuß von zwei Millionen Mark zum Kläranlagenbau bekomme, dann habe das Konsequenzen für die Gemeinde, habe Müller zu verstehen gegeben. Der Molkereichef hatte zu diesem Zeitpunkt auch allen Grund zur Sorge, denn der Bürgermeister von Fischach hatte einen für Müller positiven Beschluß des Gemeinderates vom 23.6.91, daß nämlich die zwei Millionen Mark an die Molkerei als Abfindung bezahlt werden sollen, ausgesetzt und dem Landratsamt zur rechtlichen Überprüfung zugeleitet.

Bürgermeister Fischer war der Ansicht, daß der Beschluß rechtlich nicht zulässig sei. Theo Müller hatte schon bei einer nichtöffentlichen Gemeinderatssitzung ähnlich massiv aufgetrumpft. Und er hatte bei dieser Gemeinderatssitzung, so berichtete später ein Teilnehmer, auch ganz massiv gegen Bürgermeister Josef Fischer geschimpft. Man könne doch mit diesem Bürgermeister nicht zusammenarbeiten, soll Müller mehrmals gesagt haben. Fischer selbst will sich dazu nicht äußern. „Zu nichtöffentlichen Sitzungen kann und will ich nichts sagen", erklärte der Bürgermeister.

Den CSU-Ortsvorsitzenden Gumpp ärgerten diese ganzen Gerüchte so sehr, daß er sich entschloß, eine Podiumsdiskussion - zusammen mit den Freien Wählern - zu veranstalten. In der gemeinsamen Veranstaltung solle klargestellt werden, daß die Gemeinderäte nicht Müller-hörig sind, sagte Gumpp auf Nachfrage. Doch in Aretsried und Fischach ging inzwischen sogar das Gerücht, daß sich manch einer dieser Räte den sonntäglichen Frühschoppen inzwischen abgewöhnt habe, nachdem dort recht unmißverständlich über die Müller-Milch-Ablöse und einige Gemeinderäte gesprochen worden sei. Viel wurde in Aretsried auch über einen Auftrag erzählt, den der Freie Wähler Gendner in dieser Zeit von der Firma Müller bekommen habe. Doch der Gemeinderat wies jede Manipulationsabsicht von Müller im Gespräch mit mir deutlich zurück. Er habe von der Molkerei lediglich einen Kleinauftrag „um 5.000 Mark herum" erhalten. Einen bestehenden Gemeinschafts-Messestand der bayerischen Milchwirtschaft auf einer Lebensmittelmesse sollte er für Müller-Milch ein wenig ausstaffieren. Von einem Großauftrag könne keine Rede sein. Das was in diesem Zusammenhang im Dorf gesprochen werde sei Blödsinn, zumal dieser Auftrag auch erst nach der Gemeinderatsentscheidung erteilt worden sei und somit seine Abstimmung gar nicht habe beeinflussen können.

„Was ist los mit Müller und der Gemeinde", wurde die Podiumsdiskussion überschrieben und in der Einladung an die Presse hieß es: „Wegen der starken Aktualität und der rasanten und turbulenten Fortbewegung der gesamten Angelegenheit handelt es sich hier um eine äußerst interessante Veranstaltung, zu der inzwischen mehrere Medienvertreter ihr Kommen zugesagt haben". Er sollte Recht behalten. Die Veranstaltung wurde tatsächlich interessant, verlief allerdings nicht ganz so, wie sich das die Veranstalter vorgestellt hatten.

Viel Hin und Her gab es um die Teilnehmer am Podium. Hatte Landrat Karl Vogele zunächst noch eine Teilnahme abgelehnt, weil er sich ja einige Tage zuvor auch geweigert hatte, an einer Podiumsdiskussion der Grünen teilzunehmen, so überlegte er es sich dann doch noch kurzfristig anders. Bei der CSU-Veranstaltung hatte der CSU-Landrat offenbar plötzlich keine Probleme mehr damit, daß es sich „um eine Parteiveranstaltung" handelte. Der Bürgermeister sagte „nach reiflicher Überlegung" ab. Zu sehr drohe diese Veranstaltung eine einseitige Sache zu werden. Der Gemeindechef steckt, wie bereits erwähnt, in einer verzwickten Situation. Er ist als Parteifreier auf der Liste der SPD zum Bürgermeister gewählt worden. Und er fährt, im Gegensatz zu seinem Vorgänger von der CSU, einen schärferen Kurs gegen die Großmolkerei. Wobei er selbst das „gegen die Großmolkerei" nicht gerne hört. „Ich muß allerdings die Interessen der Bürger ebenso vertreten wie die des größten Steuerzahlers". Das wiederum heißt für Fischer, Augen auf in Sachen Müller-Milch. Und daher paßt ihm eine Parteiveranstaltung zu diesem Thema überhaupt nicht. „Ich werde bei der Bürgerversammlung ausführlich auf die Probleme in diesem Zusammenhang eingehen und daher nicht an der Podiumsdiskussion teilnehmen", ließ der Gemeindechef die CSU und Freien Wähler wissen. Eine Rolle dürfte dabei auch der Versuch der CSU gespielt haben, die Abwassermessungen der Gemeinde, denen sie ja selbst noch zugestimmt hatten, nachträglich als eine Art hinterlistiger Aktion darzustellen.

Fischer jedenfalls macht deutlich, daß er sehr wohl die Vorteile zu schätzen weiß, die von einer solch erfolgreichen Firma wie der Molkerei Müller ausgehen. Aber das bedeute ja nicht, daß man immer klein beigeben müsse. Der Bürgermeister will sich auch von den immer wieder auftauchenden Drohungen mit Betriebsverlagerung et cetera nicht groß beeindrucken lassen. Aber er will eben auch nicht die Konfrontation um jeden Preis. Ein sachliches Beharren auf den Vorgaben und Bestimmungen ist für Fischer jedoch selbstverständlich.

So kommt es jedenfalls, daß an jenem verregneten Septemberabend in Fischach der Bürgermeister nicht anwesend ist, als der Diskussionsleiter, Professor Lutz Haegert von der Universität Augsburg, die Podiumsdiskussion eröffnet. Der große Saal platzt aus allen Nähten. Mehrere Dutzend Fischacher und Aretsrieder haben nur noch Stehplätze bekommen, obwohl sie schon mehr als eine halbe Stunde vor Beginn da waren. Das Interesse an Müller-Milch ist allenthalben groß. Oben am Podium sitzt neben dem Diskussionsleiter der amtierende Landrat des Kreises Augsburg, Dr. Karl Vogele, neben ihm sein Kollege aus dem Unterallgäu, Dr. Hermann Haisch, der früher einmal im Fischacher Gemeinderat saß. Auch Altbürgermeister Adolf Marz ist mit von der Partie, ebenso der Sprecher der Freien Wählervereinigung, Karl-Heinz Gendner, der CSU-Ortsvorsitzende Martin Gumpp und Müller-Milch-Geschäftsführer Gerhard Schützner.

Landrat Karl Vogele gibt immer wieder zu verstehen, daß er „heute nicht auf Details eingehen" könne. Sein Haus habe über 600 Mitarbeiter, da könne er nicht über jedes Detail informiert sein. Kaum eine Frage, auf die er eine Antwort geben kann und es dauert nicht lange, da fragt ihn ein empörter Bauer im Saal: „Warum sind Sie denn überhaupt da, wenn Sie sich nicht auskennen und alles auf Ihre Mitarbeiter schieben?"

Der CSU-Ortsvorsitzende rutscht auf seinem Stuhl nervös hin und her. Einer im Saal ruft: „Ein Saustall ist das mit den zwei Millionen!". Und als der Diskussionsleiter zum wiederholten Male zur Sachlichkeit ruft, da hört er von einem Landwirt nur: „Unsere Kläranlage pfeift aus dem letzten Loch. Uns geht ein Umwälzer nach dem anderen kaputt, weil der Klärschlamm vom Müller so konzentriert ankommt, daß sie's nicht mehr schafft. Die zwei Millionen sind völlig unberechtigt!" Viele im Saal klatschen Beifall. Auch als dieser Ex-Gemeinderat von der SPD aufsteht und loswettert und darüber schimpft, daß man dem Müller gegenüber viel zu lange geduldig war. Dabei ist es ja nicht so, daß Fischach und Aretsried unbedingt als SPD-Hochburgen gelten. Der Freie Wähler Gendner wird oben auf dem Podium unruhig, als er mitansehen muß, wie die Leute dort unten im Saal reagieren. Dabei hat sich der Abgeordnete Kamm, der unten bei den Leuten sitzt, weil er nicht offiziell eingeladen worden ist, noch nicht einmal zu Wort gemeldet. Aber sie alle wissen, daß das wohl nicht mehr lange dauern wird.

Wieder wird der Landrat gefragt, wieso denn bei zwei Anfragen der Gemeinde nach der Rechtmäßigkeit der Müller-Abfindung zwei verschiedene Aussagen zustande kamen. „Unser Haus hat immer deutlich gemacht, daß Müller keinen Rechtsanspruch auf eine Abfindung in bestimmter Höhe hat", erwidert der Landkreischef. „Wir hatten lediglich zu überprüfen, ob der Gemeinderatsbeschluß rechtmäßig ist. Und das ist nun mal der Fall. Es liegt noch im Gestaltungsspielraum der Gemeinde Fischach, wenn sie Müller-Milch eine Abfindung zahlen will." Unmutsbekundungen aus dem Auditorium. Der Freie Wähler Gendner schaltet sich ein: „Die Fischacher Bürger haben doch nicht die dümmsten 16 gewählt", sagt er. „Wir sind glücklich über die 10 Millionen Mark Gewerbesteuer, die wir für unsere Bürger ausgeben können". Dem Landrat ist diese Art der Schützenhilfe nicht ganz recht. „Darf ich sagen, das ist nicht mein Thema. Der Markt Fischach hat sicher einen großen Steuerzahler". Gemeinderat Gendner läßt sich nicht abbremsen. Die Räte hätten sich das nicht leicht gemacht mit den 2 Millionen für Müller. „Wir haben gerechnet und in die Zukunft gesehen und zwar haben wir einen Vertrag, der Müller erlaubt, bis zum Jahr 2004 - also noch 13 Jahre lang - Abwässer einzuleiten. Wir hätten die Kläranlage der Gemeinde ausbauen müssen. Rund 9 Millionen Mark hätte das gekostet. Wenn wir jetzt der Firma Müller zwei Millionen zahlen, dann sparen wir den Bürgern einige Millionen. Und es ist Ihnen sicher bekannt, daß die Firma Müller 90 Prozent unseres Gewerbesteueraufkommens bringt. Daran kann ein Gemeinderat nicht vorbeischauen!" Dann sagt Gendner diesen völlig unerwarteten Satz: „Wer sagt, wir seien bestochen worden, lügt. Dafür lege ich meine Hand ins heißeste Feuer". Einen Moment wird es mucksmäuschenstill im Saal. Von Bestechung hatte bisher noch gar niemand gesprochen.

Der Abgeordnete Raimund Kamm meldet sich zu Wort. Der Diskussionsleiter weist ihn vorsorglich gleich einmal darauf hin, daß ihm an einer sachlichen Diskussion gelegen sei. Dabei hatte es Professor Haegert nicht versäumt, zu Beginn der Veranstaltung seine Vermieterin zu begrüßen, hervorzuheben, daß sie sich mit einer ausgesprochen günstigen Miete für sein Haus in Fischach zufrieden gibt. Ironie des Schicksals, daß dieser Professor auch dem Wirt-

Die Milch im Nacken

schaftler Kamm, der lange Jahre als Management-Trainer gearbeitet hat, schon Vorlesungen gegeben hat. Sachlich aber bestimmt geißelt der Abgeordnete das „einseitig besetzte Podium". Die Abfindung für den „längst überfälligen Kläranlagenbau" nennt er skandalös. Sie entbehre jeder Grundlage, sei unsinnig. Denn eine Firma, die jahrelang vielzuviel Abwasser einleite, könne doch nicht hergehen, wenn sie das eines Tages nicht mehr dürfe, und auch noch Millionen dafür verlangen.

Tosender Applaus für den Grünen. Erschrecken darüber auf dem Podium. Der Müller-Milch-Geschäftsführer schaltet sich erstmals ein. Er hatte, ebenso wie Theo Müller, bisher jedes Gespräch, jedes Zusammentreffen mit dem Abgeordneten abgelehnt. Von dubiosen Zahlungen der Gemeinde an Müller-Milch könne keine Rede sein. Der Firma sei in den siebziger Jahren das Recht eingeräumt worden, bis zum Jahr 2004 täglich 4.000 Einwohner-Gleichwerte einzuleiten. Dafür habe man immerhin 360.000 Mark bezahlt - als Anteil für die Mitbenutzung der Gemeindekläranlage. Dazu seien nocheinmal 100.000 Mark für die Mitbenutzung der Kanalisation gekommen. Durch den Kläranlagenneubau der Firma Müller könne die Gemeinde knapp neun Millionen Mark sparen, wie es Gemeinderat Gendner schon angesprochen habe. Ja und dafür, dafür wolle eben Müller einen Gemeindezuschuß. Denn man könne doch von Müller-Milch nicht erwarten, daß die Firma einfach auf ein verbrieftes Recht, nämlich der Einleitung bis ins Jahr 2004, verzichte. „Wir haben mit drei Millionen angefangen, der Bürgermeister hat eine Million geboten und bei zwei Millionen haben wir uns geeinigt. Das ist doch die normalste Sache der Welt", konstatierte Gerhard Schützner.

Ein Großteil der Zuhörer sieht das anders, wartet gespannt auf die Erwiderung des Abgeordneten Kamm. „Rein rechtlich ist das noch längst nicht geklärt, ob überhaupt eine Abfindung zu zahlen ist. Ich habe deshalb eine Anfrage an die Staatsregierung gerichtet". Der Diskussionsleiter fällt ihm ins Wort: „Es geht doch nicht darum, daß Müller ein Recht auf die Abfindung hat, ein Recht hat die Firma wohl keines". Als die Zuhörer fordern: „Ausreden lassen", da meint der Professor von der Augsburger Uni: „Ich möchte ja die Veranstaltung auch ein bißchen lustig zu Ende bringen". Doch von zu Ende bringen kann noch keine Rede sein. Wieder der Abgeordnete Kamm: „Wenn die Firma Müller statt 4.000 Kubikmeter bis zu 15.000 und mehr einleitet, dann muß ich ihr sagen, Einwohnergleichwerte sind keine Aktien, die auf der Börse gehandelt werden. Ich wundere mich, daß Sie nicht für die ganzen Mehreinleitungen und die erforderlichen Erweiterungen der Kläranlage zur Kasse gebeten wurden. Jetzt gar noch eine Ablöse zu fordern, ist mehr als dreist". Der Applaus wird vom Diskussionsleiter unterbrochen. Er habe den Abgeordneten doch zur Sachlichkeit ermahnt, sagt Professor Haegert.

Müller-Mann Schützner lenkt ein: „Die Kläranlage ist zu spät gebaut worden, das sehen wir ein. Das war ein großer Fehler - von Müller und der Gemeinde". Doch das sagt er ohne daß die erwartete Zusage käme, die Firma verzichte daher auf die sowieso umstrittene 2-Millionen-Abfindung. Das Schuldeingeständnis bleibt ein Lippenbekenntnis.

Ein Zuhörer meldet sich zu Wort und fragt, was denn mit dem Wasserdiebstahl ist und was der Herr Schützner dazu zu sagen habe. Der Diskussionsleiter mahnt erneut zur Sachlichkeit. „Ich glaube nicht, daß uns jemand abstreitet, daß wir als Lebensmittelbetrieb Wasser brauchen", sagt Geschäftsführer Schützner. „Auch unser Betrieb möchte nicht, daß wir die Grundwasserversorgung beeinträchtigen. Aber wir sind nicht irgendein kleines Schiffchen, das jederzeit seinen Kurs ändern kann, sondern wir haben eher die Größenordnung eines Dampfers. Aber wenn die geringste Gefahr für die Trinkwasserversorgung besteht, werden wir Mittel und Wege finden, daß wir woanders Wasser herholen". Dann spricht Schützner von einer geplanten Zellteilung der Firma. In England würde bekanntlich ein neues Werk gebaut. Dort sollen dort rund 30 Millionen Becher produziert werden. Und dann sei da auch noch das geplante Werk in Brandenburg. Dann versichert Schützner, daß ein Gutachten erstellt werde. „Lippenbekenntnisse, nicht mehr", kommentiert einer im Saal.

Ein junger Landwirt steht auf. Um Lärmmessungen gehe es ihm, sagt er. „Wenn bei Müller Lärmmessungen gemacht werden, dann werden die 14 Tage vorher angekündigt.... Der Müller schafft Arbeitsplätze, o.k.. Aber ich kann auch verlangen, daß ich nachts schlafen kann, daß meine Frau und meine drei Kinder schlafen können". Der Mann wird wütend, als Gerhard Schützner sich gelassen zurücklehnt. „Ich hab' den Herren angeboten, sie sollen mal 14 Tage zu mir kommen. Wir haben seit 10 Jahren eine Baustelle vor dem Haus - gerade mal 20 Meter weg bauen sie das neue riesige Becherwerk. Wir können schon lange nicht mehr schlafen. Ich frage mich, ob das noch ein Leben ist, neben einer solchen Molkerei, die immer als Saubermann dasteht!"

„Bravo, bravo", rufen einige im Saal. Gerhard Schützner gibt sich verständnisvoll. „Es stimmt, daß Herr Ringler als unmittelbarer Betroffener am allermeisten betroffen ist von uns. Wir würden Ihnen gerne etwas Vergleichbares schaffen zu vernünftigen Konditionen". Genau das werde jedoch immer nur versprochen, kontert Bauer Ringler. Das Landratsamt habe sein Anwesen geschätzt - und Müller habe viel weniger geboten. „Das verstehen die unter Was-Vergleichbares-schaffen". Andere Betroffene melden sich zu Wort und klagen über die extremen Belästigungen durch Müller-Milch. Diskussionsleiter Haegert schaltet sich wieder ein: „Also Herr Schützner, die Sache ist klar. Zwei Mercedes sind fällig!" Ein Raunen geht durch den Saal, einige lachen. Was meint der Professor dort oben auf dem Podium damit?

Drei Wochen vergehen, dann findet im gleichen Saal die Bürgerversammlung der Gemeinde Fischach statt. Sie verläuft wesentlich ruhiger als die Podiumsdiskussion drei Wochen zuvor. Bürgermeister Josef Fischer erläutert den gesamten Vorgang mit der Kläranlagenabfindung nocheinmal. Er erinnert daran, daß er den Beschluß des Gemeinderates zur 2-Millionen-Zahlung ausgesetzt hat, um ihn dem Landratsamt vorzulegen. „Mir war und ist nicht klar, wofür von uns

2 Millionen bezahlt werden sollen", sagt der Gemeindechef. „Mir will nicht in den Kopf, daß das was neu 360.000 Mark gekostet hat, nämlich das 15 Jahre alte Einleitungsrecht der Firma Müller, jetzt plötzlich zwei Millionen wert sein soll". Dann beantwortet Fischer die Frage eines Bürgers, wer denn für die 2 Millionen-Abfindung zur Kasse gebeten wird. „Egal wie die 2 Millionen im Haushalt untergebracht werden - Sie zahlen letztlich alle!"

Josef Fischer sagt: „Als Bürgermeister bin ich froh über eine solche Firma, die soviel Gewerbesteuer bringt, die wichtige Arbeitsplätze schafft. Trotzdem kann ich als Gemeindeoberhaupt nicht alles tolerieren". Dann baut der Gemeindechef vor, greift er die Unterstellungen, die recht unverhohlenen Drohungen, die in jüngster Zeit viel zu hören waren, auf: „Wir müssen uns, was die Gewerbesteuer angeht, damit auseinandersetzen, daß die Firma Müller in England und Brandenburg eigene Werke baut, daß sie in Chemnitz eine Molkerei gekauft hat. Den Trend, daß man etwas entflechten will, den müssen wir akzeptieren". Es ist dies wohl ein deutliches Signal, daß die Gemeinde zwar kompromißbereit ist, sich allerdings nicht von einem Unternehmen unter Druck setzen lassen will.

Ein Gemeindebürger, und nur solche haben bei der Bürgerversammlung Rederecht, meldet sich zu Wort, spricht „einem Teil des Gemeinderates die Befähigung" ab und wirft ihm einen leichtfertigen Umgang mit Steuergeldern vor; kritisiert in diesem Zusammenhang auch das Landratsamt scharf. Er fragt, ob es wegen der Mehreinleitungen durch Müller-Milch eine Nachforderung an die Firma geben wird und muß sich daraufhin vom Bürgermeister sagen lassen, daß dies wohl kaum möglich sein dürfte. Gemeinderat Gendner meldet sich. „Uns beneiden viele Gemeinden im Landkreis. Wir sind durch die Firma Müller zur reichsten Gemeinde im Landkreis und darüberhinaus geworden. Da dürfen wir nicht wegsehen!"

Ein junger, kräftiger Mann steht auf. Vom Musikverein sei er. Er müsse schon mal sagen, daß es schlimm sei. Wenn man irgendwo sage, daß man aus Aretsried komme, dann werde mit Fingern auf einen gezeigt. Das, sagt der junge Mann, hätte die Firma Müller nicht verdient. Immerhin spende der Herr Müller immer wieder für die Vereine, auch für seinen Musikverein. Und das müsse man ihm hoch anrechnen. Auch wenn das mit dem Zuschuß für die Kläranlage vielleicht nicht ganz gerechtfertigt gewesen sei. Der Hobby-Musiker aus Fischach konnte zu diesem Zeitpunkt mit den Spenden des Molkereichefs tatsächlich zufrieden sein. Denn welcher Dorfverein bekommt schon die stolze Summe von 17.000 Mark gespendet, so wie der Musikverein Fischach 1990. Das Geld ist ein Teil der Zinsen aus einer Stiftung in Höhe von 500.000 Mark. Denn Theobald Müller hat anläßlich seines 50. Geburtstags im Februar 1990 die „Theo-Müller-Stiftung" ins Leben gerufen. Er hat verfügt:

Hiermit errichte ich, Theobald Müller, wohnhaft in (..) 8901 Aystetten, folgende Stiftung:

I.
Die Stiftung soll den Namen „Theo Müller Stiftung zur Förderung, Pflege und Ausübung von Instrumentalmusik („Theo-Müller-Stiftung") führen, ihren Sitz in Fischach, Gemeindeteil Aretsried haben und die Rechtsform erlangen.

II.
Zweck der Stiftung ist die Förderung der Instrumentalmusik, insbesondere durch Musikgruppen und Musikkapellen. Die Einzelheiten über die Verwirklichung des Stiftungszweckes werden in der Stiftungssatzung geregelt.

III.
Die Stiftung erhält folgende Vermögensausstattung: DM 500.000.

(.....) Aretsried, den 9.2.1990 - Theobald Müller, Stifter

Für diesen Schritt wurde Theobald Müller wiederum von anderen ausgezeichnet. Die Gemeinde Fischach verlieh ihm die Bürgermedaille und der Allgäu-Schwäbische-Musikbund (ASM) die „Fördermedaille in Gold". Gewürdigt wurde durch diese Auszeichnung auch, daß die drei Blasmusikkapellen der Großgemeinde Fischach unter anderem eine großzügige Jugendarbeit leisten können. Müllers Parteifreund, der CSU-Landtagsabgeordnete und ASM-Präsident Karl Kling, nannte die Geste Müllers ein „besonders anerkennenswertes Vorbild".

Ob die jüngste Entscheidung des Molkereibesitzers von Kling ebenso bewertet wird, soll einmal dahingestellt bleiben. Denn 1991 gab es trotz der freundlichen Worte des Fischacher Musikvereinsvorsitzenden bei der Bürgerversammlung kein Geld für die Musikvereine. Der Berater der Theo-Müller-Stiftung, der CSU-Ortsvorsitzende Martin Gumpp, verkündete bei der Jahresabschlußfeier des Aretsrieder Musikvereins eine für die Musiker unangenehme Entscheidung des Stifters Theo Müller: Es gibt 1991 kein Geld von der Stiftung, weil die Leute Müller so haben hängen lassen, ihn in der schwierigen Zeit der öffentlichen Auseinandersetzung nicht genügend unterstützt haben. Aber warum soll es den Musikvereinen anders gehen als dem Sportverein. Dem wurde vor vier oder fünf Jahren auch schon einmal völlig überraschend der Zuschuß gestrichen.

Einen recht peinlichen Auftritt hatte Theobald Müller im Januar 1992 und zwar bei einem Abschlußkonzert der Theo-Müller-Stiftung. Die Preisträger eines Bläserwettbewerbs veranstalteten in der Turnhalle ein Konzert, das mit viel Begeisterung von den Besuchern aufgenommen wurde. Weit weniger begeistert waren die Konzertbesucher allerdings von dem Schlußwort des Stifters, Theo Müller. „In der Presse läuft eine Hetzkampagne gegen mein Unternehmen, das ist sehr unschön", sagte Müller. „Wenn das so weitergeht, dann kann es sein, daß der Betrieb hier am Ort nicht mehr zu halten ist. Und dann geht die Theo-Müller-Stiftung auch von hier weg. Das was im Betrieb vorgefallen ist, sind doch nur läßliche Sünden gewesen".

An diesem Sonntagnachmittag und am nächsten Morgen wurde viel über dieses Schlußwort diskutiert. Als blanke Drohung wurde das auch von Menschen aufgefaßt, die während der Veranstaltung noch deutliche Sympathie gegenüber Theo Müller zu erkennen gegeben hatten. Obwohl es für die Musiker zuvor noch tosenden, lang anhaltenden Beifall gegeben hatte, war der Saal wenige Minuten nach Müllers Schlußwort bereits leer. Die Atmosphäre war dahin.

Kapitel 6

MILCHMAGIE

Die verzauberten Drinks

Kehren wir zurück ins Jahr 1989. Die Müller-Welt war, verglichen mit heute, noch völlig in Ordnung. Der Landkreis Aichach-Friedberg, unmittelbar an den Landkreis Augsburg angrenzend, machte immer wieder Schlagzeilen wegen seiner „anrüchigen" Mülldeponien bei Gallenbach. Die Arsenberge von Gallenbach und ihre Negativschlagzeilen konnten ein Kontrastprogramm gut vertragen. Und so kam der Molkereimeister Theobald Müller gerade recht, als er sich die Bürger von Aichach als Testpersonen für ein Pilotprojekt ausgeguckt hatte. Ein halbes Jahr lang sollten sie beitragen zur Wiederverwertung von Joghurt-, Buttermilch-, Kefir- und Milchreisbechern der Firma Müller-Milch. In sechs Supermärkte der Stadt sollten die Müller-Kunden ihre leeren Becher zurückbringen können. „Wir betreten mit dieser Aktion absolutes Neuland, aber irgendwann muß man halt ins kalte Wasser springen", verkündete Müller-Geschäftsführer Gerhard Schützner.

Müller-Milch wäre nicht Müller-Milch, wenn die ganze Aktion nicht als medienwirksames Recycling-Spektakel aufgezogen worden wäre. Per Hubschrauber wurde der Bonner Umweltstaatssekretär Wolfgang Gröbl (CSU) nach Aichach eingeflogen, um sich „über das bislang einmalige Joghurtbecher-Recycling, auch im Namen der Bundesregierung" zu freuen. Ganz zufällig fiel diese medienwirksame Müllberge-Verminderungsaktion in Aichach in die Wochen vor der Landratswahl. Und im Hinblick auf diese Wahl freute sich natürlich der Landratskandidat Theo Körner (CSU) ganz besonders darüber, daß mit diesem Becher-Recycling der „letzte noch fehlende Baustein in das Müll-Entsorgungskonzept des Landkreises eingefügt" wurde (*Süddeutsche Zeitung*, 5.6.89). Waren da nicht all jene lügengestraft, die dem Favoriten im Landratswahlkampf unterstellt hatten, er sei eine „Ökobremse"! Wo doch auch noch zwei CSU-Abgeordnete angereist waren zur Müller'schen Umweltgroßtatverkündung.

Es ist dann recht schnell still geworden um die publicity-trächtige Recycling-Aktion. Einmal war noch von einer erfolgreichen Aktion die Rede, von einem Becherrücklauf von 40 Prozent. Die Junge Union im Landkreis Augsburg initiierte in Schwabmünchen eine ähnliche Aktion. Doch schon kurze Zeit später war von dem großangekündigten Becherrecycling nichts mehr zu hören. Bis im Frühsommer 1991 der Abgeordnete Raimund Kamm die Molkerei der „Recycling-Lüge" bezichtigte. Die läppischen zwei Millionen angeblich zurückgenommener und „recycelter" Becher würden gerade 0,27 Prozent der jährlichen Müller-Becher-Produktion ausmachen.

Mega-Müll

Müller-Milch-Pressesprecher Herbert Wirths reagiert verunsichert, als ich zur Firma hinfahre, um ihn mit den Vorwürfen zu konfrontieren; um mich sachkundig zu machen, wie sich das Recycling-Verfahren weiterentwickelt hat. Denn es konnte doch nicht sein, daß mit so großer Unterstützung, sogar der Bundesregierung, ein Recycling-Schwindel unterstützt worden war. Irgendwas mußte der Abgeordnete Kamm doch falsch gerechnet haben.

„Falsch, falsch. Das ist falsch", sagt denn auch Herbert Wirths, als ich ihn mit den 0,27 Prozent konfrontiere. Doch genaue Zahlen kann er nicht nennen. Das sei ja sowieso hinfällig, da 1993 die neue Verpackungsverordnung greife und mit dem „Dualen System" alle Verpackungen wieder eingesammelt würden. Überrascht frage ich, ob denn das Joghurtbecher-Recycling etwa gar nicht mehr betrieben werde. Wirths drückt herum. „Wer hat denn überhaupt mit dem Joghurtbecherrecycling angefangen. Die Grünen oder die Molkerei Müller? Die einzige Partei, die da was gemacht hat, war doch die Junge Union!" Der Pressesprecher weicht aus. Ich solle das Tonband ausschalten, diese Fragen kämen alle zu plötzlich.

Ob er denn nach der angeblichen Hetzkampagne des Abgeordneten Kamm nicht von sich aus schon alle erdenklichen Fakten zusammengetragen habe, um das alles zu entkräften? Er sei gerade damit beschäftigt, die neuen Müller-Milch-Rezepte fertigzustellen, die an die Presseorgane gingen. Da könne er sich jetzt nicht mit irgendwelchen Becher-Recycling-Zahlen rumschlagen. Nein, so kurzfristig sei das nicht möglich, bei jemandem nachzufragen, der sich auskennt. Ich schalte das Tonband wieder ein. Was denn mit den Abermillionen Bechern geschehe, wenn sie über dieses duale System eingesammelt werden? Na ja, sie würden recycelt. Aber wie, will ich wissen? Zu Gartenbänken oder sonst was. Man könne eben nur einen geringen Teil wieder für die mittlere Schicht der Becher einsetzen, sagt der Pressesprecher. Ob er denn nicht glaube, daß dieses duale System nichts anderes sei als ein großer Verschiebebahnhof. Schließlich würde doch die Mehrzahl der eingesammelten Verpackungen wieder auf dem ganz normalen Müll und der Verbrennungsanlage enden.

„Schalten Sie das Band ab!", höre ich erneut. Wirths hält mir vor, ich sei einfach zu kurzfristig hereingeschneit. Er will nicht gelten lassen, daß man doch davon ausgehen könne, daß er als Pressesprecher sich voll in diesen Dingen auskennen müsse. Zahlen kann er keine nennen. Aber das was der Kamm behaupte, das sei alles falsch.

Wirths sagt auch kein Wort zu dem Urteil des Landgerichts Köln vom Januar 1991. Darin wurde der Molkerei Müller verboten, mit der Formulierung „unsere Becher sind aus recyclebarem Polystyrol (PS)" zu werben. Das Gericht kam in dem von Müller angefochtenen Urteil zu dem Schluß, daß die mit dieser Werbung geweckten Verbrauchererwartungen allein schon deshalb nicht erfüllt würden, weil es nur ganz vereinzelt Sammelstellen gebe. Der *Lebensmittelzeitung* hatte Müller-Geschäftsführer Gerhard Schützner nach der Urteilsverkündung gesagt, man habe ernsthaft vorgehabt, ein flächendeckendes bundesweites System aufzubauen. Dies sei zu einem Zeitpunkt geschehen, an dem von dem Dualen System noch keine Rede gewesen sei. Während des Kölner Prozesses habe allerdings, so Schützner weiter, das Bundesumweltministerium die Firma gebeten, sein flächendeckendes Sammelsystem zu stoppen. Deshalb unterstütze die Firma Müller jetzt das Duale System.

Für viele Verbraucher ist das Duale System nichts anderes als eine Mogelpackung. Die Verordnung sieht nämlich vor, daß entweder Pfand auf die Verpackung erhoben wird und damit eine Rücknahmepflicht verbunden ist, was durchaus zu begrüßen wäre. Oder aber die entsprechende Firma schließt sich dem Dualen System Deutschland an, etikettiert auf ihre Ware diesen berühmten und so irreführenden grünen Punkt. Dann müssen diese Verpackungen eingesammelt werden. Was freilich viele Verbraucher nicht wissen, ist der weitere Weg dieser eingesammelten Verpackungen. Es müssen zunächst im Jahresmittel bei Kunststoffen Erfassungsquoten von nur 30 Prozent nachgewiesen werden. Wohlgemerkt Erfassungsquoten. Die sagen noch nichts über eine Wiederverwertung. Die ist nämlich noch weitaus geringer. Von diesen erfaßten 30 Prozent müssen wiederum nur 30 Prozent aussortiert werden. Das heißt also, daß von der

Gesamtmenge der Plastikbecher nur 9 Prozent wirklich einer Verwertung zugeführt werden müssen. Erst ab 1995 soll diese Quote auf jeweils 80 Prozent angehoben werden. Doch selbst dann werden lediglich 64 Prozent der Plastikbecher erfaßt. Nicht berücksichtigt ist dabei, daß die vielbeschworene Wiederverwertung oft nichts anderes ist als eine Zwischenstation auf dem Weg in die Müllverbrennung oder Deponie.

Mindestens ebenso heikel wie die niedrige Recycling-Quote ist ein anderes Thema, das inzwischen vom bayerischen Umweltminister Peter Gauweiler zur Chefsache erklärt wurde. Es geht um die wundersame Verwandlung zweier Drinks in „Lebensmittel eigener Art". Durch einen ganz besonders raffinierten Trick ist Müller-Milch das gelungen, was nicht einmal Coca Cola geschafft hat: die sogenannte Zwangspfandverordnung des Bundesumweltministers zu umgehen. In der am 20. Dezember 1988 von Bundeskanzler Helmut Kohl und Bundesumweltminister Klaus Töpfer unterzeichneten „Verordnung über die Rücknahme und Pfanderhebung von Getränkeverpackungen aus Kunststoffen" heißt es unter anderem:

„Abfüller und Vertreiber, die Getränke in Verpackungen aus Kunststoffen in Verkehr bringen, sind verpflichtet, von ihrem Abnehmer ein Pfand in Höhe von 0,50 DM (...) zu erheben. Das Pfand ist (..) bis zur Abgabe an den Endverbraucher zu erheben. Das Pfand ist jeweils bei Rücknahme der leeren Verpackung zu erstatten." Die vielfach als „Lex Coca Cola" bezeichnete Verordnung war geschaffen worden, um die PET-Flaschen des großen Getränkeherstellers sowie einige ausländische Mineralwasser-Plastikflaschen pfandpflichtig zu machen. Coca Cola hat daraufhin für seine 1,5-Liter-Kunststoff-Flaschen verordnungsgemäß die Pfandpflicht eingeführt. Nicht so Müller-Milch bei seinen beiden Drinks „Multivitamindrink" und „Blutorangendrink".

In einer erneuten Parlamentsanfrage hatte der Abgeordnete Raimund Kamm die Bayerische Staatsregierung gebeten, die Pfandpflichtumgehung von Müller-Milch zu überprüfen. Die Erfolgsmolkerei, die jährlich rund 40 Millionen Becher allein dieser beiden Drinks verkauft, hat nämlich kurzerhand den Produkten 10 Prozent Süßmolke beigemischt und sie somit zum „Lebensmittel eigener Art", das nicht mehr der Pfandpflicht unterliegt, umfunktioniert.

Eine ganz legale Sache in den Augen von Müller-Pressesprecher Herbert Wirths. „Wir sind eine Molkerei und kein Saftbetrieb. Wir haben schon seit längerer Zeit daran gearbeitet, dieses Produkt noch wertvoller zu machen. Die Süßmolke verwenden wir, um daraus ein noch besseres Produkt zu machen". Von Pfandpflichtumgehung könne keine Rede sein.

Das Bundesumweltministerium ließ sich mehrmals um eine Stellungnahme bitten. Schließlich teilte Ministeriumssprecherin Petra Löcker mit, Müller-Milch habe nach Auffassung des Hauses die Verordnung durch die Beimischung von Molke umgangen. Aber nachdem bereits 1993 die neue Pfandpflichtverordnung in Kraft trete, könne man jetzt nicht in zeitraubenden Einzelverfahren gegen Müller vorgehen. Es haben Gespräche in dieser Sache mit Müller-Milch stattgefunden, sagt die Sprecherin von Klaus Töpfer. Doch ein Ergebnis hätten sie nicht gebracht. „Wir müssen das wohl tolerieren".

Eine ähnliche Äußerung kommt zunächst auch vom bayerischen Umweltministerium. „Wir haben uns darum bemüht, eine dezidierte Äußerung des Bundesumweltministeriums zu bekommen. Das ist uns nicht gelungen", sagte auf Anfrage Ministeriumssprecher Günter Graß. „Man muß den Vorwurf doch an den Verordnungsgeber richten. Freilich wäre es schöner, wenn das nicht passiert wäre, man hat sicher daraus gelernt, aber es ist im Moment wohl kaum was zu machen".

Diese Auffassung des bayerischen Umweltministeriums änderte sich recht nachhaltig. Knapp drei Monate nach dieser Auskunft überraschte Umweltminister Peter Gauweiler die Firma Müller mit einer rigorosen Anordnung: „Die in Kunststoffbechern angebotenen Produkte Blutorangen-Drink und Multivitamin-Drink der Firma Alois

Müller GmbH stellen Getränke im Sinne der Verordnung über die Rücknahme und Pfanderhebung von Getränkeverpackungen aus Kunststoffen vom 20. Dezember 1988 dar. Die Firma Alois Müller GmbH ist daher verpflichtet, von ihren Abnehmern:
1. ein Pfand in Höhe von 0,50 DM einschließlich Umsatzsteuer zu erheben und
2. gebrauchte Verpackungen dieser Getränke zurückzunehmen.
Sie ist
3. verpflichtet, das erhobene Pfand bei der Rückgabe zu erstatten.

Diese Verpflichtungen gelten für die Abgabe der Getränke im gesamten Bundesgebiet.

Gauweiler wurde sogar noch deutlicher: „Im Interesse der dringend gebotenen Abfallvermeidung sind konkrete Anordnungen an das Unternehmen unumgänglich, nachdem dieses keine Bereitschaft zeigt, freiwillig seinen Verpflichtungen aus der Verordnung nachzukommen oder das Produkt in Verpackungen anzubieten, die von der Verordnung nicht erfaßt werden. Das Landratsamt Augsburg ist von der Regierung von Schwaben veranlaßt, eine entsprechende Anordnung an die Firma Alois Müller GmbH zur Durchsetzung der sich aus der Verordnung ergebenden Pflichten zu erlassen. Die vor Erlaß einer solchen Anordnung gesetzlich vorgeschriebene Anhörung ist eingeleitet worden".

Müller-Milch wollte dies nicht wahrhaben und konterte, daß man im Bonner Umweltministerium nach wie vor der Ansicht sei, es bestehe keine Pfandpflicht. Vorsorglich wurde dem Umweltministerium auch deutlich signalisiert, wie Müller-Milch mit solchen Anordnungen umzugehen pflegt. „Wir sind der Meinung, daß die Klärung des Sachverhalts letztlich Aufgabe der Gerichte sein sollte und haben diesbezüglich dem Bayerischen Umweltministerium vorgeschlagen, den Sachverhalt im Rahmen einer Feststellungsklage zu klären (..) Müller behält sich das Recht vor, die Produkte bis zu einer rechtlich verbindlichen Klärung ohne Pfand zu vertreiben (..) Sollten die bayerischen Behörden versuchen, die angekündigte strittige Verfü-

```
*** 05.09.91  08:53
*
5214217 ANTN D
(17)898551=BYLUMD

TELETEX MESSAGE TTX D


TELEX-NR. 221    05.09.91

DAS BAYERISCHE UMWELTMINISTERIUM TEILT MIT:

PM-NR. 521/91


BAYERISCHES UMWELTMINISTERIUM: ERFRISCHUNGSGETRAENKE IN
KUNSTSTOFFBECHERN DER FIRMA ALOIS MUELLER UNTERLIEGEN DER
PFANDVERORDNUNG - VERFAHREN ZUR PFANDERHEBUNG EINGELEITET


DIE FIRMA ALOIS MUELLER GMBH IST MIT DER BEHAUPTUNG AN DIE
OEFFENTLICHKEIT GETRETEN, IHRE IN KUNSTSTOFFBECHERN ANGEBOTENEN
GETRAENKE 'BLUTORANGEN-DRINK' UND 'MULTIVITAMIN-DRINK' SEIEN INFOLGE
DER ZUGABE VON ZEHN PROZENT MOLKE DEM ANWENDUNGSBEREICH DER
VERORDNUNG UEBER DIE RUECKNAHME UND PFANDERHEBUNG VON GETRAENKE-
VERPACKUNGEN AUS KUNSTSTOFFEN VOM 20. DEZEMBER 1988 ENTZOGEN. DAS
BAYERISCHE UMWELTMINISTERIUM VERMAG DIESER AUFFASSUNG NACH
ERNEUTER PRUEFUNG UND NACH EINEM AUSFUEHRLICHEN GESPRAECH MIT DEM
UNTERNEHMEN UND DESSEN ANWALTSCHAFTLICHEM VERTRETER NICHT ZU FOLGEN.
VIELMEHR STELLT SICH DIE RECHTSLAGE WIE FOLGT DAR:

DIE IN KUNSTSTOFFBECHERN ANGEBOTENEN PRODUKTE 'BLUTORANGEN-DRINK'
UND 'MULTI- VITAMIN-DRINK' DER FIRMA ALOIS MUELLER GMBH STELLEN
GETRAENKE IM SINNE DER VERORDNUNG UEBER DIE RUECKNAHME UND
PFANDERHEBUNG VON GETRAENKEVERPACKUNGEN AUS KUNSTSTOFFEN VOM 20.
DEZEMBER 1988 DAR. DIE FIRMA ALOIS MUELLER GMBH IST DAHER
VERPFLICHTET, VON IHREN ABNEHMERN
```

Das Bayerische Umweltministerium teilt mit…

> 1. EIN PFAND IN HOEHE VON 0,50 DM EINSCHLIESSLICH UMSATZSTEUER JE VERPACKUNG ZU ERHEBEN UND
> 2. GEBRAUCHTE VERPACKUNGEN DIESER GETRAENKE ZURUECKZUNEHMEN. SIE IST
> 3. VERPFLICHTET DAS ERHOBENE PFAND BEI DER RUECKGABE ZU ERSTATTEN.
>
> DIESE VERPFLICHTUNGEN GELTEN FUER DIE ABGABE DER GETRAENKE IM GESAMTEN BUNDESGEBIET.
>
> IM INTERESSE DER DRINGEND GEBOTENEN ABFALLVERMEIDUNG SIND KONKRETE ANORDNUNGEN AN DAS UNTERNEHMEN UNUMGAENGLICH, NACHDEM DIESES KEINE BEREITSCHAFT ZEIGT, FREIWILLIG SEINEN VERPFLICHTUNGEN AUS DER VERORDNUNG NACHZUKOMMEN ODER DAS PRODUKT IN VERPACKUNGEN ANZUBIETEN, DIE VON DER VERORDNUNG NICHT ERFASST WERDEN. DAS LANDRATSAMT AUGSBURG IST VON DER REGIERUNG VON SCHWABEN VERANLASST, EINE ENTSPRECHENDE ANORDNUNG AN DIE FIRMA ALOIS MUELLER GMBH ZUR DURCHSETZUNG DER SICH AUS DER VERORDNUNG ERGEBENDEN PFLICHTEN ZU ERLASSEN. DIE VOR ERLASS EINER SOLCHEN ANORDNUNG GESETZLICH VORGESCHRIEBENE ANHOERUNG IST EINGELEITET WORDEN.
>
> MFG
> WALTER CZAPKA
> STELLV. PRESSEREFERENT
>
> TELETEX MESSAGE TTX D

...Verfahren zur Pfanderhebung eingeleitet!

gung durch Zwangsmaßnahmen zu vollziehen, behält sich Müller die spätere Geltendmachung von Entschädigungsansprüchen in unbegrenzter Höhe vor", schrieb Geschäftsführer Schützner in einer Pressemeldung. Begründet wird dieses Verhalten von Müller-Milch damit, daß es kein bundesweites, lichtgeschütztes Mehrwegglassystem gebe, das für die beiden Drinks in Frage käme.

Einige Tage später schiebt die Molkerei noch ein Computer-Fax an verschiedene Redaktionen nach. Grund dafür ist ein für das Unternehmen peinliches Urteil des Landgerichts Köln. Die Erste Kammer für Handelssachen beim Landgericht Köln untersagte der Molkerei Müller bei Androhung eines Ordnungsgeldes von 500.000 Mark, ihre beiden Drinks weiterhin ohne Pfand- und Rücknahmepflicht zu verkaufen. Begründet wurde dieses Urteil von den Richtern nicht nur mit dem Verstoß gegen die Abfallverordnung, sondern auch mit dem Wettbewerbsrecht. Durch den Verkauf der beiden Drinks in Plastikbechern sei, so die Kölner Richter, der Tatbestand des unlauteren Wettbewerbs gegeben. Gegen Müller-Milch hatte der „Verein gegen Unwesen in Handel und Gewerbe" geklagt. Das zufällige Zusammentreffen mit der Gauweiler-Entscheidung war für Müller-Milch ganz offenbar ein Schlag ins Gesicht. Deshalb also das nachgeschobene Computer-Fax, in dem es heißt: „Das Landgericht Köln - Wettbewerbsrecht - hat in 1. Instanz entschieden, daß die o.g. Drinks der PfandVO unterliegen. Nachdem der Richter selbst von einem Grenzfall spricht, wird die Molkerei Alois Müller dagegen in Berufung gehen, so daß das Urteil nicht rechtskräftig wird".

Das ist freilich das gute Recht des Unternehmens. Doch unabhängig davon stellte sich immer wieder die Frage, ob es für Müller nicht geschickter wäre, die Zeichen der Zeit zu erkennen, zu sehen, daß es sich eben nicht nur um eine Kampagne eines bayerischen Grünen-Abgeordneten handelt? Die Frage wurde von Müller-Milch noch im gleichen Fax beantwortet. Denn es heißt weiter: „Unabhängig von der rechtlichen Seite stellt sich für unser Unternehmen die Frage: Sollen wir von der jetzigen Polystyrol-Verpackung auf die kunststoffbeschichtete Kartonverpackung umstellen? Wir tun dann zwar etwas Schlechtes für die Umwelt, aber dann hätten wir unsere Ruhe. Die Entscheidung hierzu liegt sehr stark beim Bayer. Umweltministerium, und wir haben diesbezüglich um ein Gespräch gebeten."

Also: der Böse ist Umweltminister Gauweiler. Oder ist es der Abgeordnete Kamm? Oder der Richter in Köln? Wenn alle Müller unbedingt diese rechtswidrige Pfandverpackung aufzwingen wollen, dann halt eben umweltschädlichere Tetra-Packungen! So einfach ist das! Und Müller-Milch verkündet außerdem noch, die Firma fühle sich als Spielball zwischen Töpfer und Gauweiler. Denn wie gesagt, in Bonn, so zeigte sich Müller-Milch überzeugt, da stünde man nach wie vor auf der Seite der Firma.

Da war es Pech für Theobald Müller und seine Mitstreiter, daß einigen wenigen Journalisten ein Brief des Bundesumweltministers Klaus Töpfer an den Herrn Müller zugespielt wurde. Professor Dr. Klaus Töpfer, MdB, Bundesminister für Umwelt, Naturschutz und Reaktorsicherheit schreibt am 10.10.91:

Sehr geehrter Herr Müller, haben Sie vielen Dank für Ihre Schreiben vom 21. und 22. August 1991.

Wie Sie wissen, habe ich mit der Verordnung über die Rücknahme und Pfanderhebung von Getränkeverpackungen aus Kunststoffen der Vielzahl an Kunststoff-Getränke-Verpackungen in der Bundesrepublik entgegenwirken wollen. Aus abfallrechtlicher Sicht sollten von dieser Verordnung grundsätzlich alle Getränke in Kunststoff-Verpackungen erfaßt werden (...) Erfaßt werden sollten damit alle alkoholfreien Getränke außer Milch, mit und ohne Geschmack, die zu Erfrischungszwecken getrunken werden, gleich aus welchem Grundstoff sie bestehen. Auf die genaue Bezeichnung des Getränkes kommt es aus abfallrechtlicher Sicht nicht an, ebensowenig auf Geschmacksverfeinerungen und Zufügen natürlicher Aromastoffe oder sonstiger Essenzen.

Die Durchführung der Kunststoff-Getränke-Verpackungsverordnung obliegt - wie bekannt - den für den Vollzug zuständigen Bundesländern. Die vom Bayerischen Staatsministerium für Landesentwicklung und Umweltfragen mir in dieser Frage vermittelte Auslegung, die dahin geht, daß die von Ihnen in Verkehr gebrachten Produkte „Blutorangen-" und „Multivitamin-Drink" der Verordnung unterliegen, kann ich durchaus teilen (...)

Mit freundlichen Grüßen - Ihr Klaus Töpfer

Prof. Dr. KLAUS TÖPFER, MdB
BUNDESMINISTER FÜR UMWELT,
NATURSCHUTZ UND REAKTORSICHERHEIT

5300 Bonn 2, den 10. 10. 91
Kennedyallee 5
Telefon: (02 28) 305-2000
und 305-2001

Molkerei Alois Müller GmbH & Co.
Herrn Müller

8935 Aretzried

Sehr geehrter Herr Müller,

haben Sie vielen Dank für Ihre Schreiben vom 21. und 22. August 1991.

Wie Sie wissen, habe ich mit der Verordnung über die Rücknahme und Pfanderhebung von Getränkeverpackungen aus Kunststoffen der Vielzahl an Kunststoff-Getränke-Verpackungen in der Bundesrepublik Deutschland entgegenwirken wollen. Aus abfallrechtlicher Sicht sollten von dieser Verordnung grundsätzlich alle Getränke in Kunststoff-Verpackungen erfaßt werden. Ausgenommen wurden vom Anwendungsbereich insbesondere Milch und praktisch Spirituosen und Sekt. Sie werden sicher Verständnis dafür haben, daß aus abfallwirtschaftlicher Sicht in erster Linie auf die Verpackung und nicht auf den Inhalt, d.h. die genaue Zusammensetzung eines Getränks abgestellt wird. Erfaßt werden sollten damit alle alkoholfreien Getränke außer Milch, mit und ohne Geschmack, die zu Erfrischungszwecken getrunken werden, gleich aus welchem Grundstoff sie bestehen. Auf die genaue Bezeichnung des Getränks kommt es aus abfallrechtlicher Sicht nicht an, ebenso wenig auf

Der Bundesminister für Umwelt...

- 2 -

Geschmacksverfeinerungen und Zufügen natürlicher Aromastoffe oder sonstiger Essenzen.

Die Durchführung der Kunststoff-Getränke-Verpackungsverordnung obliegt - wie bekannt - den für den Vollzug zuständigen Bundesländern. Die vom Bayerischen Staatsministerium für Landesentwicklung und Umweltfragen mir in dieser Frage vermittelte Auslegung, die dahin geht, daß die von Ihnen in Verkehr gebrachten Produkte "Blutorangen-" und "Multivitamin-Drink" der Verordnung unterliegen, kann ich durchaus teilen.

Im Hinblick auf die Verordnung über die Vermeidung von Verpackungsabfällen vom 12. Juni 1991, die zum 1. Januar 1993 die Kunststoff-Getränke-Verpackungsverordnung ablöst, ist ohnehin darauf zu verweisen, daß dann alle Getränke-Einwegverpackungen einer Rücknahme- und Pfandpflicht unterfallen, es sei denn, daß von seiten der Wirtschaft sog. duale Systeme zur Erfassung aller gebrauchten Verpackungen errichtet werden, die die Voraussetzungen des Anhangs zu § 6 Abs. 3 der Verpackungsverordnung erfüllen.

Mit freundlichen Grüßen

...bezieht Stellung

Schlechte Karten für Müller! Die verzauberten Drinks wollen einfach nicht mehr so recht im Plastikbecher ankommen. Dafür will der bayerische Umweltminister auch künftig nachdrücklich sorgen. Lange Zeit wollte er zum Fall Müller kein Interview geben, dann war er schließlich doch dazu bereit. „Jeder weiß, daß wir an Plastikverpackungen in der Bundesrepublik zu ersticken drohen. Der Bund wird kritisiert, daß er nicht weit genug ginge. Da kann es doch nicht angehen, daß wir plötzlich in einem Fall die bestehenden Verordnungen und Gesetze nicht anwenden", sagte Peter Gauweiler. Und er ließ keinen Zweifel daran, daß einer, der „öffentlich Spektakel macht, sich nicht einfach dieser Verordnung entziehen kann". Die Drohungen von Müller-Milch mit der Tetra-Verpackung ärgern Gauweiler. „Das ist doch ein Unsinn. Durch die Anordnung wird die Firma Müller doch nicht gezwungen, Tetra-Verpackungen zu benutzen. Sie könnte alle zulässigen Verpackungsformen wählen, und sie könnte insbesondere auf ein Mehrwegsystem umstellen. Das muß sie die nächsten Jahre sowieso. Aber die Firma erklärt sich einfach nicht bereit, ein Mehrwegsystem, das ihr natürlich möglich wäre, auch nur zu versuchen".

Deutlich weist Gauweiler darauf hin, daß Töpfers Bewertung gar nicht so wichtig für ihn sei: „Abgesehen davon, daß es auf eine solche Auslegung nicht ankommt, zuständig sind nämlich die Länder, hat der Bundesumweltminister erklärt, daß er die Auffassung des bayerischen Umweltministeriums teilt. Es ist also das Gegenteil dessen richtig, was von der Firma behauptet wurde". Der Umweltminister bestätigt auch, daß Theo Müller einen Beschwerdebrief gegen ihn an Ministerpräsident Max Streibl geschickt hat. „Selbstverständlich kann sich jeder über den bayerischen Umweltminister beschweren. Das hilft ihm aber nicht, wenn er versucht, sich mit dieser Beschwerde dem normalen Gesetzesvollzug zu entziehen. Es liegt ein solcher Beschwerdebrief vor, aber der ändert nichts an dem, was wir erklärt haben. Die Firma ist verpflichtet, sich dieser Verordnung zu unterwerfen, und sie ist natürlich auch herzlich gebeten, einzusehen, daß hier nicht einer Firma, die unübersehbaren Plastikmüll produziert,

Sonderrechte eingeräumt werden können". Auf Müller's guten Draht nach oben angesprochen, meint Gauweiler nur: „Der einzige Draht, den er zur Verfügung hat, ist der Rechtsweg!" Dieser Rechtsweg hat sich für die Firma Müller schon des öfteren als ein recht erfolgreicher erwiesen. Auch im Februar 1986 kam die Molkerei wieder einmal ausgesprochen gut davon, als die Augsburger Staatsanwaltschaft gegen Zahlung eines Bußgeldes den sogenannten „Buttermilch-Skandal" vom Tisch fegte. „Von einem nennenswerten Gewinn der Molkerei könne nicht ausgegangen werden", hieß es in der Begründung der Staatsanwaltschaft. Die Methode der Überprüfung sei umstritten und die gepanschte Menge nur sehr schwer nachzuweisen gewesen. Eingestellt wurde das Verfahren von Oberstaatsanwalt Winter, der bereits mehrfach mit Müller-Milch zu tun hatte. Müller-Milch mußte eine Geldbuße in Höhe von 40.000 Mark bezahlen. Was war geschehen? Im August 1985 war die bayerische SPD auf einen ihrer Meinung nach großangelegten Verbraucherbetrug gestoßen. Untersuchungen der staatlichen Versuchs- und Forschungsanstalt für Milchwirtschaft in Weihenstephan hatten haarsträubende Ergebnisse bei sogenannter reiner Buttermilch festgestellt. In der „reinen Buttermilch" darf laut Milcherzeugungsverordnung kein Wasser und keine Magermilch enthalten sein. Trotzdem wurden bei 25 von 120 überprüften Erzeugnissen zu hohe Magermilchzusätze gefunden. Der SPD-Verbraucherexperte, der Landtagsabgeordnete Peter Kurz, hatte in diesem Zusammenhang vor allem die Molkerei Müller in Aretsried angeprangert. Bei ihr wurde laut Kurz eine Streckung der reinen Buttermilch mit Magermilch um bis zu 89 Prozent festgestellt. Kurz hatte damals errechnet, daß die Molkerei auf diese Weise - schon bei einer Beimischung von 35 Prozent Magermilch in die reine Buttermilch - einen zusätzlichen Gewinn von jährlich 1,5 Millionen Mark erwirtschaften könne. Der Abgeordnete hatte deutlich darauf hingewiesen, daß der „Buttermilchskandal" eine Täuschung des Verbrauchers sei, daß mit dem Genuß der gestreckten Buttermilch jedoch keinerlei Gesundheitsgefahren verbunden seien. Trotzdem sprach er von „kriminellen Praktiken", die nicht von den zuständigen Ministerien als Kavaliersdelikt behandelt werden dürften.

Die Molkerei Müller setzte sich gegen die Vorwürfe zur Wehr. „Schärfstens müssen wir den Vorwurf der Bereicherung zurückweisen", hieß es in einer Presseerklärung des Unternehmens. Nachdem von 40 Molkereien aus dem In- und Ausland Buttermilch zugekauft würde, sei die Firma Müller auf die Angaben der Vorlieferanten angewiesen. Die nur vier Beanstandungen bei Müller-Milch stünden in keinem Verhältnis zu der verkauften Menge. Müller-Milch sah hinter dem „Buttermilch-Skandal" die neidische Konkurrenz: „Wir können aus diesen o.g. Fakten nur den Schluß ziehen, daß es sich hier um ein bewußt von einem Mitbewerber gegen uns gesteuertes Komplott handelt".

Die Staatsanwaltschaft in Augsburg stellte, wie erwähnt, das Verfahren gegen Zahlung eines Bußgeldes ein. Das bayerische Justizministerium verteidigte diese Entscheidung mit der Begründung, die Zahlung eines Bußgeldes stelle eine angemessene Ahndung dar. Die Behauptung, die Beschuldigten hätten mit der Täuschung des Verbrauchers Millionengewinne erzielt, sei unrichtig.

Die Fachpresse allerdings war von der wundersamen Vermehrung von Buttermilch schockiert. In der *Deutschen Molkereizeitung* vom 5.9.85 hieß es u.a.: Auch wenn sich die Buttermilchfälschung nicht wie ein Weinskandal oder die Nudelaffäre journalistisch ausschlachten läßt, ist der durch die Fälschungen entstehende Schaden nicht zu unterschätzen (...) Immerhin handelt es sich ja um eine Lebensmittelfälschung in einer Branche, die vom Verbraucher und auch in ihrer Selbsteinschätzung als absolut integere Verarbeiter angesehen werden(...) Die führenden Buttermilchhersteller kauften je nach Absatzbedarf Buttermilch von den Buttereien zu und erhielten - oh Wunder - immer die gewünschte Menge, obwohl ihr Tagesbedarf um mehr als 100% und ihre Jahresschwankung noch weit über der Tagesschwankung lag. Im Vertrauen auf eine mangelnde Präzision der Nachweisverfahren verschlossen sich Hersteller und Zulieferer einer exakten Kontrolle der Verkaufsware. Aber spätestens seit der Veröffentlichung einer neuen Untersuchungsmethode in 1984 war bekannt, daß es genaue Nachweisverfahren zum Buttermilchnachweis gibt und daß diese Verfahren von den staatlichen Kontrollbehörden benutzt werden. Es ist unverständlich, weshalb die verantwortlichen Buttermilchhersteller sich nicht dieser Kontrollmöglichkeit bedient haben. So muß zuerst ein größerer Schaden hingenommen werden, bevor sich Zulieferer und Hersteller ihrer Verantwortung bewußt werden. Der Standpunkt, von dem man bisher ausging, daß Buttermilch ja schließlich auch nur Milch sei, läßt zwar das Verschneiden mit Magermilch als gesundheitlich unbedenklich erscheinen, eine Fälschung bleibt es trotzdem.

Soweit die *Deutsche Molkerei-Zeitung*. Aber für Müller-Milch war wieder einmal klar: die bösen Anderen sind schuld, diesmal ein neidischer Mitbewerber. Dabei hatte Müller-Milch schon am 30.11.1977 von den ständigen Tests und Kontrollen im eigenen Labor berichtet. In einer ganzseitigen PR-Anzeige hieß es zum Thema Buttermilchkontrolle: „Ebenso müssen die erzeugte Dick- und Reine Buttermilch sowie der Kefir laufenden Kontrollen unterzogen werden. In einem modern eingerichteten Labor können alle notwendigen Qualitätskontrollen durchgeführt werden". Qualitätsbewußte Verbraucher werden das mit Genugtuung gelesen haben. Und dann, acht Jahre später, kommt die Geschichte mit der „gestreckten Buttermilch" aufs Tapet. Aber die Molkerei Müller traf einmal mehr keine Schuld. Nicht der, der fälscht, sondern der, der die Fälschung aufdeckt ist der Bösewicht. Auf wen dieser Vorwurf gemünzt war, wer der neidische Mitbewerber war, das wußte jeder, der den seit Jahren tobenden „Milchkrieg" im Landkreis Augsburg verfolgt hat. Denn nichts anderes als ein Milchkrieg war das, was sich da jahrelang abgespielt hat. Hauptgegner von Müller-Milch war die Central Molkerei e.G. in Augsburg (CEMA). Mit einem höheren Milchgeld und einem mitunter beachtlichen „Einstandsgeld", das nicht selten bei 10.000 Mark und darüber lag, konnte Müller von der CEMA und den mit ihr kooperierenden Ortsgenossenschaften immer wieder Bauern abwerben. Im Bauernblatt hatte damals der Milchreferent des Bayerischen Bauernverbandes Einstandsgelder generell als „Schmiergelder" bezeichnet.

Die Abwerbung der Bauern von der Genossenschaft wurde von der Großmolkerei, zum Ärger vieler Bauern, auch gleich noch werbewirksam einer breiten Öffentlichkeit präsentiert. In der oben erwähnten PR-Veröffentlichung wurde ein frisch gewonnener Landwirt in Bild und Text vorgestellt. Unter der Überschrift „Eine Partnerschaft, die sich lohnt", teilte die Molkerei Müller freimütig mit: Seit 1974 ist im näheren Umkreis um die Molkerei ein harter Wettbewerb um die Milchlieferanten entbrannt. Der Landwirt, der sich seinen Partner für lange Jahre aussucht, muß nicht nur auf Preise und Service achten, sondern auch die Ertragskraft eines Unternehmens einkalkulieren. Seit Jahresbeginn ist Landwirt Martin Mayer Milchlieferant an die Molkerei Müller: 'Der Wechsel hat sich gelohnt. Auch finanziell. Alle Milchproduzenten in Gessertshausen sind zum 1. Januar zur Molkerei Müller übergewechselt. Neben dem höheren Milchpreis gab es auch noch ein Einstandsgeld'. Die Molkerei hat ihre Leistungen an die Landwirte nocheinmal kräftig erhöht: alle neuen Anbieter erhalten kostenlos eine Hofkühlanlage". (Müller-Milch PR-Beilage vom 30.11.77 in der *Augsburger Allgemeinen*).

Hinter diesen Zeilen verbirgt sich ein harter Konkurrenzkampf, der weithin seinesgleichen sucht. Auf der einen Seite eine überaus agile Industriemolkerei mit modernem Management und einer pfiffigen Werbung; eine Molkerei, über die man spricht, auf die der Milchlieferant stolz sein kann und die unaufhaltsam expandiert. Auf der anderen Seite eine große Molkereigenossenschaft, die allein durch den im Genossenschaftsrecht verankerten Gleichbehandlungsgrundsatz weitaus unbeweglicher agiert, die mitunter auch durch ihre eigenen Entscheidungen sich selbst im Wege steht. Ein Aretsrieder Landwirt macht das an einem Beispiel deutlich. „Ich bin selbst Milchlieferant bei Müller. Die CEMA fährt ja Aretsried mit ihren Milchlastzügen nicht an. Ich verstehe das nicht, denn im Nachbarort Ustersbach kommt der Milchlaster. Was soll ich also tun?"

73 Bauern aus der Umgebung von Aretsried haben Ende Januar 1992 eine eigene Genossenschaft gegründet, damit sie in Verhandlungen mit Müller eine stärkere Position haben. Grund dafür ist eine

neue Entwicklung bei Müller-Milch. „Der Müller macht im Moment keine Verträge mehr", berichtet der Landwirt Fridolin Ringler. „Wir liefern auf gut Glück. Wenn der morgen nicht mehr will, nimmt uns der einfach unsere Milch nicht mehr ab". Außerdem zahle Müller-Milch seit geraumer Zeit unter Durchschnitt und er habe zudem weitere Preissenkungen angekündigt, sagt der Vorsitzende der neuen Genossenschaft, Franz Reiter. Weil einige Bauern glauben, daß das Verhalten der Molkerei Müller nicht mehr „im rechtlichen Rahmen liegt", wollen sie mit Hilfe ihres Rechtsschutzes gegen die Firma vorgehen. Bei der Gründungsversammlung fielen so deutliche Worte wie „wir müssen zusammenstehen, um die Angst zu verlieren". Auch die Biobauern, die bislang für die „Naturfarm Alois Müller" zugeliefert haben, bekamen zu spüren, wie schnell sich die Firmenpolitik auf sie auswirken kann.

Die Molkerei Alois Müller hat die „Naturfarm" aufgegeben, weil die Bio-Produkte nicht den gewünschten Umsatz brachten und die Bauern, die ein Jahr zuvor noch neun Pfennige mehr pro Liter Milch erhalten hatten, mußten zur Kenntnis nehmen, daß Müller-Milch ab 1. Januar 1992 ihre Milch nur noch zum normalen Milchpreis abnimmt. Schon zweimal war es im laufenden Jahr zu Milchpreissenkungen durch die Molkerei gekommen.

Die Leute sagen, es kämen seit einiger Zeit viel weniger Milchlastzüge. Weniger Milchlaster wiederum würden auch eine geringere Produktion bedeuten. Dem widersprechen allerdings die jüngsten von der Molkerei Müller vorgelegten Erfolgszahlen. Danach will die Aretsrieder Großmolkerei den Umsatz von 1990 (508 Millionen Mark) im Jahr 1991 auf über 700 Millionen Mark gesteigert haben, wobei alleine für 100 Millionen Mark Frischmilchprodukte nach Ostdeutschland geliefert wurden.

Doch zurück zum Milchkrieg von Aretsried. Der ist inzwischen offiziell von Theobald Müller für beendet erklärt worden. Als immer mehr Verstöße gegen die Großmolkerei bekannt wurden, hat Müller an die CEMA einen Brief geschrieben, in dem er die jahrelange

Auseinandersetzung für beendet erklärte. Der CEMA-Geschäftsführer will sich dazu nicht äußern. „Ich möchte den alten Streit nicht mehr aufwärmen. Das ist jetzt endlich vorbei". Doch während Theo Müller den Milchkrieg ganz offensichtlich nicht mehr will, gibt er sich in den anderen Auseinandersetzungen, im Grundwasserstreit und beim Kläranlagenzuschuß ebenso wie beim Pfandstreit mit Gauweiler, hart. Gegen den Bußgeldbescheid des Landratsamtes hat die Molkerei Müller Widerspruch bei der Regierung von Schwaben eingelegt. Doch auch dort war ihr kein Erfolg beschieden. Ende Januar 1992 entschied auch die Regierung, daß es bei der Pfand- und Rücknahmepflicht bleibe. Der Firma bleibt also nach dem erfolglosen Widerspruchsweg tatsächlich nur noch der Klageweg, den sie vermutlich auch voll ausschöpfen wird und der sich daher wohl über Jahre hinziehen dürfte. Es ist damit zu rechnen, daß diese Auseinandersetzungen in aller Härte weitergeführt werden. Denn Gauweiler hat ja unmißverständlich deutlich gemacht, daß er nicht nachgeben wird.

Aber wieso plötzlich diese harte Gangart - bei Gauweiler und bei Stoiber? Über die Hintergründe kann nur spekuliert werden. Aber vielleicht ist es ja tatsächlich diese Geschichte aus dem Jahr 1989, diese angebliche Spendenbereitschaft des Milchzaren für die rechtsradikalen Republikaner. Das Szene-Blatt *Wiener* hatte im Septemberheft 1989 von Theo Müller's Gesinnung berichtet. CSU-Mitglied Müller, der Mann, der in einem Interview in seiner eigenen PR-Veröffentlichung Theo Waigel als den Mann bezeichnete, mit dem er am liebsten mal ein Pils trinken wolle, soll zur aktiven Unterstützung der Republikaner bereit gewesen sein. Die Zeitschrift hatte einen „Freundeskreis deutscher Republikaner" gegründet, um damit deutschen Wirtschaftsbossen einmal auf den „republikanischen", sprich ultrarechten, Zahn zu fühlen. Fazit der Aktion laut *Wiener*-Autor Michael Konitzer: „Die Reps haben recht wenig Sympathien in deutschen Wirtschaftskreisen. Über 200 Bettelbriefe schrieben wir an bekannte Firmen. Die Mehrzahl davon lehnte unser Ansinnen brüsk ab.. Nur bei einer Firma rannten wir offene Türen ein und bekamen sofort einen Termin".

Die eine Firma, das war laut Konitzer Müller-Milch. Daß der Theo Müller den Schönhuber nicht mag, wird dann in dem Artikel geschrieben. Der SS-Schmarrn des Parteichefs gefällt Theo Müller nicht. Unter einigen Bedingungen, so der Verfasser, habe sich Müller zur finanziellen Unterstützung der Republikaner bereit erklärt. Nazis halte er nicht aus und zu Koalitionen müßten die Republikaner bereit sein, weil sonst gar noch CDU und SPD zusammengehen würden. Unter diesen Voraussetzungen wird Müller mit den Worten zitiert: „Ich werde spenden, ganz klar... Sie werden zufrieden sein!"

Ist das der Grund dafür, daß CSU-Mann Theo Müller „bei denen da oben" in München so hart angepackt wird? Seine Beschwerden und Einflußversuche verlaufen zumindest in jüngster Zeit für den Molkereimeister Müller wenig zufriedenstellend. Glaubt man den Gerüchten, die auf den langen Fluren in den Ministerien derzeit die Runde machen, dann wird beispielsweise über einen Brief eines CSU-Ortsverbandes nur der Kopf geschüttelt. Adressat war Theo Waigel. Die kommunalen CSU-Spitzen versuchten, Waigel dazu bewegen, auf Innenminister Stoiber und Umweltminister Gauweiler einzuwirken, sie zurückzupfeifen. Peinlich für die Briefeschreiber, daß Waigel den Brief unkommentiert an Stoiber weiterleitete und dieser lediglich drei Fragezeichen darauf malte. Wenig Erfolg brachte Theobald Müller Ende Januar, genau gesagt am 23.1.92, ein Besuch beim Amtsleiter in der Obersten Baubehörde beim bayerischen Innenministerium. Der Molkereibesitzer war kurz nach dem Augsburger Landrat Karl Vogele im Ministerium erschienen, wie man hört, um auf die harten Entscheidungen in Sachen Bußgeld für die Grundwasserentnahme und andere ungeliebte Maßnahmen aus dem Ministerium einzuwirken. Wohl selten sei ein CSU-Landrat in München so abgeblitzt und auch so hart kritisiert worden wie Karl Vogele, hieß es nach der Besprechung in den berühmten „gewöhnlich gut informierten Kreisen". Und noch etwas war zu hören. Man habe dem Theo Müller nie diese Sache mit den Republikanern verziehen. Kein Wunder, denn die rechtsextreme Schönhuberpartei hat der CSU weit mehr Sorgen bereitet als SPD und Grüne zusammen. Müller und Vogele scheinen ihren Einfluß über das Schwäbische hinaus schlicht und einfach überschätzt zu haben. Außerdem hat Theo Müller ganz offensichtlich nicht mit Gauweilers Gespür für öffentlichkeitswirksame Entscheidungen im Umweltbereich gerechnet. Der Umweltminister jedenfalls ist entschlossen, das Pfand-Verfahren durchzuziehen und sich keinesfalls durch die angedrohten Schadensersatzklagen einschüchtern zu lassen. Müller-Milch hatte nämlich auch noch von einer „Art Teilenteignung" gesprochen, wenn die Firma gezwungen werden sollte, die Drinks vom Markt zu nehmen. Denn genau dem käme eine Pfandpflicht gleich. Und deshalb wurde ja bereits eine Schadensersatzklage in unbestimmter Höhe angekündigt.

Vermutlich ist jedoch der ganze Pfandstreit nicht mehr als ein Schattenboxen. Das wird dann klar, wenn man sich das Vorgehen von Müller-Milch vor Augen hält und an die Regelungen denkt, die sich für die Firma aus der neuen Verpackungsverordnung ergeben. Wie bereits erläutert, wird sich die Firma Müller dem Dualen System Deutschland anschließen. Bis dahin dürften sich die Prozesse gegen die Gauweiler'sche Pfandanordnung und der Widerspruch gegen das Kölner Pfandurteil hinziehen. Bei den langen Fristen bei Gericht ist nicht damit zu rechnen, daß vor diesem Zeitpunkt eine rechtskräftige Verurteilung der Firma Müller erfolgt, die sie zur pfandpflichtigen Rücknahme von Blutorangen- und Multivitamin-Drink-Bechern zwingt. Und dann, ab dem 1.1.93, ist dies sowieso wieder hinfällig. Dann könnte die Molkerei Alois Müller der einzige Hersteller von Erfrischungsgetränken sein, der diese in Plastikbechern ohne Pfandpflicht vertreibt. Böse Zungen würden sagen, mit der neuen Verordnung wurde eine „Lex-Müller-Milch" geschaffen. Dies alles bei einer effektiven Recyclingquote von 9 Prozent!

Kapitel 7

WEN KÜMMERT'S?

Eine Großmolkerei als Schwarzbau

Riesige Milchtanks neben kleinen, schlichten Einfamilienhäusern, ein Becherwerk enormen Ausmaßes nur 20 Meter neben einem Bauernhof, lediglich durch eine Straße getrennt. Eine Fabrik, die vom Ortsbild nichts mehr erkennen läßt. Wie kann eine Behörde so etwas genehmigen, wo doch der kleine Häuslesbauer schon Schwierigkeiten bekommt, wenn der Balkon einen halben Meter größer gebaut wird als erlaubt?

Jahrelang wurde über diese Frage gemutmaßt, wurde gemunkelt, das ginge halt nur durch Müller's Einfluß und seine Beziehungen. Im Ort sprach man längst davon, daß „der Müller machen kann was er will". Die Firma selbst machte aus dieser Einstellung auch kein Hehl. In der bereits mehrfach zitierten PR-Beilage vom April 1991 wurde kaltschnäuzig verkündet, wie man es bei Müller-Milch mit dem Bauen hält. „Gebaut wird immer" war die knappe Überschrift eines kurzen Dreispalters. Und da war dann zu lesen: „In Aretsried, am Stammsitz der Molkerei Alois Müller, wird fast immer gebaut. Das schnell wachsende Unternehmen vergrößert laufend seine Fertigungskapazitäten (...) Das gesamte Bauvolumen beläuft sich in diesem Jahr auf rund 30 Mio. DM. Dazu kommen noch die parallel laufenden Investitionen für das Müller-Werk in England, mit dessen Bau gerade begonnen wurde, und das neue Werk im Bundesland Brandenburg, für das noch in diesem Jahr der erste Spatenstich erfolgen soll."

Müller hat sich also selbst öffentlich zum Top-Planer ernannt, wenn er auch noch schreibt: „Bei Müller ist es sozusagen Tradition, aus eigener Kraft Bauvorhaben zu konzipieren, die Planungsvorbereitungen eigenständig durchzuführen und binnen kürzester Zeit die Inbetriebnahme vorzunehmen. Günter Meyer, als technischer Geschäftsleiter für die Bauplanung und -abwicklung bei Müller verantwortlich, kann sich noch gut daran erinnern, als in den Jahren 1982/83 das erste Kunststoffwerk für die Becherproduktion von Müller in nur 14 Monaten von der Idee bis zur Inbetriebnahme realisiert werden konnte. Bei der Hinzuziehung von Consultfirmen oder anderen speziellen Planungsunternehmen hätten wir das in der kurzen Zeit nicht geschafft (...)."

Wohl selten dürfte ein großes Unternehmen freimütiger bekannt haben - in hunderttausendfacher Auflage - ‚wie es mit Bauämtern und ähnlichen Behörden umzuspringen pflegt. Den Sachbearbeitern im Landratsamt und sonstwo müssen angesichts dieser Zeilen die Ohren geklingelt haben, dachte ich mir und nahm mir vor, dieser Sache einmal genauer nachzugehen. Plötzlich waren diese vagen Andeutungen wieder da, die ich im Ort schon mehrmals gehört hatte, daß es bei Müller's Baugenehmigungen nicht immer mit rechten Dingen zuge-

Das Becherwerk II mit dem Anbau Ost (Schwarzbau) im Vordergrund

gangen sei und ich erinnerte mich an meine diesbezüglichen Fragen an Herbert Wirths bei meinem Besuch im Juni. Damals hatte Wirths alle Vorwürfe zu Baurechtsverstößen kategorisch bestritten. Die Nachfrage beim Abgeordneten Raimund Kamm ergab, daß er zum Thema Baurechtsverstöße bei Müller-Milch bereits eine weitere Parlamentsanfrage eingebracht hat, allerdings ohne die Presse zu informieren. „Ich möchte den Eindruck vermeiden, mit allen Mitteln dem Müller eins auszuwischen", sagte er. „Außerdem kann ich das noch immer nicht glauben, daß die wirklich so eigenmächtig, so kaltschnäuzig, gehandelt haben, wie sich das in dieser PR-Veröffentlichung liest".

Denkste. Es sollte noch weit schlimmer kommen, als vermutet. Es dauerte fast ein halbes Jahr, bis der bayerische Innenminister Stoiber die Parlamentsanfrage beantwortete. Die Antwort Stoibers liest sich wie die Auflistung eines professionellen Schwarzbau-Programms. Unter Punkt 1) schreibt der Innenminister: *Das Landratsamt Augsburg hat folgende bei Baubeginn ungenehmigte Bauvorhaben ermittelt:*

Nr. 1: Neubau einer Produktionshalle...,
  a) Erdaushub ohne Baugenehmigung..
  b) Weiterbau über eine Teilgenehmigung hinaus..
Nr. 2: Errichtung einer Verladehalle, eines Kühlraumes und einer Produktionshalle .... Fortführung der Bauarbeiten über eine Teilgenehmigung hinaus.
Nr. 3: Errichtung einer Stützmauer ...
Nr. 4: Aufstellen von sieben Tanks .. in den Jahren 1973 bis 1981
Nr. 5: Aufstellen von drei Tanks .. in den Jahren 1982/83
Nr. 6: Fertigstellung des Becherwerks I .. über die sofort vollziehbaren Teilbaugenehmigungen .. hinaus im Jahr 1983
Nr. 7: Aufstellen von 19 Lagertanks.. Für diese Tanks waren in den Jahren 1984 bis 1987 drei Bauanträge über je 8, 6 und 2 Tanks eingereicht worden, die am 16.10.90 zurückgenommen wurden. Die Aufstellungszeit der Tanks dürfte zwischen 1984 und 1991 liegen.

Nr. 8: Fertigstellung von 41 LKW-Stellplätzen .. über eine Teilbaugenehmigung hinaus .. im Jahr 1989.
Nr. 9: Errichtung einer Dampfkesselanlage in einem 1974 als „Garagen-, Werkstätten und Aufenthaltsräume" genehmigten Gebäude ... im Jahr 1990.
Nr.10: Aufstockung des Anbaus Ost des Becherwerks II .. im April 1991.
Nr.11: Aufstellen von zwei Reissilos im Mai 1991
Nr.12: Erdarbeiten auf dem Betriebsgelände .. im Mai 1991.
(die Punkte stehen für die der Übersicht wegen fehlenden Flurnummern)

Müller-Milch also ein einziger Schwarzbau? Die Frage, welche Betriebsteile denn ordentlich genehmigt wurden, dürfte sich weit leichter beantworten lassen als die nach den Schwarzbauten. Wo hat es das schon in dieser extremen Form gegeben, daß ein Industriebetrieb baut und baut, sich dessen auch noch rühmt, und sich nicht um Baugenehmigungen und Nachbarn, um Recht und Gesetz kümmert?

Als ich im Juni 1991 bei Pressesprecher Wirths zum Interview war, um nachzufragen nach Recyclingquote und Pfandpflichtumgehung, und als dieser Mann immer wieder ganz aufgeregt forderte, ich solle doch mein Band ausschalten, da gab es auch eine Betriebsbesichtigung im Schnelldurchlauf. Als wir dann zu den großen Spezialkranwagen rausschauten, die gerade zwei Aluminiumsilos aufstellten, da erklärte Wirths mir immer wieder, daß das alles seine Richtigkeit habe. Ich wunderte mich noch darüber, denn zu keinem Moment hatte ich daran gedacht, daß nach all den Vorkommnissen der letzten Monate die Firma nach wie vor auf Genehmigungen pfeift. Ich hatte auch noch meine Zweifel bei einem Informanten, der mich am Abend dieses Tages anrief und mir sagte: „Ich weiß, daß Sie heute in Aretsried waren, Herr Wittmann. Haben Sie die Kranwagen und die Tanks gesehen? Die sind nicht genehmigt! Die werden nur geduldet. Der Müller war noch am Vormittag im Landratsamt und hat gesagt, er könne die Spezialkranwagen nicht wieder wegschicken."

**BAYERISCHES
STAATSMINISTERIUM DES INNERN** **Abdruck**

Oberste Baubehörde im Bayerischen Staatsministerium des Innern
Postfach 220036 8000 München 22

An den
Herrn Präsidenten
des Bayer. Landtags
Maximilianeum

12/4124

8000 München 85

Ihr Az./Ihr Dat.	Unser Zeichen	Durchw.	München
AI-Nr.2005/1991	IIB7-4160.Schw-042/90	3683	25. Nov. 1991
13.06.91			

Schriftliche Anfrage des Herrn Abgeordneten Kamm vom
11.06.1991 betreffend Baurechtsverstöße der Firma Müller-
Milch in Fischach/Aretsried (Landkreis Augsburg)

Anlagen:
3 Abdrucke dieses Schreibens
1 Diskette mit Versandtasche und Beiblatt - g. R. -

Sehr geehrter Herr Präsident,

die schriftliche Anfrage beantworte ich - die Fragen 5 und 6
das Staatsministerium für Landesentwicklung und Umweltfragen - wie folgt:

Zu 1:

Das Landratsamt Augsburg hat folgende bei Baubeginn ungenehmigte Bauvorhaben ermittelt:

Nr. 1:   Neubau einer Produktionshalle auf dem Grundstück
         Fl.Nr. 34.

Drei Seiten aus dem Schreiben des Bayer. Innenministeriums…

**BAYERISCHES
STAATSMINISTERIUM DES INNERN**

- 2 -

        a) Erdaushub ohne Baugenehmigung im Januar 1974.
        b) Weiterbau über eine Teilbaugenehmigung vom
           07.02.74 hinaus im Juni/Juli 1974.

Nr. 2: Errichtung einer Verladehalle, eines Kühlraums und einer Produktionshalle auf dem Grundstück Fl.Nr. 34/2;
Fortführen der Bauarbeiten über eine Teilbaugenehmigung vom 31.10.79 hinaus im März 1980.

Nr. 3: Errichtung einer Stützmauer auf dem Grundstück Fl.Nr. 34/2 im Oktober 1980.

Nr. 4: Aufstellen von sieben Tanks auf dem Grundstück Fl.Nr. 37/2 in den Jahren 1973 bis 1981.

Nr. 5: Aufstellen von drei Tanks auf dem Grundstück Fl.Nr. 34 in den Jahren 1982/83.

Nr. 6: Fertigstellung des Becherwerkes I auf dem Grundstück Fl.Nr. 225 über die sofort vollziehbaren Teilbaugenehmigungen vom 20.07. und 16.09.1983 hinaus im Jahr 1983.

Nr. 7: Aufstellen von 19 Lagertanks auf den Grundstücken Fl.Nrn.: 34, 34/1 und 34/2.
Für diese Tanks waren in den Jahren 1984 bis 1987 drei Bauanträge über je 8, 6 und 2 Tanks eingereicht worden, die am 16.10.90 zurückgenommen wurden. Die Aufstellungszeit der Tanks dürfte zwischen 1984 und 1991 liegen.

Nr. 8: Fertigstellung von 41 LKW-Stellplätzen auf dem Grundstück Fl.Nr. 225 über eine Teilbaugenehmigung vom 03.05.1989 hinaus im Jahr 1989.

Nr. 9: Errichtung einer Dampfkesselanlage in einem 1974 als "Garagen-, Werkstätten und Aufenthaltsräume" genehmigten Gebäude auf dem Grundstück Fl.Nr. 34 im Jahr 1990.

…über die schriftliche Anfrage des Abgeordneten Kamm

**BAYERISCHES
STAATSMINISTERIUM DES INNERN**

Oberste Baubehörde im Bayerischen Staatsministerium des Innern
Postfach 220036 8000 München 22

— 12 —

das Kleinzentrum Fischach noch nicht in vollem Umfang die
ihm zugedachte Mittelpunktsfunktion wahrzunehmen imstande
ist, sondern erst noch des Ausbaus zum Kleinzentrum be-
darf. Nachdem sich die Gesamtzentralität des Kleinzen-
trums Fischach (u.a.) auch aus der Arbeitsplatzzentrali-
tät ergibt, stehen die Bemühungen des Marktes Fischach im
Einklang mit den einschlägigen regional- und landesplane-
rischen Zielsetzungen, wonach in Kleinzentren u.a. ein
ausreichendes Angebot an Arbeitsplätzen zur Verfügung
stehen soll und zentrale Orte dieser Stufe die Voraussetzungen für die Ansiedlung von Betrieben geeigneter Größe
bilden sollen. Die Firma Müller-Milch ist mit rund
1000 Mitarbeitern ein ungewöhnlich großer Betrieb für ein
Kleinzentrum. Die mittlerweile erreichte Größe war aber
für die Gemeinde und die staatlichen Behörden nicht vor-
hersehbar.

Bei der Schaffung der planungsrechtlichen Voraussetzungen
für die Ansiedlung oder Erweiterung von Betrieben liegt
es im Ermessen der Gemeinde, im Rahmen ihrer kommunalen
Planungshoheit entsprechende gewerbliche Schwerpunkte innerhalb des Gemeindegebiets zu setzen. Wenn der Markt
Fischach im Rahmen seiner kommunalen Planungshoheit einen
solchen gewerblichen Schwerpunkt u.a. im Ortsteil Aretsried setzt und nicht im Hauptort der Gemeinde, so muß
dies aus landesplanerischer Sicht hingenommen werden.
Nach Angaben der Firma Müller finden täglich etwa
300 Fahrzeugbewegungen (An- und Abfahrten) mit Lkw statt.

Mit freundlichen Grüßen

Dr. Edmund Stoiber
Staatsminister

Dienstgebäude:	Besuchszeiten:	Telefon: 089 / 2192 - 02	Konto der Zahlstelle:
Franz-Josef-Strauß-Ring 4	Mo. - Fr. 8.00 - 12.00 Uhr	Telefax: 089 / 2192 - 3350	Postgiroamt München
8000 München 22	oder nach Vereinbarung	Telex: 522 705 obbmd	Nr.: 22992 - 806 ,BL
		Teletex: 898987 OBBM	

…betreffend die Baurechtsverstöße der Firma Müller-Milch

Im Landratsamt war zunächst zu diesem Vorgang keine Stellungnahme zu bekommen. Nur vage war von einer nachträglichen Genehmigung die Rede. Das mit der nachträglichen Genehmigung teilt auch Innenminister Stoiber in seiner Antwort auf die Kamm-Anfrage mit. Wobei er jedoch ausdrücklich darauf hinweist, daß die nachträgliche Baugenehmigung für die Silos „nicht bestandskräftig" ist. Was hat das zu bedeuten? Pressesprecher Volker Büchler vom Landratsamt Augsburg klärt auf: „Die beiden Tanks stehen zu nah am Nachbargrundstück. Das kann keinesfalls so hingenommen werden. Müller hat dafür nur eine befristete Baugenehmigung; befristet, weil die Abstandsflächen nicht eingehalten werden können". Theoretisch heißt das, daß die Tanks wieder abgerissen werden müssen, wenn die erforderlichen Grundlagen für eine Genehmigung nicht geschaffen werden. Aber soweit ist es bei Müller-Milch noch nie gekommen. Und was interessiert schon die Theorie, wenn es in der Praxis doch

Leben neben Müller-Tanks

immer wieder funktioniert. Beim Nachbohren kommt dann allerdings wieder einmal eines dieser Dorfschicksale ans Tageslicht.

Die Tanks stehen nämlich nur wenige Meter entfernt vom Haus dieses bereits einmal zitierten über 75jährigen Ex-Müller-Mitarbeiters. Jahrelang geht es schon hin und her, denn Müller möchte der Einfachheit halber dieses Einfamilienhaus kaufen. Wäre das im Besitz der Molkerei, dann bräuchten die Tanks, die jede Abstandsfläche mißachten, nicht abgerissen zu werden. Aber man konnte sich bislang mit dem alten Mann nicht einigen. Der wäre, wie er mir versicherte, sogar in seinem hohen Alter noch zu einem Umzug innerhalb von Aretsried bereit. Aber er möchte ein ähnliches Häuschen haben. Streiten, nein das möchte er nicht mehr. „Der Bürgermeister war da", berichtet der Mann, „und ich hab' gsagt, wenn ich am anderen Dorfende ein einigermaßen gleichwertiges Haus krieg, dann zieh' ich halt um".

Erst als die befristete Baugenehmigung für die beiden Tanks ausläuft und das Landratsamt mit dem zwangsweisen Abriß der Behälter droht, kommt plötzlich wieder Bewegung in die Verhandlungen mit dem alten Mann. „Der wird jetzt wahrscheinlich verkaufen, hat die Firma Müller mitgeteilt", sagte der Pressesprecher im Landratsamt.

In dem Stoiber-Schreiben zu Müller-Milch's Baurechtsverstößen folgt noch eine lange Liste von Baumaßnahmen, die von Amts wegen eingestellt wurden. Und dann wieder ein Satz, der sich einmal mehr wie eine Ohrfeige für das Landratsamt liest: „Das Landratsamt Augsburg wird bei künftigen Baurechtsverstößen umgehend einschreiten". Beinahe lächerlich dann jedoch die Auflistung der Bußgelder, die bisher gegen Müller's Schwarzbauten verhängt wurden. Sage und schreibe 1.000 - in Worten eintausend - Mark für den Weiterbau der Produktionshalle über die Teilbaugenehmigung hinaus. Dreitausend Mark für die Aufstockung des Anbaus Ost des Becherwerks II, fünftausend Mark für das Aufstellen von zwei Reissilos und siebentausendfünfhundert Mark für die nicht genehmigten Erdarbeiten auf dem

Betriebsgelände. Macht summa summarum 16.500 Mark. In Müller's Portokasse dürfte das kein allzu großes Loch hinterlassen.

Aber: „Das Staatsministerium des Innern hat veranlaßt, daß die bekannt gewordenen Baurechtsverstöße der Firma Müller-Milch umfassend aufgeklärt und bereinigt werden. Das Landratsamt Augsburg wird die noch nicht verjährten Baurechtsverstöße aufgreifen. Entsprechende Ordnungswidrigkeitenverfahren werden eingeleitet."

Auch das Protokoll des Umweltausschusses des Bayerischen Landtags, der sich mit der Petition einer Anliegerin von Müller-Milch befassen mußte, ist lesenswert. Wie verblüfft die Abgeordneten über das Vorgehen von Theo Müller waren, geht aus den Äußerungen des CSU-Abgeordneten Georg Schmid hervor. Nicht nur, daß viele Anlagen rechtswidrig errichtet wurden, bemängelte Schmid, der Betreiber habe trotz Rücknahme entsprechender Anträge eine Reihe von Gebäuden, vor allem zahlreiche Tankanlagen, hochgezogen. Wörtlich heißt es dazu im Protokoll: „Die Firma hat das gemacht, was sie für richtig und notwendig gehalten habe, ohne die dafür erforderlichen Genehmigungen einzuholen". Hinzu komme, daß die zuständige Genehmigungsbehörde nicht rechtzeitig und konsequent genug reagiert habe. Die Vertreterin der Staatsregierung, Regierungsrätin Weinl aus dem bayerischen Innenministerium, gab offen zu: „Ich persönlich hatte den Eindruck, daß wegen der Anhängigkeit der Verfahren bei der Regierung und der allgemeinen Verzögerung eigentlich keiner so recht wußte, wo sich die Akten befinden. Darüber hat man dann wohl vergessen, den Gesamtkomplex abschließend zu behandeln. Es muß aber eingestanden werden, daß keine endgültige Baugenehmigung vorliegt. Bei der Überprüfung stellte das Landratsamt ferner fest, daß ein Großteil der auf dem Betriebsgelände aufgestellten Lagertanks baurechtlich nicht genehmigt worden ist". Überlegungen, die Tanks pauschal zu genehmigen seien nicht praktikabel, weil in den Lagertanks Rührwerke eingebaut sind, die unterschiedliche Emissionen von sich geben, und auch die Immissionsschützer die Auffassung vertreten haben, jeder Lagertank müsse gesondert untersucht werden.

Der Abgeordnete Welnhofer (CSU) erklärte im Ausschuß, er fühle sich an sizilianische Verhältnisse erinnert, denn offenbar mache der Betriebsinhaber mit seinem Riesenwerk was er wolle, kümmere sich um Vorschriften „einen Dreck" und werde dann auch noch mit Bußgeldern belegt, die er aus der Portokasse zahlen könne. Sein Kollege Heinrich unterbricht ihn mit dem Zwischenruf, „nicht aus der Portokasse, aus der Toilettenkasse!" Welnhofer fügt an, man könne doch den Besitzer eines Einfamilienhauses nicht wegen einer simplen Dachgaube und einer damit verbundenen „Verunstaltung" mehrere hundert Mark Geldstrafe aufbrummen, den Unternehmer Müller aber bei seinen Verstößen mit Bußgeldern davon kommen lassen, die ihn „allenfalls kratzen, aber nicht wehtun". Es sei völlig unverständlich, daß man die Teilbaugenehmigungen nie kontrolliert habe. Außerdem hätte zumindest darüber nachgedacht werden müssen, ob nicht bis zur Herstellung rechtmäßiger Zustände Nutzungsuntersagungen angebracht gewesen wären, auch wenn dies durchaus existentielle Folgen hätte haben können. Man könne schließlich eine solche Firma, die überhaupt kein Unrechtsbewußtsein zeige, nicht „mit Samthandschuhen anfassen". Sonst laufe man Gefahr, daß bei den Bürgerinnen und Bürgern das Unrechtsbewußtsein bei kleineren Überschreitungen baurechtlicher Bestimmungen verloren gehe. Sein Kollege Heinrich, Berichterstatter im Ausschuß, stimmte dem zu und sagte, er sei künftig nicht mehr bereit, sich draußen, um ein Beispiel zu nennen, für den Abriß kleiner Fischerhütten mit zwei Kubikmeter umbautem Wohnraum stark zu machen, wenn bei Müller-Milch nicht schnellstens rechtmäßige Zustände hergestellt würden.

Die Vertreterin der Staatsregierung erwiderte: „Ihre Entrüstung über das Entstehen des Werkes nehme ich stellvertretend hin. Wir sind vor einer ähnlichen Situation gestanden, als wir die Eingabe bekamen und erstmals von dieser Sache erfahren haben. Das Landratsamt ist aber dabei aufzuräumen. Es wird bescheidmäßig angeordnet, d.h. das Landratsamt ist nicht mehr bereit, sich hinhalten zu lassen, und es passiert etwas. Aufgrund des Umfangs der Materie haben wir momentan große Schwierigkeiten, die anstehenden Probleme in den Griff zu bekommen, denn das Landratsamt muß natürlich funktionsfähig bleiben, d.h. die vielen anderen Bauanträge müssen ebenfalls bewältigt werden. Derzeit sind verschiedene Sachbearbeiter nur mit Müller-Milch beschäftigt".

Gut einen Monat nach dieser Sitzung des Umweltausschusses, also kurz vor Weihnachten, mußten bereits wieder zwei Schwarzbauten vom Landratsamt Augsburg eingestellt werden. Die neu zu errichtende Kläranlage war es diesmal, bei der einmal mehr gegen geltendes Baurecht verstoßen wurde. Ein Auffangbecken und ein Schlammstapelbehälter wurden abweichend von den genehmigten Plänen errichtet. Der Vorgang wird jedoch im Vergleich zu den anderen Schwarzbauten von den Behörden als „nicht so gravierend" eingestuft.

Daß inzwischen auch aus dem Landratsamt Augsburg ein ganz anderer Wind weht, und daß es nicht bei Pfennigbeträgen wegen der Baurechtsverstöße bleiben wird, das ist trotzdem deutlich zu spüren. Der neue Leiter der Bauabteilung im Landratsamt, Josef Gediga, hat dies in einem ausführlichen Interview deutlich gemacht:

Frage: Herr Gediga, die Firma Müller-Milch hat ganz offenbar gegen geltendes Baurecht verstoßen. Doch es gibt ja wohl, bevor wir dazu kommen, auch noch eine Reihe anderer Versäumnisse aufzuarbeiten.
Gediga: Man hat im Herbst 1990 ein Gutachten in Auftrag gegeben, das nun, nach mehr als 13 Monaten, endlich vorliegt. Und aus diesem Gutachten hat sich gezeigt, daß in bestimmten Bereichen akuter Handlungsbedarf besteht, um dem Nachbarschaftsschutz Rechnung zu tragen und damit auch den Interessen der Allgemeinheit.
Frage: Bevor wir inhaltlich darauf eingehen - ist damit endlich ein umfassendes Papier vorhanden, das eine Gesamtbegutachtung ermöglicht?
Gediga: Nun, das Gutachten, das uns heute vorliegt, ist auch von den Messungen her nicht das, was wir eigentlich brauchen, sondern es ist wieder nur ein Teil der Messungen durchgeführt worden.
Frage: Und was tun Sie, um dem abzuhelfen?

Gediga: Wir werden eine Ergänzung verlangen.

Frage: Zum Inhalt des bisher vorgelegten: Was zeichnet sich denn an Problemen ab, die beseitigt werden müssen?

Gediga: Wir haben bereits jetzt gesehen, daß es drei neuralgische Punkte gibt. Das eine ist das große Tanklager, mit den Milchtanks insgesamt. Von den Rührwerken der Tanks gehen Geräusche aus, die die zulässigen Werte überschreiten. Hier muß unbedingt etwas getan werden.

Ein weiterer Punkt, der für uns ganz wesentlich ist, ist die Milchannahme. Die findet ja seit 20 Jahren immer noch mitten im Ort statt. Da kommen jeden Tag soundsoviele Milchtanker, die dann im Ort entladen werden und die dann wieder wegfahren. Das ist für die Nachbarschaft nicht zumutbar. Hier muß also was geschehen.

Und dann gibt's noch Probleme mit einzelnen Granulatsilos. Die Firma Müller verarbeitet viel Kunststoff für ihre Becher. Auch hier muß was geschehen.

Die Milchannahme mitten im Ort – Überbleibsel der alten Molkerei

Frage: Bleiben wir zunächst bei der Milchannahme. Die ist also zu laut. Muß die aus dem Ort verlegt werden, oder was hat da zu geschehen?

Gediga: Da man die Milchannahme letztlich nicht einhausen kann, also nicht einfach ein Gebäude um die LKWs herumbauen kann, sehe ich keinen anderen Weg wie man das kurzfristig anders regeln kann, als eine Verlagerung in das Gewerbegebiet, wo dann die Anwohner davon nicht mehr gestört werden.

Frage: Das Problem ist ja, wie all die anderen auch, nicht mehr ganz neu. Glauben Sie denn, daß jetzt plötzlich die große Einsicht bei Müller-Milch eingekehrt ist und alles geschieht, was Sie für nötig und richtig erachten. Oder wie wollen Sie das mit Nachdruck verfolgen?

Gediga: Wir werden uns nicht mehr auf Briefeschreiben beziehungsweise Verhandlungen verlassen, sondern wir werden alles mit formalrechtlichen Bescheiden untermauern. Das heißt, wenn die Firma Müller was beizubringen hat, seien es Gutachten oder Messungen oder sonstige Dinge, dann wird das künftig in einen Bescheid hineingeschrieben und ein entsprechendes Zwangsgeld festgesetzt. Dieses Zwangsgeld wird pro Bescheid jeweils 10.000 Mark betragen. Desweiteren werden wir eben konkrete Anordnungen erlassen, wo dies nötig ist.

Frage: Was muß man sich darunter vorstellen. Sie erlassen eine Anordnung, daß beispielsweise die Milchannahme aus dem Ort verlagert werden muß, setzen eine Frist, und es passiert nichts.

Gediga: Wenn etwas an einer bestimmten Stelle nicht sanierbar ist, wie beispielsweise die Milchannahme mitten im Ort, und wenn nichts geschieht, dann muß diese Anlage von uns eben stillgelegt werden. Es geht nicht anders, denn wir haben es nun schwarz auf weiß, daß die zulässigen Lärmwerte überschritten werden und da muß einfach was gemacht werden. So ein Schritt, also die Stillegung der Milchannahme, ist natürlich ein für die Molkerei existentieller Eingriff. Aber wenn es gar nicht anders geht, müssen wir eben auch zu solchen Maßnahmen greifen.

Frage: Was ist mit der von Müller-Milch immer wieder bestrittenen Luftverschmutzung, der Geruchsbelästigung. Gibt es die, oder ist das alles nur eine Einbildung der bösen Nachbarn?

Gediga: Da gibt es eine erhebliche Belastung und deshalb werden wir von Müller-Milch auch ein lufthygienisches Gutachten fordern, das uns ja auch schon seit längerer Zeit zugesagt ist. Jetzt wird von uns einfach eine Frist gesetzt.

Frage: Ich möchte nocheinmal auf die Schwarzbauten zu sprechen kommen. Was passiert denn da jetzt. Müssen die nichtgenehmigten Bauten abgerissen werden, muß beispielsweise das Becherwerk I abgebrochen werden?

Gediga: Nein, natürlich nicht. Die alten Schwarzbauten müssen halt jetzt überprüft werden, müssen lärmtechnisch begutachtet werden und von der Standsicherheit her und und und. Da werden einige Baukontrolleure noch eine zeitlang beschäftigt sein. Also wir haben das so gemacht, daß wir tatsächlich mit einem leeren Lageplan das gesamte Werksgelände abgesucht und das mit unseren Akten verglichen haben. Dann haben wir festgestellt, aha, hier ist noch was gebaut worden, von dem wir nichts wissen und so weiter. Aber, um ihre Frage nach dem Abreissen zu beantworten: ein Vorhaben, das ohne Baugenehmigung gebaut wurde, kann durchaus genehmigungsfähig sein.

Frage: Ist denn das wirklich möglich, wo sich doch der Betrieb so ins Dorf, ich will mal sagen „hineingefressen" hat, daß vom Ort selbst nicht mehr viel zu sehen ist?

Gediga: Von Anfang an wäre sowas sicher nicht genehmigungsfähig. Man hätte das so wohl nie genehmigt, aber Sie müssen sehen, daß sich der Betrieb von einer kleinen Dorfmolkerei aus zu einem Riesenbetrieb entwickelt hat. Es wurde immer noch ein Betriebsteil angebaut.

Frage: Die Anwohner klagen immer wieder über die extrem hohe Verkehrsbelastung, was von Müller-Milch immer bestritten wird. Durch die Entlastungsstraße, sagte mir der Geschäftsführer jüngst im Interview, könne von einer zu starken Verkehrsbelastung im Ort keine Rede mehr sein. Und der Schwiegersohn von Molkereichef Müller meinte gar, früher als es noch eine Dorfmolkerei war, da sei die Lärmbelästigung durch das Klappern von Milchkannen viel größer gewesen als heute. Sehen Sie das auch so, oder würden Sie eher den Leuten im Dorf zustimmen?

Gediga: Ja, sicher. Wir haben gesehen, daß hier eine Größenordnung erreicht worden ist, wo man das Verkehrsgeschehen mit berücksichtigen muß. Wir haben deshalb die Firma Müller aufgefordert, ein Verkehrsgutachten vorzulegen, das auch die überörtlichen Verkehrsströme und die LKW-Zuleitung erfaßt. Unseres Erachtens sind zum Schutz der Bewohner von Aretsried, aber auch der umliegenden Gemeinden, Maßnahmen erforderlich, daß man das Ganze einfach anders lenkt. Wie das dann konkret aussehen wird, kann ich derzeit natürlich noch nicht sagen, da müssen die Ergebnisse des Verkehrsgutachtens abgewartet werden.

Frage: Wie reagiert denn die Firma Müller auf all diese Dinge?

Gediga: Die Firma Müller hat, so will ich das einmal sagen, einen Kredit von der Allgemeinheit in Anspruch genommen und muß jetzt eben die Schuld an der Allgemeinheit wieder begleichen. Sie wird in den nächsten Tagen alleine sieben Bescheide von uns bekommen, jeweils mit einer Zwangsgeldandrohung von 10.000 Mark versehen. Wie gesagt, wir werden ab sofort alle Bescheide mit Zwangsgeldandrohungen versehen. Und der nächste Schritt, das könnte bereits die Zwangsstillegung einzelner Betriebsteile sein. Das würde auch nicht bei einem einzelnen Lagertank enden. Wenn es sein muß, könnten wir auch zeigen: hier statuieren wir ein Exempel. Aber die Firma hat uns jüngst bei einer Besprechung hier im Amt auch zugesagt, kooperativ zu sein und die Dinge fristgerecht zu regeln.

Frage: Ist Ihnen denn in Ihrer beruflichen Laufbahn schon einmal so eine Serie von Verstößen bei einer einzigen Firma untergekommen, oder kennen Sie etwas Vergleichbares?

Gediga: Ich muß sagen, in diesem Umfang nein. Was das Besondere in diesem Fall ist, ist das fehlende Unrechtsbewußtsein bei der Firma.

Frage: Mußte es erst Weisungen an Ihr Amt von Umwelt- und Innenministerium, mußte es erst eine Serie von Parlamentsanfragen geben, bevor da endlich etwas passiert ist?

Gediga: Also, ehrlich gesagt, einige Dinge resultieren sicher aus den Anfragen. Aber beispielsweise die Sache mit dem Becherwerk und den Tanks, die wurden vom Landratsamt schon länger beanstandet. Und was das Innenministerium angeht, mit dem stehen wir natürlich in Verbindung, denn die Sache hat inzwischen eine Größenordnung angenommen, daß ein öffentliches Interesse vorliegt.

Soweit also das Interview mit dem neuen Sachbearbeiter im Landratsamt. Es sind völlig neue Töne, die da zu hören sind, ungewohnt scharfe Töne, obwohl immer wieder versichert wird, man möchte im Einvernehmen mit der Firma Müller arbeiten. Daß dies nicht einfach ist, gibt Josef Gediga offen zu. Der Mann, der erst ein dreiviertel Jahr vor diesem Interview aus der Bayerischen Staatskanzlei ins Landratsamt versetzt wurde, macht einen entschlossenen Eindruck. Er beantwortet, zusammen mit dem Pressesprecher, die Anfragen von Journalisten, führt mit Müller-Milch die Verhandlungen. Der viel kritisierte Landrat hat sich rar gemacht.

Aber trotz aller Entschlossenheit lassen die Aussagen doch auch zahlreiche Fragen offen. Was zum Beispiel soll eine Firma ohne jegliches Unrechtsbewußtsein künftig davon abhalten, ohne Genehmigung einfach zu bauen, wenn diese Bauten dann doch im Nachhinein genehmigt werden? Und auch wenn jetzt an Müller-Milch die Bescheide jeweils mit einem Bußgeld in Höhe von 10.000 Mark gekoppelt sind, was bringt das? Das sind für die Großmolkerei im Vergleich mit dem Nutzen, den sie von ihren Schwarzbauten und anderen Verstößen hat, doch kleine Beträge. Außerdem: die Nachbarn, die von einem extrem nah an ihr Anwesen herangebauten Becherwerk betroffen sind, für das nach ihren Einsprüchen das Landratsamt kurzerhand den Sofortvollzug angeordnet hatte, für diese Nachbarn dürfte es ein schwacher Trost sein, wenn solche Bauwerke dann im Nachhinein doch wieder genehmigt werden. Viel schmerzhafter für die Firma Müller-Milch sind da die angedrohten Teilstillegungen, beispielsweise der Milchannahme. Sollte in diesem Punkt das Amt konsequent bleiben und auf einer Verlagerung ins Gewerbegebiet, das über eine eigene Zufahrtsstraße angefahren wird, bestehen, dann wäre tatsächlich eine gewisse Entlastung der Anwohner erreicht. Aber wie könnte eine Lösung der Lärmbelastung durch die zahlreichen großen Tanks mit den lauten Rührwerken aussehen?

Darauf weiß man auch im Landratsamt noch nicht so recht eine Antwort. Die Überlegungen gingen schon so weit, daß von Müller verlangt werden sollte, die ganzen Tanks einzuhausen, also ein regelrechtes Gebäude um die Tanks herum zu errichten. Aber wer sich die Lage vor Ort einmal angeschaut hat, kann sich nur schwer vorstellen, daß dies möglich sein soll. Auch recht kuriose Gedanken sind da schon zutage gefördert worden. Die kleinen Einfamilienhäuser, die so gar nicht zu den Industriebauten in Aretsried passen wollen, sollen eventuell „umgestaltet" werden, sagte mir Josef Gediga anläßlich eines Ortstermins in Aretsried. Aber wie das genau aussehen soll, das weiß auch er nicht. Jedenfalls würden die Dächer im unvertretbaren Kontrast zu den Fabrikgebäuden stehen. Soll man also die kleinen Häuser, die inzwischen fast alle im Besitz von Müller sind, abreissen, oder nur die Dächer? Es wird wohl eine Illusion sein, zu glauben, daß die Sünden einer jahrzehntelang geduldeten unkontrollierten Ansiedlung und Expansion jemals wieder ganz aus der Welt geschafft werden können. Und man muß wohl auch sagen, daß man das nicht ausschließlich der Firma Müller anlasten darf. Zu lange haben Gemeinde und Landratsamt einfach beide Augen zugedrückt. Die Baurechtsverstöße von Müller-Milch sind eine Sache, die Untätigkeit der Behörden eine andere.

Was von ganz offizieller Seite an Baurechtsverstößen und sonstigen Mißachtungen von Bestimmungen bekannt gegeben wurde, das übertrifft selbst die schlimmsten Befürchtungen, geht zum Teil weit über das hinaus, was lange Zeit als Gerüchte gehandelt wurde. Ob sich bei Müller-Milch allerdings wirklich viel ändern wird, bleibt die Frage. Zu all den Vorgängen verweigert die Firma jede Auskunft. Es laufe eine Hetzkampagne, heißt es immer wieder. Und deshalb: keine Stellungnahme. Das gilt auch für einen weiteren, schier unglaublichen Vorgang.

Eine Frau aus Aretsried rief eines Abends bei mir an und berichtete, wie die jüngsten Messungen des TÜV Bayern abgelaufen seien. Das neue, fast fertige Becherwerk II sollte lärmschutzmäßig abgenommen werden. Der TÜV-Meßingenieur hätte seine Meßinstrumente aufgebaut. Die Sekretärin des Becherwerk-Leiters sei dabei gewesen und ein jüngerer Mann vom TÜV, der dem Ingenieur zur Hand ging. „Der hat dann zu dem Jungen gesagt, er soll mal rüberschauen, ob alle Maschinen laufen. Daraufhin hat die Sekretärin gesagt, das bräuchte es nicht, der Werkleiter hätte da schon selbst danach geschaut". Als der TÜV-Ingenieur dann trotzdem seinen Mitarbeiter rübergeschickt habe, sei der zurückgekommen und habe berichtet, daß die beiden größten Maschinen eben nicht laufen würden, weil sie noch nicht fertig angeschlossen seien. „Daraufhin hat der Meßingenieur die Geräte wieder abgebaut und empört gefragt, warum messen wir dann überhaupt?" Kann es so etwas geben, daß eine Firma offizielle Messungen in Auftrag gibt, obwohl sie weiß, daß die Voraussetzungen dafür gar noch nicht geschaffen sind? Was soll damit bezweckt werden, wenn die abzunehmenden Maschinen noch gar nicht angeschlossen sind? Muß da nicht zwangsweise der Verdacht entstehen, daß man einmal mehr tricksen will?

Ist dem Landratsamt von diesem Vorgang etwas bekannt, will ich von Josef Gediga wissen. „Ja, soviel ich weiß, sind da zwei Fertigungsbahnen nicht gelaufen. Es muß jetzt nocheinmal nachgemessen werden. Der TÜV kam wohl zu den Messungen, dabei ist festgestellt worden, daß das Werk noch nicht mit voller Kapazität lief und daraufhin ist der TÜV wieder abgezogen". Gediga macht aus seiner Verärgerung kein Geheimnis: „Man wird also wohl bei weiteren Messungen darauf achten, daß immer ein Immissionsschutzingenieur des Landratsamtes dabei ist. Das ist übrigens auch eine Anregung des TÜV, der von der Firma Müller mit den Messungen beauftragt wurde. Man muß halt alles kontrollieren".

Was auch immer die Firma Müller zu diesem Verhalten bewogen haben mag, es war im konkreten Fall gar nicht nötig irgendwie zu manipulieren, denn die Nachmessungen haben keine nennenswerten Beanstandung beim Becherwerk II ergeben.

Allenthalben war das Kopfschütteln darüber groß, daß all diese Vorgänge dem Landratsamt erst 1991 auffielen, daß über Jahrzehnte hinweg offensichtlich geschlafen wurde. Das Politmagazin *Monitor* griff im Spätsommer '91 ebenfalls das Thema Müller-Milch auf. Dabei kam vor allem Landrat Karl Vogele schlecht weg. Er verstrickte sich vor der Kamera in Widersprüche, verwies immer wieder an seinen Kommunalreferenten. Wie schon bei der CSU-Podiumsdiskussion dementierte der Landkreischef, im Zusammenhang mit der 2-Millionen-Abfindung für die Kläranlage, widersprüchliche Auskünfte erteilt zu haben.

Während zunächst die Zahlung der Gemeinde an Müller-Milch für nicht zulässig erachtet wurde, habe das Landratsamt nach dem Einschreiten des Landrats die Zahlung für „nicht rechtswidrig" erklärt, berichtete *Monitor*. Der Landrat reagierte beleidigt. Er sei von *Monitor* unfair behandelt worden, habe seine Zustimmung zum Interview nur unter der Voraussetzung gegeben, daß beim Schnitt seine Aussagen nicht völlig verzeichnet werden. Doch genau das sei passiert. Er fühle sich sehr unfair behandelt. Der Landrat hätte das gerne dokumentiert und er hatte ja beim *Monitor*-Interview ein eigenes Tonband mitlaufen lassen. Der Lokalzeitung mußte er dann allerdings eingestehen, „daß unsere eigene Technik bei der Aufzeichnung des Gesprächs nicht funktioniert hat". Sonst hätte man das nocheinmal anhören können. Der *Monitor*-Autor wies die beleidigten Vorwürfe des Landrats zurück und ließ anklingen, selbst wenn die volle Länge des Interviews ausgestrahlt worden wäre, wären des Landrats Antworten „gleich erhellend" geblieben wie das, was in den Interviewausschnitten zu sehen war.

Kapitel 8

IN MÜLLERS TONNE

Mit Steckbrief und Strafanzeige gegen schärfsten Kritiker

Da funktioniert ein Erfolgsbetrieb jahrzehntelang ohne größere Störungen. Baurechtsverstöße und sonstige Vergehen werden großzügig übersehen, der Laden läuft. Doch dann kommt plötzlich ein Abgeordneter und stellt einige Parlamentsanfragen. Was zunächst wenig Eindruck auf den Firmenchef macht, soll sich nach und nach als massive Fehleinschätzung erweisen. Die eigenen politischen Freunde schießen quer, die Presse berichtet über immer neue Verstöße, hinterfragt, verunsichert den Betrieb. Nach all dem Glanz, nach all den Schlagzeilen und erfolgreichen Werbefeldzügen plötzlich so etwas! Wie reagiert man darauf als erfolgsverwöhnter Mensch, als Top-Firma mit einem guten Image?

Es fällt Theobald Müller und seinem Management sichtlich schwer, mit der aktuellen Entwicklung zu Rande zu kommen. Mal werden Auskünfte verweigert, der versprochene Rückruf bleibt aus. Dann wird auf den Abgeordneten, der alles so hartnäckig verfolgt, geschimpft. Als dann Umwelt- und Innenministerium, Landratsamt und Gerichte auch noch querschießen, da wird auch gegen sie kräftig geschimpft. Doch es nützt alles nichts. Ist das alles nur der Neid der kleinen Leute, Böswilligkeit, Mißgunst?

Da steht auf der einen Seite ein einzelner Abgeordneter, der ja sonst nicht gerade bei Gauweiler und Stoiber ein und aus geht, und auf der anderen Seite die Ministerien. Dazwischen ist nichts. Die SPD schaltet sich zwar einmal kurz ein, ein schwäbischer Abgeordneter stellt eine Parlamentsanfrage. Aber sonst ist nichts zu hören. Nichts von der F.D.P., wenig von der CSU. Die CSU am Ort, o.k., die organisiert eine Veranstaltung, kommt aber nicht aus dem Verdacht der zumindest großen Engstirnigkeit heraus. Von der Kreis- oder gar

Bezirksebene auch hier nichts zu hören. Und dann begehren plötzlich auch noch die Leute auf.

Und Müller-Milch, Müller-Milch weiß nicht so recht, wie die Firma reagieren soll. Es ist September. Müller steht seit Monaten im Brennpunkt der Kritik, kapselt sich immer mehr ab. Da warten zwei Omnibusse voll mit Spitzenkräften aus der Wirtschaft auf die Abfahrt nach Aretsried. Seit langem ist beim vielbewunderten Milch-Werk eine Betriebsbesichtigung vereinbart. Die 85 Mitglieder des Technischen Vereins, eines beinahe 150 Jahre alten Traditionsvereins, haben sich für diesen Tag extra Urlaub genommen. Der Vorsitzende des Wirtschaftsclubs, der Architekt Alfred Kosebach, telefoniert nocheinmal mit Müller-Milch. Was er zu hören bekommt, kann er zunächst nicht fassen. „Die Sekretärin von Herrn Müller hat mir gesagt, Herr Müller hätte aus dem Auto angerufen, er möchte nicht, daß wir kommen. Gegen seine Firma laufe eine Hetzkampagne und deshalb wünsche er keine Betriebsbesichtigung". Alfred Kosebach ist wütend. „Sowas ist uns in unserer 150jährigen Vereinsgeschichte noch nicht passiert. Wir sind doch alles ehrenwerte Leute. Wir wären doch als Freunde, nicht als Feinde gekommen. Wir bewundern doch die unternehmerische Leistung des Herrn Müller." Im Technischen Verein sind Bankdirektoren ebenso Mitglied wie Kaufleute und Ingenieure. „Uns blieb keine andere Wahl als kurzfristig umzudisponieren und ins Museum nach Oberschönefeld zu fahren".

Der 63jährige Alfred Kosebach kann sich die Beweggründe des Molkereimeisters Theobald Müller nicht erklären. „Ich weiß nicht, hat der Mann durchgedreht? Wir haben demnächst eine Vorstandssitzung und da werden wir das Thema noch einmal diskutieren. Ich habe eine Reihe von Anrufen bekommen, ob wir uns das gefallen lassen müssen. Ich meine, rechtliche Möglichkeiten dürfte es kaum geben. Aber ich weiß nicht, sowas ist uns einfach noch nie untergekommen. Hat der Angst gehabt, daß vielleicht doch die eine oder andere kritische Frage kommen könnte, oder was?"

Plötzlich wird auch in Unternehmer-Kreisen anders über Theo Müller gesprochen als bisher. Fragen werden laut, die bislang nicht zu hören waren. Es wird darüber diskutiert, ob vielleicht der Abgeordnete Kamm mit seiner Kritik an Müller-Milch gar nicht so schief liegt. Knapp zwei Wochen später ist der Marketing-Club Augsburg bei Müller-Milch in Aretsried zu Gast. Die Marketing-Experten haben mehr Glück als die Damen und Herren des Technischen Vereins. In der Lokalzeitung werden sie mit der Äußerung zitiert „Es war eine eindrucksvolle Betriebsführung". Fragen zu „schwebenden" Verfahren, die Müller derzeit viel Kritik einbringen, seien ausdrücklich ausgeklammert worden. Der Club wollte, wie immer, nur Marketing-Fragen erörtern. Der Müller-Marketing-Experte, so schreibt die *Augsburger Allgemeine*, habe die Marketing-Leute über Werbemaßnahmen und Erfolgsrezepte informiert. Ziel sei bei jeder Entscheidung, das zu tun, was der Verbraucher wolle, sagte der Müller-Werbe-Spezialist.

Frage ich bei Müller-Milch nach, wie solch unterschiedliche Reaktionen zustande kommen, dann ist immer nur zu hören: Wir geben derzeit keine Stellungnahmen ab. Drei Monate lange wolle sich Theo Müller samt seinem Management nicht mehr äußern, hieß es plötzlich im Herbst '91. Vielleicht lag das daran, daß die große Pressekonferenz der Firmenleitung im August so in die Hosen gegangen war. Geschäftsführer Schützner ließ damals die staunenden Journalisten, die gespannt auf die Erklärungen des Molkerei-Chefs Theo Müller warteten, wissen, daß dieser auf sein Anraten hin nicht selbst zur Pressekonferenz kommen werde, „um einen sachlicheren Verlauf zu gewährleisten". In den *Nürnberger Nachrichten* vom 28.8.91 wird Schützner gar mit den Worten zitiert, „Herr Müller ist von der Kampagne getroffen, er hat Mord- und Entführungsdrohungen erhalten. Das Pressegespräch sollte so gut es geht, unvoreingenommen ablaufen, das wäre Herrn Müller selbst sehr schwer gefallen".

Eingeladen hatte die Großmolkerei zur Pressekonferenz mit dem Versprechen: „Die gegen Müllermilch vorgebrachten Vorwürfe können morgen voll widerlegt werden. Wir werden morgen folgendes

Molkerei Alois Müller
GmbH & Co.
Zollerstraße 7
8935 Aretsried

Fax: 08236-5977
Tel. 08236/57-0

Telex 533377 und 533805
Teletex 823681 Bumue

TELEFAX

Telefax Nr.: 089 - 95 79 845

Datum: 26.08.91

Telefax an:

für: Chef vom Dienst

von: Pressestelle Molkerei Müller // Herbert Wirths

betr.: Einladung zur Pressekonferenz am 27.08.91 um 11:00 Uhr

Ort: Molkerei Alois Müller, 8935 Aretsried

Die gegen Müllermilch vorgebrachten Vorwürfe können morgen
voll widerlegt werden. Wir werden morgen folgendes fordern:

1.) Der "grüne" Abgeordnete Raimund Kamm :

   Herr Kamm versucht durch eine systematische Hetze die
   Molkerei Müller und Herrn Theo Müller als "die Umweltsünder" darzustellen. Weiter ruft er zum Boykott gegen
   Müllerprodukte auf. Diese Hetze hat dazu geführt, daß
   die Molkerei Müller und Herr Müller Mord- und Bombendrohungen erhalten.
   Die Immunität des Abgeordneten macht es schwierig, Herrn
   Kamm strafrechtlich zur Verantwortung zu ziehen. Wir
   werden aber, falls die Staatsanwaltschaft dies nicht von
   sich aus tut, die Aufhebung der Immunität beantragen und
   ein Strafverfahren erzwingen.

2.) Einsetzung eines Untersuchungsausschußes :

   Einsetzung eines Untersuchungsausschußes zur Aufklärung
   der Schlampereien bei der Bearbeitung wasserrechtlicher
   Fragen durch die zuständigen Behörden im Landkreis
   Augsburg.

3.) Rücknahme der rechtswidrigen Anordnung :

   Rücknahme der rechtswidrigen Anordnung des bayrischen
   Umweltministeriums, die Produkte Blut-Orangen-Drink und
   Multi-Vitamin-Drink de facto vom Markt zu nehmen.

Wir freuen uns auf Ihr Kommen.

Mit freundlichen Grüßen

Molkerei Alois Müller
GmbH & Co.

Einladung zur Pressekonferenz

fordern: 1.) Herr Kamm versucht durch eine systematische Hetze die Molkerei Müller und Herrn Theo Müller als die Umweltsünder darzustellen. Weiter ruft er zum Boykott gegen Müllerprodukte auf. Diese Hetze hat dazu geführt, daß die Molkerei Müller und Herr Müller Mord- und Bombendrohungen erhalten. Die Immunität des Abgeordneten macht es schwierig, Herrn Kamm strafrechtlich zur Verantwortung zu ziehen. Wir werden aber, falls die Staatsanwaltschaft dies nicht von sich aus tut, die Aufhebung der Immunität beantragen und ein Strafverfahren erzwingen.

2.) Einsetzung eines Untersuchungsausschusses zur Aufklärung der Schlampereien bei der Bearbeitung wasserrechtlicher Fragen durch die zuständigen Behörden im Landkreis Augsburg.

3.) Rücknahme der rechtswidrigen Anordnung des bayerischen Umweltministeriums, die Produkte Blut-Orangen-Drink und Multi-Vitamin-Drink de facto vom Markt zu nehmen."

Die große Aufklärung, die versprochen worden war, blieb nach Einschätzung vieler Journalisten aus. Das Müller-Milch-Management verteilte Schuldzuweisungen, erklärte immer wieder, es handle sich bei allem bloß um eine Hetzkampagne gegen die Firma, war von Teilnehmern an der Pressekonferenz immer wieder zu hören. Dabei hatte sich die Firma solch große Mühe bei den Vorbereitungen gegeben. „Die sind sogar mit Funkgeräten unten im Hof herumgelaufen und haben niemanden mehr reinfahren lassen. Die LKW's mußten weggeschafft werden. Der Schwiegersohn vom Chef hat die ganze Aktion überwacht und jeden zusammengestaucht, der noch reinfahren wollte", berichtete mir später ein Aretsrieder Bürger.

Die Reaktionen der Ministerien und Behörden in den folgenden Wochen, sprachen Bände. Die Beteuerungen der eigenen Unschuld durch die Müller-Milch-Geschäftsleitung hatte offenbar ihre Wirkung verfehlt. Bei Müller blieb es beim alten - die Schuldigen sind immer die Anderen. „Wir müssen die Behörden massiv angreifen", hatte Geschäftsführer Gerhard Schützner bereits auf der Pressekonferenz gesagt, und dem Landratsamt und dem bayerischen Umweltministerium „schlampiges Arbeiten" vorgehalten. Gauweiler, so

Schützner weiter, habe seine Anordnung offensichtlich ohne jede Sachkenntnis getroffen.

Wie schon in der Presseerklärung berichtete Geschäftsführer Gerhard Schützner auch auf der Pressekonferenz nocheinmal von den Drohungen gegen Theo Müller. Seine Aussagen zu den Mord- und Bombendrohungen waren allerdings wenig konkret. Doch was sich in diesem Zusammenhang im Ort abspielte, verbitterte manche Bürger sehr. Landwirt Fridolin Ringler war, wie er sagt, „völlig baff, als plötzlich die Kripo vor der Tür stand". Die Beamten wollten von ihm wissen, wie sein Verhältnis zu Müller sei. „Dann fragten sie, ob ich eine Schreibmaschine habe. Ich wollte wissen, warum sie das interessiert und da sagten sie mir, gegen Müller seien massive Drohungen geäußert worden. In den Drohbriefen sei etwas dringestanden von der Lärmbelästigung und deshalb schließen sie daraus, daß das von den Nachbarn kommen könnte. Das müssen Sie sich mal vorstellen. Als würde von uns einer Drohbriefe schreiben. Ich hab' die gefragt, wie sie denn auf mich kommen und die hatten tatsächlich eine Liste vom Müller, wo wir ganz obenauf standen". Landwirt Ringler ärgert sich noch heute über diesen Vorfall. „Ich hab' dem Theo immer gesagt, was ich von all dem halte, hab' nie ein Blatt vor den Mund genommen. Aber so einen Schmarrn hätte ich nicht erwartet".

Zurück zu der angeblichen Hetzkampagne gegen Müller-Milch und den Reaktionen der Firma. Kurze Zeit nach der Pressekonferenz in Aretsried war der Abgeordnete Kamm Adressat einer Strafanzeige von Müller-Milch. Wegen übler Nachrede wollte die Molkerei den Abgeordneten verurteilt wissen. Ein Zitat im *Spiegel* nannte Müller-Milch als Grund für die Anzeige. Dort war Kamm mit den Worten zitiert worden, Müller sei „ein Prototyp des brutalen Unternehmers, dem Umwelt und Umgebung völlig egal sind". Doch für Müller-Milch war diese Strafanzeige nur ein Schuß in den Ofen. Die Staatsanwaltschaft bei dem Landgericht Augsburg teilte den Müller-Anwälten am 6.11.91 mit (Auszug): *Der vorbezeichneten Strafanzeige wird ohne Beweiserhebung keine Folge gegeben. Gründe: Es entspricht ständiger obergerichtlicher Rechtsprechung, daß bei herabsetzen-*

den Äußerungen im öffentlichen Meinungsstreit der straffreie Bereich weiter zu fassen ist, als für Angriffe in der Privatsphäre. Der Gegner muß dann übertreibende und verallgemeinernde Qualifizierungen seiner Person ebenso hinnehmen wie scharfe, drastische und unhöfliche Formulierungen, solange diese nicht in eine sachfremde Schmähkritik ausarten. Im Lichte des Art. 5 Abs. 1 GG sind die Grenzen dieses straffreien Bereichs um so weiter zu ziehen, je bedeutsamer die strittige Angelegenheit ist und je mehr der Angegriffene selbst durch eigene Äußerungen und/oder sein sonstiges Verhalten zur Entstehung bzw. Fortführung des Meinungsstreits beigetragen und womöglich auch Anlaß zur Kritik gegeben hat (...)

Bei Beachtung dieses von der höchstrichterlichen Rechtsprechung - für Fälle wie dem vorliegenden - gesteckten erweiterten Rahmens erscheint bereits nach der praktischen Erfahrung der Staatsanwaltschaft eine Verurteilung wenig wahrscheinlich. Einerseits wird der - unterstellten - Äußerung des Herrn Kamm insbesondere im Hinblick auf die Verwendung des Attributs „brutalen" (Bedeutung nach Duden, Fremdwörterbuch: „roh", „gewalttätig", aber auch: „schonungslos", „rücksichtslos") sicherlich ehrkränkender und damit den Beleidigungstatbestand erfüllender Charakter beizumessen sein. Andererseits sind zu sehen Vorgeschichte, aktuelle Ereignisse und auch die Äußerungen des Antragstellers selbst, die es hier durchaus nahelegen, den Rechtfertigungsgrund der Wahrung berechtigter Interessen im Sinne des Paragraphen 193 StGB als gegeben anzusehen. Auch eine subjektive Wertung zugunsten des Angezeigten als im Umweltschutz ganz besonders Engagiertem wird dabei nicht außer Betracht gelassen werden können. Soweit jedenfalls aus dem Artikel ersichtlich, verfolgte Herr Kamm keine privaten oder eigennützigen Ziele, sondern hat sich als politischer Mandatsträger zu einer Problematik von allgemeinem Interesse geäußert (...).

Dem Anzeigenerstatter steht es aber frei, durch Erhebung einer Privatklage (Par. 381 StPO) den Versuch zu unternehmen, die von ihm beantragte Bestrafung des Herrn Kamm selbst zu bewirken. Erfolgsaussichten einer Privatklage und etwaige zivilrechtliche An-

sprüche werden durch diesen Bescheid nicht berührt. Eine förmliche Beschwerde gegen diesen Bescheid sieht das Gesetz nicht vor." (Faksimile am Ende des Kapitels)

Keine Chance also, dem Abgeordneten mithilfe des Strafrechts seine Äußerungen zu untersagen. Aber eine Zivilklage folgt tatsächlich auf den Fuß. In Form einer Unterlassungs- und Schadenersatzklage bei der Zivilkammer des Landgerichts will Müller-Milch nun gegen Kamm vorgehen. Den Streitwert hat die Firma auf 5 Millionen Mark festgelegt. Bei Gericht wurde vorsorglich auch gleich ein Prozeßkostenvorschuß in Höhe von 18.324 Mark hinterlegt. „Jetzt schwingen sie die Geldkeule, um mich fertig zu machen", kommentierte der Abgeordnete diesen Schritt von Müller-Milch. Daß diese Klage weit mehr als ein Strafverfahren für den Parlamentarier existenzbedrohend werden könnte, mußte Kamm schon am ersten Verhandlungstag erfahren. Doch bevor es zum Prozeß kam, ließ sich Molkereichef Müller noch einige Aktionen gegen den ungeliebten Politiker einfallen.

Da war zunächst eine weitere Strafanzeige. Denn Raimund Kamm hatte sich, laut Müller-Milch, am 1. November unbefugt auf dem Betriebsgelände aufgehalten. Theobald Müller wirft dem Abgeordneten daher Hausfriedensbruch vor und schreibt ihm am 5.11.91 folgenden Brief:

Sehr geehrter Herr Kamm, Sie wurden an Allerheiligen am Nachmittag in der Zeit des allgemeinen Gräberbesuchs in einen unserer Müll-Großcontainer, der im Hof der Molkerei aufgestellt ist, angetroffen. Ihr Verhalten stellt einen Hausfriedensbruch dar. Der Müllcontainer befindet sich im befriedeten Besitztum der Molkerei. Wir verbieten Ihnen hiermit ausdrücklich, in unseren Müllcontainern zu wühlen oder sie zu besteigen und zu betreten. Hiermit erteilen wir Ihnen Hausverbot geltend für das gesamte Werksgelände und sämtliche Einrichtungen unseres Unternehmens. Hochachtungsvoll Molkerei Alois Müller GmbH & Co – Unterschrift: Müller.

Der Molkereichef legt dem Abgeordneten auch gleich noch einen firmeneigenen „Steckbrief" mit bei, eine Müller-Personal-Information

 **Personal - Information**

11/1991

An die
Mitarbeiterinnen
und Mitarbeiter der
MOLKEREI MÜLLER

Werksicherheit

Sollten Sie eine betriebsfremde Person im Unternehmen oder auf dem
Werksgelände antreffen, so bitten wir Sie, diese anzuhalten und zu
überprüfen. Hält sich der Angehaltene ohne Berechtigung in unserem
Werk auf und können dessen Personalien nicht sofort eindeutig festgestellt werden, so können Sie die Person bis zur Personalienfeststellung durch die Polizei vorläufig festnehmen und an der Flucht
hindern. Informieren Sie bitte von derartigen Fällen in jedem Fall
Ihren Vorgesetzten oder einen leitenden Angestellten.

Einer unserer Mitarbeiter stellte am Nachmittag des Allerheiligen-
Tages während des allgemeinen Gräberbesuches fest, daß sich zwei
betriebsfremde Personen auf dem Werksgelände aufhielten. Der Landtagsabgeordnete der Grünen, Raimund Kamm, ließ sich in einem Müllcontainer von einem Reporter einer Illustrierten fotografieren. Es
ist anzunehmen, daß diese Aktion zur Fortsetzung seiner Kampagne
gegen unsere Firma dient.

Gegen Herrn Kamm wurde Anzeige wegen Hausfriedensbruch erstattet
und ein Hausverbot erteilt. Wir bitten alle unsere Mitarbeiter,
dieser Sache erhöhte Aufmerksamkeit zu widmen. Bei einem erneuten
Zusammentreffen mit Herrn Kamm mahnen wir zur Vorsicht. Er ist bereits wegen Nötigung mit dem Gesetz in Konflikt gekommen.

Raimund Kamm

**Der „Steckbrief"
vom schwarzen Brett**

zum Thema Werksicherheit, die ein aus der *Augsburger Allgemeinen* entnommenes Foto des Abgeordneten ziert. Die Personal-Information 11/91, die am Schwarzen Brett der Firma ausgehängt wurde, lautet:

Sollten Sie eine betriebsfremde Person im Unternehmen oder auf dem Werksgelände antreffen, so bitten wir Sie, diese anzuhalten und zu überprüfen. Hält sich der Angehaltene ohne Berechtigung in unserem Werk auf und können dessen Personalien nicht sofort eindeutig festgestellt werden, so können Sie die Person bis zur Personalienfeststellung durch die Polizei vorläufig festnehmen und an der Flucht hindern. Informieren Sie bitte von derartigen Fällen in jedem Fall Ihren Vorgesetzten oder einen leitenden Angestellten.

Einer unserer Mitarbeiter stellte am Nachmittag des Allerheiligentages während des allgemeinen Gräberbesuchs fest, daß sich zwei betriebsfremde Personen auf dem Werksgelände aufhielten. Der Landtagsabgeordnete der Grünen, Raimund Kamm, ließ sich in einem Müllcontainer von einem Reporter einer Illustrierten fotografieren. Es ist anzunehmen, daß diese Aktion zur Fortsetzung seiner Kampagne gegen unsere Firma dient.

Gegen Herrn Kamm wurde Anzeige wegen Hausfriedensbruchs erstattet und ein Hausverbot erteilt. Wir bitten alle unsere Mitarbeiter, dieser Sache erhöhte Aufmerksamkeit zu widmen. Bei einem erneuten Zusammentreffen mit Herrn Kamm mahnen wir zur Vorsicht. Er ist bereits wegen Nötigung mit dem Gesetz in Konflikt gekommen.

Theo Müller ließ es nicht mit diesem „Steckbrief" bewenden. Am gleichen Tag schrieb er an den Präsidenten des Bayerischen Landtags, Dr. Vorndran: *Herr Kamm führt seit Monaten eine Kampagne gegen unser Unternehmen. Vermutlich zur Vorbereitung einer neuen Attacke ließ er sich an Allerheiligen von einem Reporter einer Illustrierten in einem unserer Müllcontainer fotografieren. Ist dies ein Verhalten, das einem Landtagsabgeordneten angemessen ist?*

Bitte prüfen Sie, auf welchem Wege das unerfreuliche Vorgehen Kamm gegen Müller beendet werden könnte. Hochachtungsvoll, Theo Müller.

Zehn Tage später kommt die Antwort des Landtagspräsidenten:
Sehr geehrter Herr Müller, mit Ihrem oben genannten Schreiben üben Sie Kritik am Verhalten des Herrn Abgeordneten Kamm. Hierzu darf ich Ihnen mitteilen, daß die Abgeordneten des Bayerischen Landtags nach Art. 13 Abs. 2 Satz 2 der Bayerischen Verfassung nur ihrem Gewissen verantwortlich und an Aufträge nicht gebunden sind. Der Landtagspräsident ist insbesondere nicht Dienstvorgesetzter der Abgeordneten; vielmehr sind die Abgeordneten für sich selbst verantwortlich. Selbstverständlich bleibt es Ihrer Firma unbenommen, rechtliche Schritte gegen den Herrn Abgeordneten Kamm einzuleiten, falls sie sich in ihren Rechten beeinträchtigt fühlt. Eine Kopie Ihres Schreibens vom 05.11.1991 einschließlich Anlagen sowie Abdruck dieses Schreibens haben wir dem Herrn Abgeordneten Kamm zur Kenntnis zugeleitet. Mit freundlichen Grüßen - Dr. Vorndran.

Es gab an diesem 5.11.91 noch ein weiteres Schreiben in dieser Angelegenheit von Theo Müller. Es richtet sich an den Chef des Augsburger Gesundheitsamtes, bei dem Müller ganz offenbar erreichen will, daß Kamm für verrückt erklärt wird. Müller schreibt:
Sehr geehrter Herr Prof. Dr. Gostomzyk, bestürzt erfahre ich, daß der Landtagsabgeordnete Raimund Kamm, am Nachmittag des Allerheiligen-Tages in der Zeit des allgemeinen Gräberbesuchs in einem unserer Müll-Großcontainer im Hof der Molkerei angetroffen wurde. Unser Müll ist ungiftig; das Besteigen und Betreten des Containers ist trotzdem nicht ungefährlich. Deshalb haben wir mit dem abschriftlich beigefügten Schreiben ein Betretungsverbot ausgesprochen. Das Verhalten des Abgeordneten gibt zu vielfältiger Besorgnis Anlaß. Wir teilen Ihnen den Vorfall mit, damit Sie selbst entscheiden können, ob Maßnahmen von Amts wegen veranlaßt sind. Eine Kopie des Schreibens haben wir dem Herrn Landtagspräsidenten zugeleitet.
Hochachtungsvoll - Theo Müller.

GESCHÄFTSLEITUNG

Gesundheitsamt
der Stadt Augsburg
Hoher Weg 1

8900 Augsburg

kö-ber   05.11.91

Sehr geehrter Herr Prof. Dr. Gostomzyk,

bestürzt erfahre ich, daß der Landtagsabgeordnete, Raimund Kamm, am Nachmittag des Allerheiligen-Tages in der Zeit des allgemeinen Gräberbesuchs <u>in</u> einem unserer Müll-Großcontainer im Hof der Molkerei angetroffen wurde.

Unser Müll ist ungiftig; das Besteigen und Betreten des Containers ist trotzdem nicht ungefährlich. Deshalb haben wir mit dem abschriftlich beigefügten Schreiben ein Betretungsverbot ausgesprochen.

Das Verhalten des Abgeordneten gibt zu vielfältiger Besorgnis Anlaß. Wir teilen Ihnen den Vorfall mit, damit Sie selbst entscheiden können, ob Maßnahmen von Amts wegen veranlaßt sind. Eine Kopie des Schreibens haben wir dem Herrn Landtagspräsidenten zugeleitet.

Hochachtungsvoll

MOLKEREI ALOIS MÜLLER
GmbH & Co

Anlage
Schreiben an Herrn Kamm

MOLKEREI ALOIS MULLER GMBH & CO · 8935 ARETSRIED · TELEFON (0 82 36) 57-0

ommanditgesellschaft: Sitz Aretsried, Registergericht Augsburg HRA 10968, Persönlich haftende Gesellschafterin: Molkerei Alois Müller GmbH, Registergericht Augsburg HRB 7078, Geschäftsführer der Molkerei Alois Müller GmbH: Theo Müller, Gerhard Schützner

„Das Verhalten des Abgeordneten gibt Anlaß zur Besorgnis"

Raimund Kamm kommentiert die Briefe und die Strafanzeige von Theo Müller mit den Worten, „jetzt dreht der Milchmann langsam völlig durch. Ich habe mich von einem Fotografen des *Stern* an einem der Riesenmüll-Container auf dessen Wunsch hin fotografieren lassen. Das muß ja wohl noch drin sein. Der Herr Müller sollte besser seine Zeit dafür verwenden, seine Fehler aus der Vergangenheit auszuräumen und ein Konzept für ein ökologischeres Wirtschaften zu entwickeln. Wo sind wir denn, daß jetzt ein Unternehmer glaubt, gegen Abgeordnete Steckbriefe aufhängen zu können. Der gefährdet mit seinem Um-sich-Schlagen langsam seinen ganzen Betrieb. Es wird Zeit, daß der Herr Müller endlich zur Vernunft gebracht wird. Ich würde mich mit ihm liebend gerne einmal darüber unterhalten, wie man das Unternehmen auf einen ökologisch vertretbaren Weg bringt, statt immer neue Negativ-Schlagzeilen zu machen". Doch mit Kamm reden, das will Theo Müller nicht; nicht einmal vor Gericht, wie sich bei der Verhandlung der Zivilklage zeigen sollte.

STAATSANWALTSCHAFT
bei dem Landgericht Augsburg
Am Alten Einlaß 1, 8900 Augsburg 1, Postfach 111940
Tel.: (0821) 3105 - 215
Teletex: 821723=STAAuTX - Telefax: 0821/3105209

Geschäftsnummer: ▉▉▉▉▉▉▉▉▉▉ Augsburg, den 6.11.1991
(Bitte stets angeben)   ma

Damen und Herren
Rechtsanwälte
▉▉▉▉▉▉▉▉▉▉ und Kollegen
- Anwaltsfach -

8900 Augsburg

Strafantrag und Strafanzeige vom 2.9.1991
namens des Herrn Theo Müller
gegen den Abgeordneten des Bayerischen Landtags,
Herrn Raimund **Kamm**,
wegen Beleidigung und übler Nachrede

Mit 1 Abschrift für den Mandanten

Bescheid:

Der vorbezeichneten Strafanzeige vom 2.9.1991 wird ohne Beweiserhebung gem. § 170 II StPO in Verbindung mit § 376 StPO keine Folge gegeben.

Gründe:

Beleidigung und üble Nachrede sind gem. § 374 StPO Privatklagedelikte. Die öffentliche Klage wird in diesen Fällen gem. § 376 StPO von der Staatsanwaltschaft nur dann erhoben, wenn dies im öffentlichen Interesse liegt. Letzteres ist hier aus folgenden Gründen nicht der Fall:

Zwei Seiten des Originalschreibens...

m. zahlr. Nachw.), daß bei herabsetzenden Äußerungen im öffentlichen Meinungsstreit der straffreie Bereich weiter zu fassen ist, als für Angriffe in der Privatsphäre. Der Gegner muß dann übertreibende und verallgemeinernde Qualifizierungen seiner Person ebenso hinnehmen wie scharfe, drastische und unhöfliche Formulierungen, solange diese nicht in eine sachfremde Schmähkritik ausarten. Im Lichte des Art. 5 Abs. 1 GG sind die Grenzen dieses straffreien Bereichs um so weiter zu ziehen, je bedeutsamer die strittige Angelegenheit ist und je mehr der Angegriffene selbst durch eigene Äußerungen und/oder sein sonstiges Verhalten zur Entstehung bzw. Fortführung des Meinungsstreits beigetragen und womöglich auch Anlaß zur Kritik gegeben hat (BayObLG NStZ 83, 265 m.w.Nachw.).

Bei Beachtung dieses von der höchstrichterlichen Rechtsprechung - für Fälle wie dem vorliegenden - gesteckten erweiterten Rahmens erscheint bereits nach der praktischen Erfahrung der Staatsanwaltschaft eine Verurteilung wenig wahrscheinlich (§ 203 StPO). Einerseits wird der - unterstellten - Äußerung des Herrn Kamm insbesondere im Hinblick auf die Verwendung des Attributes "brutalen" (Bedeutung nach Duden, Fremdwörterbuch: "roh", "gewalttätig", aber auch: "schonungslos", "rücksichtslos") sicherlich ehrkränkender und damit den Beleidigungstatbestand erfüllender Charakter beizumessen sein. Andererseits sind zu sehen Vorgeschichte, aktuelle Ereignisse und auch die Äußerungen des Antragstellers selbst, die es hier durchaus nahelegen, den Rechtfertigungsgrund der Wahrnehmung berechtigter Interessen im Sinne des § 193 StGB als gegeben anzusehen. Auch eine subjektive Wertung zugunsten des Angezeigten als im Umweltschutz ganz besonders Engagiertem wird dabei nicht außer Betracht gelassen werden können. Soweit jedenfalls aus dem Artikel ersichtlich, verfolgte Herr Kamm keine privaten oder eigennützigen Ziele (BVerfG 42, 171), sondern hat sich als politischer Mandatsträger zu einer Problematik von allgemeinem Interesse geäußert.

...das insgesamt vier Seiten umfaßt

Kapitel 9

BECHER-POKER

Millionen-Klage als Druckmittel

Auf fünf Millionen Mark wurde von Müller der Streitwert festgelegt, nach dem sich Anwalts- und Gerichtskosten bemessen. Drei Millionen Mark will die Firma Müller von Raimund Kamm als Schadensersatz für angeblich entgangenen Gewinn. Sie will diese Summe auf dem Zivilgerichtswege erstreiten. Darüberhinaus soll der Abgeordnete eine Unterlassungserklärung abgeben. Der ganze Vorgang ist reichlich kompliziert, aber sollte Müller mit der Klage Erfolg haben, dann wäre die Existenz des Abgeordneten, wie dieser selbst kommentiert, „ruiniert".

Der Anlaß für die Zivilklage des Theobald Müller ist für Kamm und seine Anwälte „an den Haaren herbeigezogen". Müller bezieht sich auf einen Beitrag der *Deutschen Presseagentur (dpa)*, der im August in einer Teilauflage der *Süddeutschen Zeitung* abgedruckt war. Die Aussagen in dieser dpa-Meldung, nach einer Pressekonferenz des Abgeordneten verfaßt und verbreitet, haben nach Ansicht der Müller-Anwälte dem Unternehmen erheblichen Schaden zugefügt. In der Klageschrift ist von einem entgangenen Gewinn von drei Millionen Mark die Rede. Kamm, so der Vorwurf von Müller, hätte dem Unternehmen vorgeworfen, die Umwelt mit giftigem Plastikmüll zu belasten; das Unternehmen überschwemme den deutschen Verbrauchermarkt jährlich mit 20 Millionen Kunststoffbechern allein für Erfrischungsgetränke, die am Ende in Müllverbrennungsanlagen oder auf Deponien landen würden. Dann kam in der *dpa*-Meldung der Satz „Der Grundstoff der Becher, Styrol, sei nachgewiesenermaßen krebserregend. Kamm forderte alle Verbraucher auf, die plastikverpackten Müller-Milch-Waren im Regal stehen zu lassen und Alternativangebote in Mehrwegflaschen oder Papierbechern zu wählen". Als Kamm wenige Minuten nach der Veröffentlichung dieses dpa-Textes Kenntnis von dem Inhalt erhielt, wandte er sich sofort an die *dpa*-Zentrale in München und erklärte, daß dieser Satz nicht als ein ihm zugeschriebenes Zitat und nicht in dem von *dpa* gewählten Kontext mit seinen anderen Aussagen verbreitet werden solle und der Bericht daher zu berichtigen sei. Genau das hat die Nachrichtenagentur dann auch getan. Schon gut eine Stunde später wurde eine Neufassung der Meldung verbreitet, ohne den von Kamm beanstandeten Satz. Auch in der Hauptausgabe der *Süddeutschen Zeitung* wurde die Meldung abgeändert.

Was den Grundstoff Styrol bei ihren Plastikbechern angeht, ist die Molkerei Müller äußerst empfindlich. Das mußte im September 1990 auch der Landtagskandidat der Grünen im Landkreis Augsburg, Hermann Schmuttermair, erfahren. Der bekam nämlich von Müller's Anwälten eine saftige Kostenrechnung in Höhe von 15.255,25 Mark für eine Abmahnung serviert. Außerdem sollte er eine Unterlassungserklärung unterzeichnen sowie schriftlich der Firma Müller zusichern, ihr „jeglichen Schaden zu ersetzen, der aus seinen bisherigen diesbezüglichen Äußerungen entstanden ist und gegebenenfalls noch entstehen wird". Auch in diesem Fall wurde der Streitwert beziehungsweise Gegenstandswert auf fünf Millionen Mark festgesetzt. Müller warf dem Kommunalpolitiker vor, er hätte behauptet, der von der Molkerei verwendete Stoff Polystyrol stehe im Verdacht, krebserregend zu sein. Schmuttermair hatte sich bei einem Wahlkampfauftritt auf das Berliner Institut für ökologisches Recycling berufen. Doch die Müller-Anwälte stellten dem ein Gutachten des Fraunhofer-Instituts gegenüber, in dem auf den Unterschied zwischen dem Grundstoff Styrol und dem Endprodukt Polystyrol eingegangen wird. Während bei Kamm die Molkerei das Zivilverfahren „durchziehen" will, verfolgte Müller-Milch die Sache mit dem Kommunalpolitiker Schmuttermair nicht mehr weiter, als dieser auf das Ansinnen der Müller-Anwälte nicht reagierte.

Am 20. Dezember 1991 stand der Abgeordnete Kamm vor den Richtern der I. Zivilkammer an dem Landgericht Augsburg. Die Müller-Anwälte warfen dem Abgeordneten „Werbung mit der Angst" vor. Kamm, so die Rechtsvertreter des persönlich geladenen Theo

Müller - der trotz der Vorladung zur Verhandlung nicht erschienen und damit einmal mehr seinem schärfsten Kritiker aus dem Weg gegangen war - dürfe im Zusammenhang mit Müller-Milch-Bechern fortan nicht mehr von giftigem Plastikmüll sprechen. Dies wiederum wollte Kamm nicht zusagen. Er könne doch nicht als Umweltpolitiker von solch grundsätzlichen Aussagen abweichen. Und wenn zigmillionen Plastikbecher verbrannt würden und dabei giftige Dämpfe entstehen, dann müsse man doch geradezu von „giftigem Plastikmüll" sprechen. Auch der Vorsitzende Richter wies die Müller-Anwälte sowie den anwesenden Geschäftsführer Gerhard Schützner darauf hin, daß es wohl keine Frage sei, daß Müll auf die Gesundheit der Leute einwirke. Doch Schützner und die Anwälte blieben hart. Durch die Äußerungen des Abgeordneten, so der Geschäftsführer, hätte die Molkerei im August 1991 einen Umsatzrückgang von 15 Millionen Bechern, mithin rund drei- bis fünf Millionen Mark zu verzeichnen gehabt. Den Umsatzrückgang berechnete der Müller-Geschäftsführer wie folgt: Umsatzsteigerung Juli 91 im Vergleich zum Vorjahr - 50 Prozent, Rückgang der für August prognostizierten Steigerung von 50 Prozent auf 19,27 Prozent. Im September seien es dann wieder 50 Prozent Umsatzsteigerung gewesen. Für den Müller-Geschäftsführer der Beweis dafür, daß Kamms Äußerungen an den Einbußen die Schuld tragen. „Die können doch nicht eine prognostizierte Umsatzsteigerung als Grundlage für eine Schadensersatzforderung heranziehen", sagte Raimund Kamm in einer Verhandlungspause.

Der Vorsitzende Richter versuchte nach der Verhandlungspause auf einen Vergleich hinzuwirken. Ob Kamm denn nicht auf den Zusatz „giftig" im Zusammenhang mit Plastikmüll verzichten wolle und ob er nicht zu einer Erklärung bereit sei, daß von den Polystyrolbechern keine Gefahrstoffe auf den Becherinhalt übertragen würden. Zu der Erklärung, daß er nach dem derzeitigen Stand der Erkenntnis nicht davon ausgehe, daß der Bechergrundstoff Polystyrol krebserregende Substanzen an den Becherinhalt abgebe, erklärte sich Kamm bereit. Er tat dies ausdrücklich mit dem Hinweis, daß er dies auch nie behauptet hatte. Zu einem Verzicht auf den Begriff „giftiger Plastikmüll" war der Parlamentarier jedoch nicht bereit.

Die Müller-Milch-Anwälte erklärten, daß ihnen das nicht weit genug gehe und das Gericht vertagte sich auf Februar 1992. Zuvor machte der Vorsitzende Richter den Müller-Geschäftsführer noch darauf aufmerksam, daß es sich bei der Äußerung Kamms zum giftigen Plastikmüll um ein Werturteil handeln könne, das dem Abgeordneten womöglich gar nicht untersagt werden könne. Gleichwohl, so der Richter an die Adresse von Kamm, solle man sich über das hohe Prozeßrisiko, sprich die enormen Kosten klar werden, die ein jahrelanger Sachverständigenstreit nach sich ziehe. In der Verhandlung am 14. Februar 1992 entschied dann das Gericht, daß Ende März der Prozeß fortgesetzt wird. Der dpa-Korrespondent, der die umstrittene Meldung zur Kamm-Pressekonferenz geschrieben hat, soll dann als Zeuge gehört werden. Selbst wenn Kamm die Äußerung „der Grundstoff der bei Müller produzierten Becher, Styrol, ist nachgewiesenermaßen krebserregend", bewiesen werden könnte, müßte für die Durchsetzung der Schadensersatzforderung erst noch ein kausaler Zusammenhang zwischen dieser Äußerung und den angeblichen Umsatzeinbußen nachgewiesen werden.

„Der will mich mit seinem Geld mundtot machen", ärgerte sich Kamm nach der Verhandlung. „Die Anwälte von ihm werden sich ins Fäustchen lachen. Die sind natürlich nicht daran interessiert, ihren Herrn Müller vor dem Prozeßrisiko zu bewahren. Die verdienen doch viele tausend Mark. Aber ich frage mich, wann Herr Müller endlich einsieht, daß man mit Geld einfach nicht alles haben, nicht alles unterdrücken, kann. Mir werfen die vor, es würde die Firma existentiell treffen, wenn immer wieder im Zusammenhang mit Müller von Umweltverschmutzung und giftigem Plastikmüll die Rede ist. Dann sollen die doch endlich einmal ihre Hausaufgaben machen. Wie weit ist es denn her mit dem von Herrn Müller so vielgerühmten Umweltbewußtsein, wenn tagtäglich mehr als 150 LKWs Milch nach Aretsried bringen, hier die Milch verarbeitet wird und wieder über hunderte von Kilometern diese Produkte weggefahren werden. Und daß die Firma Megamüll produziert, das behaupte ich nach wie vor. Stellen Sie sich einmal vor, welche Riesenmenge Müll 726 Millionen Becher jährlich, von den Steigerungsraten ganz zu schweigen, ausmachen. Das ist mehr als das Doppelte der gesamten Müllmenge der Stadt Augsburg!"

Der Vorstand des Bund Naturschutz (BN) hat sich mit dem Abgeordneten inzwischen solidarisch erklärt. Unternehmensausbau und Produktionspraxis der Großmolkerei, so der BN-Vorstand, seien für sämtliche Umwelt- und Naturschützer eine Provokation. Zum Prozeß gegen Kamm heißt es in der BN-Erklärung, der Firma müsse klargemacht werden, daß sie die gesamte Umweltbewegung gegen sich habe, wenn sie meint, sie könne durch Strafanzeigen und aus der Luft gegriffene Schadenersatzforderungen in Millionenhöhe berechtigte Kritik an ihrem umweltschädlichen Gebaren unterdrücken. Schließlich sehe sich die Firma ja nicht umsonst mit einer Serie von Zwangsgeldandrohungen und Bußgeldverfahren konfrontiert.

Auch der Deutsche Naturschutzring (DNR) hat sich inzwischen mit dem Abgeordneten solidarisiert. In einer Pressemitteilung vom Dezember 1991 heißt es unter der Überschrift „Bundesweit bekannte Großmolkerei will Kritiker ausschalten: Der Deutsche Naturschutzring sieht in der bisherigen Unternehmenspolitik der Firma Müller-Milch ein Beispiel dafür, wie Firmeninteressen auf Kosten der Umwelt durchgesetzt werden. Die Firma Müller-Milch mit ihren 1.000 Mitarbeitern und einem Jahresumsatz von 500 Millionen Mark, war zuletzt wegen einer Auseinandersetzung mit dem bayerischen Umweltminister Dr. Peter Gauweiler in die Schlagzeilen geraten. Das Unternehmen hatte versucht, die Rücknahme- und Pfandpflicht von Getränkeverpackungen aus Kunststoff zu umgehen. Aufgrund der Aktivitäten des Abgeordneten Kamm sieht sich die Firma Müller-Milch zudem mit einer ganzen Serie von Zwangsgeldandrohungen und Bußgeldbescheiden wegen unerlaubter Grundwasserentnahme im Großen Stil, Schwarzbauten auf dem Firmengelände und wegen der Einleitung hochbelasteter Abwässer und einem darauf folgenden katastrophalen Fischsterben konfrontiert. Der DNR ruft den Inhaber der Firma Müller-Milch dringend zu einer umweltorientierten Kursänderung seiner bisherigen Firmenpolitik auf. Der DNR verweist auf das inzwischen erheblich gewachsene Umweltbewußtsein breiter Käuferschichten in Deutschland".

Die *Süddeutsche Zeitung* veranlaßte der ganze Vorgang zu der Schlagzeile „Großmolkerei schwingt Geldkeule" und die Münchner *Abendzeitung* schrieb gar von „Wildwestmethoden". Längst füllen auch die Leserzuschriften so manche Seite der verschiedensten Zeitungen. Anfang Januar 1992 fanden sich beispielsweise in der *Augsburger Allgemeinen* zwei Lesermeinungen nebeneinander, die auszugsweise wiedergegeben werden sollen. Die erste Leser-Zuschrift:
„Als sogenannter Schwarzer bin ich beileibe kein Parteigänger des genannten Abgeordneten. Trotzdem begrüße ich die Zurückweisung der Strafanzeige von Müller-Milch.. Manche Industrie-Bosse glauben, mit Geld alles machen zu können..."
Die zweite Leserzuschrift: „Nicht aus Umweltverantwortung, sondern aus reiner Profilierungssucht des MdL Kamm stellt er seine panikmachenden Behauptungen wie krebserregend und giftigen Plastikmüll auf. An die vielen 100 Arbeitsplätze denkt der Grünen-Abgeordnete nicht...."

Und in der *Stuttgarter Zeitung* schrieb am 7.11.91 ein Leser unter anderem: Weil die örtliche Kläranlage mit dem Müller-Schmutz nicht mehr zurechtkommt, will nun das Unternehmen nach Drängen endlich eine eigene Kläranlage bauen, läßt sich diese aber mit zwei Millionen Mark von uns bezuschussen (Steuergelder)! Wie wär's mit dem Verursacherprinzip? Und nebenbei wird mit Tricks versucht, die neue Getränkepfandverordnung zu umgehen und weiterhin pfandfreie „Plastik-Drinks" zu verkaufen. Alles Müll - oder was? Im Gegensatz dazu hat eine hier bekannte Molkerei umweltfreundliche Milch im Glas freiwillig angeboten - und das mit großem Erfolg, wobei wir Bürger ja auch (nicht ganz verständlich) einiges mehr dafür berappen müssen.

Kapitel 10

EIN WENIG SÜSS

Gefährliche Dämpfe auf dem Dach?

Am 24. September 1991 gegen 17.30 Uhr ist plötzlich die Aufregung groß an der Baustelle am neuen Becherwerk II von Müller-Milch. Oben auf einem Gerüst krümmt sich ein Montagearbeiter vor Schmerzen. Zwei Kollegen eilen zu Hilfe, sehen, wie sich ihr Kollege übergibt, wie er vom Gerüst zu stürzen droht. Vorsichtig schaffen sie den 28jährigen vom Gerüst herunter. Vom Notarzt wird der Mann unverzüglich in die Klinik nach Bobingen geschafft und dort sofort eine Notoperation an ihm durchgeführt. Er überlebt den Eingriff, doch der Mann war in einer lebensbedrohlichen Situation, er erlitt einen Magendurchbruch.

Im November 1991 erfährt der Abgeordnete Kamm von dem Vorfall und versucht, durch eine Landtagsanfrage die Umstände aufzuklären. Er fragt die bayerische Staatsregierung, ob es zutrifft, daß der „Abluftkamin", der ja gar kein richtiger Kamin ist, zwischen sechs Plastikgranulatsilos versteckt wurde. Und er stellt eine Reihe weiterer Fragen, deren Beantwortung auf sich warten läßt. Kamm schreibt darin, „Kollegen führen diesen Zusammenbruch auf das Arbeiten oberhalb eines Abluftkamines zurück. Der Abluftkamin soll genehmigungswidrig in Bodennähe enden und die styrolhaltige Abluft einer Plastikaufarbeitungsanlage bzw. Ammoniak freisetzen". Kamm berichtet, er habe eine Reihe von Hinweisen darauf bekommen, daß tatsächlich ein großer Kamin überhaupt nicht gebaut worden sei.

Als ich unabhängig von der Anfrage des Abgeordneten weitere Hinweise auf den illegalen bzw. nicht vorhandenen Kamin erhalte, versuche ich, beim Landratsamt Augsburg Auskunft darüber zu bekommen. Diese wird zunächst mit der Begründung verweigert, man könne zu laufenden Parlamentsanfragen nicht vorab Auskünfte

**Becherwerk II mit Granulatsilos. Dazwischen fehlte ein Kamin
– bis das Landratsamt Abluftmessungen durchführte**

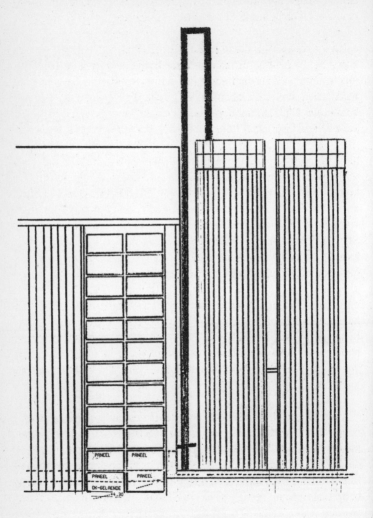

Diese Skizze zeigt den geplanten Kamin

erteilen. Dies obwohl das Landratsamt bei der Bekanntgabe der Baurechtsverstöße bei Müller-Milch selbst vorgeprescht ist, nachdem im Hause die Anfrage des Abgeordneten Kamm bearbeitet worden war - wohlgemerkt bevor der Parlamentarier informiert wurde.

Ich versuche also, durch eigene Recherchen an Informationen zu kommen. Es gelingt mir, eine am Bau beteiligte Firma ausfindig zu machen, bei der zu dem angeblich fehlenden Kamin Aussagen zu bekommen sind. „Da oben hat es fürchterlich gestunken. Ich war keine zehn Minuten auf dem Dach, da habe ich es schon nicht mehr ausgehalten", berichtet Johannes Martin, der Inhaber der Stahlbaufirma JOMA, der Blechverkleidungen am Becherwerk anzubringen hatte. Der schwer verletzte Arbeiter, der beinahe vom Gerüst gestürzt wäre, war bei einer Zeitarbeitsfirma in Augsburg beschäftigt, er kommt aus Chemnitz und war für die Blechverkleidungsarbeiten der Firma JOMA eingesetzt. „Der Geruch dort oben auf dem Dach war sehr streng, richtig beißend, ein wenig süß. Ich weiß nicht, ob das Styrol oder Ammoniak war, aber es hat unheimlich gestunken. Wir haben geschaut, wo dieser Gestank herkommt und entdeckt, daß ein im Plan eingezeichneter hoher Kamin nicht existiert und stattdessen die Abluft aus einem großen Loch mit über einem Meter Durchmesser entströmt. Ob diese Dämpfe etwas mit dem Magendurchbruch zu tun haben, kann ich nicht sagen. Ich weiß nur, daß immer wieder Mitarbeiter über Übelkeit geklagt haben, wenn sie davon was eingeatmet haben". Als Johannes Martin am Abend von seinem Obermonteur von dem Zwischenfall informiert wurde, dachte er sofort an die Dämpfe.

Auch die Nachbarn des Becherwerkes II, dessen reguläre Inbetriebnahme dem Landratsamt erst im Dezember 1991 gemeldet wurde, hatten schon seit dem Sommer immer wieder darüber geklagt, daß in der noch nicht fertiggestellten Halle bereits produziert werde und es immer fürchterlich stinke. Nachbar Fridolin Ringler: „Ich habe denen beim Landratsamt gesagt, da ist noch nicht einmal ein Kamin gebaut worden, was soll das?" Doch eine Reaktion sei zunächst ausgeblieben.

Erst nach mehreren und immer detaillierteren Nachfragen wird mir dort zu dem Komplex mit dem nicht vorhandenen Kamin Auskunft erteilt, erfahre ich näheres zu diesem 23,90 Meter hohen Abluftkamin mit einem Durchmesser von 1,25 Metern. „Daß dieser Kamin tatsächlich fehlt, hat unser Immissionsschutzingenieur erst im Oktober festgestellt, als dort Schadstoffmessungen durchgeführt wurden", gibt der Leiter des Bauamtes am Landratsamt, Josef Gediga, zu. „Der Kamin wurde erst im Dezember 1991 errichtet". Gediga sagt ganz offen, daß ihm bei der Bauabnahme ein Fehler unterlaufen sei, daß der fehlende Kamin nicht aufgefallen sei. „Wir haben bei Müller nach all den Erfahrungen der vergangenen Monate peinlich genau darauf geachtet, wo er was schwarz gebaut hat und das sofort eingestellt. Beim Becherwerk II beispielsweise den Anbau Ost. Aber wir haben eben nur geschaut wo er mehr gebaut hat als genehmigt, nicht darauf, ob er etwas nicht gebaut hat. Das war sicher ein Fehler, aber ich muß Ihnen ganz ehrlich sagen, das Baurecht ist darauf abgestellt, daß sich der Bauherr an Auflagen hält und nicht darauf, daß es permanent anders herum läuft, daß also immer wieder notorisch dagegen verstoßen wird".

Den Gestank, sagt Josef Gediga, hätte er bei mehreren Baubesichtigungen auch schon wahrgenommen. „Es liegt doch immer wieder dieser Duft über dem Ort, auch wenn Herr Müller und sein Werksleiter immer gesagt haben, sie riechen nichts". Gediga erklärt auf die Frage, ob denn tatsächlich in dem Werk schon produziert wurde, obwohl es gar noch nicht fertiggestellt war: „Eine bauliche Anlage darf erst benutzt werden, wenn sie benutzbar ist. Das heißt, sie darf frühestens nach der Schlußanzeige in Betrieb gehen und das war erst im Dezember 1991 der Fall. Davon sind wir ausgegangen, daß dies eingehalten wird. Uns war erklärt worden von der Firma Müller, daß die angebliche Produktion, die von den Nachbarn moniert wurde, nur ein Probelauf sei. Ich kann Ihnen heute nicht mehr sagen, ob das wirklich stimmt oder nicht. Aber es war als Probebetrieb deklariert. Heute ist mir klar, Müller hat nach und nach immer mehr Anlagenteile in Betrieb genommen und produziert, bloß wann das genau war, weiß ich bis heute noch nicht". Die Antwort darauf gibt vielleicht ein Blick in ein Besprechungsprotokoll der Planungsfirma von Müller-Milch. Dort heißt es unter Punkt 27.1.03.02 - „Müllbeseitigung - Da mit der Becherproduktion bereits begonnen wurde, sind sämtliche anfallenden Abfälle (Verpackungen etc.) sofort zu entfernen". Die Besprechung fand am 27. Februar 1991 bei der Molkerei Müller statt und zwar in der Zeit von 8.30 Uhr bis 9.30, wie sich aus dem Protokoll vom 2.4.91 ergibt. Im Februar also wurde auf der internen Besprechung bereits mitgeteilt, daß die Produktion angelaufen sei. Im Dezember 1991 - zehn Monate später - erfährt das offiziell auch das Landratsamt! Daß dies besonders geahndet wird, braucht indes die Molkerei Müller nicht zu befürchten. Die früher weitaus strengeren Bestimmungen in dieser Hinsicht sind vor einigen Jahren vom Gesetzgeber gelockert worden. „Ich müßte erst einmal nachschauen, ob und wenn ja, wie man das überhaupt heute noch ahnden kann", erklärte Josef Gediga vom Landratsamt Augsburg. „Wir hätten das nur im baurechtlichen Vollzug kontrollieren können, denn die Inbetriebnahme ist bei diesem Werk kein genehmigungspflichtiger Vorgang. Was ich nicht sagen kann ist, ob von den Sicherheitsvorschriften alles getan wurde, was nötig ist. Dafür ist das Gewerbeaufsichtsamt zuständig". Während der Bauarbeiten hätte das Landratsamt noch einschreiten können, aber da ist man in der Aufsichtsbehörde ja davon ausgegangen, daß es sich tatsächlich nur um einen Probebetrieb handelt.

Was hat das alles zu bedeuten? Die Molkerei Alois Müller steht seit Monaten im Blickpunkt der Öffentlichkeit wegen einer ganzen Serie von Verstößen und sie produziert trotzdem bereits in einem noch nicht fertiggestellten Werk. Sie „vergißt" einen fast 24 Meter hohen Kamin, der ganz zufällig so zwischen den hohen Granulattanks liegt, daß sein Fehlen auch nicht gleich auffällt. Dieser Kamin, der wohlgemerkt die ganze Abluft des Werkes abscheiden soll, endet knapp einem Meter über den Boden, die Dämpfe und Gase schleichen die Wand des Becherwerkes hoch. Die Anwohner klagen über Kopfschmerzen und ein Bauarbeiter bricht auf dem Gerüst zusammen. Muß man da nicht einen Zusammenhang vermuten? Die Nachfrage beim Gewerbeamt ergibt folgenden Sachstand: Ein Zusammenhang zwischen dem schlimmen Vorfall mit dem Leiharbeiter und dem „vergessenen" Kamin ist nicht nachzuweisen, ist laut Auskunft der behandelnden Ärzte auch unwahrscheinlich. Der Vorfall ist auch kein meldepflichtiger Unfall und deshalb ist auch die Auskunft der Firma Müller-Milch an das Gewerbeaufsichtsamt, daß von einem Unfall zum fraglichen Zeitpunkt dem Unternehmen nichts bekannt sei, korrekt. Aber angesichts der unzähligen Verstöße der Firma Müller muß gefragt werden, wann endlich von den zuständigen Ämtern eine umfassende Untersuchung durchgeführt und der Öffentlichkeit vorgelegt wird, die Aufschluß darüber gibt, ob die Kopfschmerzen einiger Nachbarn, ob die angeblich gehäuft auftretenden Krankheiten bei Kühen und Kälbern in Aretsried mit der Firma Müller zusammenhängen?

Selbst die von Müller-Milch mit Bauarbeiten beauftragten Firmen werden durch die Großmolkerei immer wieder in Schwierigkeiten gebracht. Bauunternehmer Johannes Martin zum Beispiel. „Die Firma Müller hat von mir verlangt, mit den Bauarbeiten weiter zu machen, obwohl vom Landratsamt der Bau eingestellt war. Das kommt für mich einer Nötigung gleich, denn in der Bayerischen Bauordnung steht ausdrücklich: Mit Geldbuße bis zu einhunderttausend Deutsche Mark kann belegt werden, wer vorsätzlich oder fahrlässig (..) als Bauherr oder Unternehmer Bauarbeiten fortsetzt, obwohl die Bauaufsichtsbehörde deren Einstellung durch vollziehbare Anordnung angeordnet hat. Und genau dies ist geschehen. Am 23. April 1991 hat das Landratsamt Augsburg die Bauarbeiten am Anbau Ost des Becherwerkes einstellen lassen. Ich habe daraufhin am 27. Mai der Molkerei Müller mitgeteilt, daß wir für bestimmte Montagearbeiten keine 100prozentige Terminzusage machen können, da die Baugenehmigung fehlt. Trotzdem wurden wir aufgefordert, weiterzubauen und uns wurde sogar Konventionalstrafe angedroht, falls wir nicht termingerecht fertigstellen. Wie soll man denn Bauarbeiten termingerecht fertigstellen, wenn der Bau wochenlang gestoppt ist? Müllers Planungsbüro hat uns auf unser oben genanntes Schreiben hin u.a. geschrieben, daß für die Fertigstellung der Fassade/Anbau Ost die Konventionalstrafe zur Anwendung kommt". Johannes Martin ist stinksauer auf seinen Auftraggeber Müller. Denn die Baueinstellung, sagt er, sei ja nicht das einzige Hindernis gewesen. Als er im Mai Rohrdurchführungen ins Hallendach einschweissen wollte, sei der Baustrom abgeklemmt gewesen, ohne daß seine Firma von der örtlichen Bauleitung informiert worden wäre. „Ich habe draußen auf meinem Hof noch für zigtausend Mark Teile für das Becherwerk II liegen, die ich schon bei meinen Vorlieferanten bezahlt habe und die Müller noch immer nicht bezahlt hat. Mir bleibt nichts anderes übrig, als zu versuchen, das mir zustehende Geld auf dem Gerichtswege einzuklagen".

Termindruck und ein Abwälzen der Verantwortung auf andere, das scheint bei Müller-Milch ein gängiges Mittel im Umgang mit Baufirmen zu sein. Der jüngste Schwarzbau an der Kläranlage, der vom Landratsamt im Dezember 1991 eingestellt werden mußte, ist auch so ein Beispiel. Der Bauamtsleiter im Landratsamt Augsburg, Josef Gediga, erklärte das Zustandekommen der schwarz gebauten Auffang- und Schlammstapelbecken an der im Bau befindlichen Kläranlage damit, daß die Firmen wohl wegen des extremen Termindrucks, der in ihren Verträgen fixiert wurde, einfach fertiggebaut haben, ohne die Genehmigungen abzuwarten. Und der Landwirt Fridolin Ringler hat erst nach langem Zögern einer Baufirma die Genehmigung erteilt, den Kanal vom Milchwerk zur Kläranlage durch sein Grundstück zu verlegen. Müller-Milch hatte es laut Ringler nicht einmal für nötig gehalten, bei ihm um eine Genehmigung nachzusuchen. Das sei vertraglich auf die Baufirma abgewälzt worden. Als sich der Bauer weigerte, seine Wiese aufbaggern zu lassen, bekam die Baufirma mit Müller-Milch Ärger. „Ich habe meine Erlaubnis gegeben, obwohl ich das nach dem Verhalten von Müller-Milch nicht tun wollte. Aber der Bauunternehmer stand jeden zweiten Tag bei mir und hat gebettelt, ich solle ihn doch baggern lassen. Es ginge doch nur an ihm hinaus, wenn ich stur bleiben würde. Dann habe ich eben doch, wenn auch widerstrebend, zugestimmt".

Inzwischen hat übrigens eine der Baufirmen die Schuld für den Schwarzbau auf sich genommen. Im Mitteilungsblatt der Gemeinde schrieb sie, daß nicht Müller-Milch, sondern sie die Baueinstellung zu verantworten habe.

Kapitel 11

„Räum das Zeug weg!"

Millionenzuschuß und Massenentlassungen

Aber gehen wir einmal weg von Aretsried und richten wir den Blick auf die Projekte des Unternehmens in Ostdeutschland. Am 18. September 1991 verbreitete das sächsische Landwirtschaftsministerium eine Pressemitteilung, in der sich der sächsische Landwirtschaftsminister Jähnichen kräftig loben ließ. Überschrieben war die Pressemeldung mit „Molkereigenossenschaft Chemnitz e.G. und Müller-Milch werden Partner". Was in den alten Bundesländern nur einige wenige Insider zur Kenntnis nahmen, dürfte einer der wohl wichtigsten Schritte der Aretsrieder Großmolkerei für die Zukunft sein. Denn spätestens mit dieser Pressemeldung wurde klar, daß die großangekündigten Pläne, Müller würde in Brandenburg ein neues Werk bauen, ganz offensichtlich ad acta gelegt worden waren. In der Erklärung des Ministers hieß es unter anderem:

In intensiven Verhandlungen, die dank der Initiative des Sächsischen Landwirtschaftsministers Dr. Jähnichen geführt wurden, konnte der bevorstehende Konkurs der Molkereigenossenschaft Chemnitz abgewendet und ein Fortbestehen des Unternehmens gesichert werden. Die entscheidende Rolle dafür kommt der Firma Müller zu, deren Unternehmensführung die Molkerei gepachtet hat.

In den letzten Wochen spitzte sich die Situation für den Betrieb und die milcherzeugenden Landwirte dramatisch zu. Ein Konkurs schien nicht mehr vermeidbar. Unter Mitwirkung des Sächsischen Staatsministeriums fanden viele Gespräche statt, deren letztes jetzt zum Erfolg geführt hat. Es wurde ein Sanierungskonzept erarbeitet, dessen wesentliche Elemente sind: Die Firma Müller pachtet den Molkereibetrieb, der Freistaat Sachsen übernimmt die Bürgschaft für die nötigen Kredite; für die Monate Juni bis August kann doch noch ein Milchgeld ausgezahlt werden. Der Konkurs der Genossenschafts-

molkerei hätte möglicherweise auch die 350 Milchlieferanten, vorwiegend wiedereingerichtete Familienbetriebe, in den Bankrott getrieben.

Darüberhinaus hat die Firma Müller in Aussicht gestellt, für die Lieferanten der Genossenschaft den höchsten Milchpreis in Sachsen auszuzahlen (...).

Soweit das Sächsische Staatsministerium für Landwirtschaft, Ernährung und Forsten am 18.9.91. Knapp ein viertel Jahr ist scheinbar Funkstille. In Westdeutschland wird noch immer angenommen, Müller baue in der Nähe von Neuruppin in Nord-Brandenburg ein großes und schon mehrmals angekündigtes Milchwerk. Schließlich hatte Müller noch im August den dort als „Milchkrieg" bezeichneten Kampf gegen den italienischen Mitbewerber „Parmalat" für sich entscheiden können. Die *tageszeitung* (taz) meldete am 16.8.91, das Potsdamer Agrarministerium habe entschieden, Müller-Milch Fördermittel für den Neubau der Molkerei in zweistelliger Millionenhöhe zukommen zu lassen. Der brandenburgische Landwirtschaftsminister hatte eindeutig zu verstehen gegeben, daß „Parmalat" und „Müller-Milch" nebeneinander seiner Ansicht nach nicht lebensfähig seien. „Wo auch immer Müller eine Anlage in Betrieb nehme, sei der Absatz so gut wie sicher, ein wichtiges Argument für die Erzeuger in Brandenburg", hieß es. 200.000 Tonnen Milch sollten in dem neuen Müller-Werk in Brandenburg jährlich verarbeitet, insgesamt rund 125 Millionen Mark investiert werden. Alles schien klar zu sein, Müller-Milch war ein willkommener Investor.

Wie wichtig der ostdeutsche Markt für die Branche ist, hat nicht nur der erbitterte Wettbewerb zwischen den Italienern und der Aretsrieder Molkerei gezeigt, sondern das macht auch ein Blick auf die Pläne von Müller-Milch deutlich. In Ostdeutschland sollen in naher Zukunft einmal rund 50 Prozent der gesamten Müller-Milch-Produkte erzeugt werden. Zwei Monate nach der Pressemitteilung des sächsischen Landwirtschaftsministers wurde bekannt, daß Müller nicht in Brandenburg, sondern in Sachsen ein neues Werk bauen wolle. Offiziell wurde von der Firma die Verlegung von Brandenburg nach

Sachsen mit der „zu niedrigen Milchanlieferung" in Brandenburg begründet. Es halten sich allerdings hartnäckig Gerüchte, daß die „schwarze" sächsische Landesregierung Müller-Milch weit mehr entgegenkommen würde als die in Brandenburg, wo das Bündnis 90 immerhin den Umweltminister stelle. Nimmt man die Vorgänge in Brandenburg genauer unter die Lupe, dann stellt man fest, daß an beiden Überlegungen etwas dran ist.

Fest steht, daß das Bundesland Brandenburg sehr daran interessiert war, daß Müller-Milch nach Neuruppin kommt. Der Leiter des dortigen Landwirtschaftsamtes, Joachim Kretschmer, dazu: „Wir hätten es sehr gerne gesehen, wenn Herr Müller sich hier angesiedelt hätte". Auch den Bauern war Müller zunächst ein willkommener Partner. Bis sie dann bei einer Versammlung mit dem Müller-Management zu hören bekamen, welchen Milchpreis ihnen die bayerische Großmolkerei bietet. „Der hat den Bauern 48 Pfennige geboten, tatsächlich nur 48 Pfennige. Daraufhin sind die Bauern aufgestanden und gegangen", berichtet Joachim Kretschmer, der sich über Müllers Verhalten wundert, nachdem mit dem Land und den Zuschüssen ja längst alles klar war. Die Konkurrenz aus Berlin, die MZ (Molkerei-Zentrale), hat den Landwirten dann einen Milchpreis von 55 bis 56 Pfennigen geboten und damit die Bauern vertraglich binden können.

Trotzdem hat Müller in Brandenburg weitergepokert, wie sich Jens-Peter Golde, der zweite Bürgermeister und Dezernent für Wirtschaftsförderung bei der Stadt Neuruppin, erinnert: „Müller-Milch hatte drei Standorte in Brandenburg in der engeren Wahl. Sie haben uns immer wieder zu verstehen gegeben, daß sie ja auch noch woanders hingehen könnten, haben versucht, uns gegeneinander auszuspielen. Aber wir wollten ja zunächst Müller-Milch. Dann ging jedoch das mit den Verhandlungen los. Die von Müller-Milch haben immer gesagt, wie heiß darf denn unser Abwasser sein, sie haben niemals gefragt, was für die Umwelt zumutbar sei. Und wenn ihnen unsere Aussagen nicht gepaßt haben, dann hieß es immer, die anderen bieten uns 35 Grad, bei euch soll es nur 25 Grad warm sei. Die haben regelrecht Monopoly gespielt mit uns. Den Grundstückspreis wollte Müller immer noch weiter drücken und zwar auf unter ein Viertel dessen, was wir dafür bezahlt haben. Er hat dann immer wieder gesagt, an einem benachbarten Standort bekäme er es für vier Mark. Und außerdem sei ihm Neuruppin von der Firmenphilosophie her viel zu groß. Da hätte er nicht soviel Einflußmöglichkeiten wie in einer kleineren Gemeinde. In einem kleineren Ort, da sei ein Investor, der 300 Arbeitsplätze schafft, jemand mit mehr Einfluß. Bei uns aber komme er sich vor wie einer unter vielen".

Neuruppin ist für westliche Investoren ein begehrter Standort. Die Nähe zu Berlin ist dabei einer der Hauptvorteile. „Wir haben sehr viele Investoren, die sich in unserem großen Gewerbegebiet ansiedeln. Aber mit keinem anderen gab es auch nur annähernd solche Schwierigkeiten bei den Verhandlungen wie mit Müller-Milch", ärgert sich Jens-Peter Golde. „Aber wir haben eine Menge dabei gelernt, vor allem, wie man es nicht machen sollte. Ich muß sagen, die eineinhalb Jahre Verhandlungen mit Müller haben von allen Verhandlungen am meisten gezehrt, mehr als alle anderen zusammen. Dabei hat uns der immer nur seine zweite Leitungsebene hergeschickt. Er selbst war nur zweimal da, einmal um für sich ein schönes Grundstück und Anwesen auszusuchen. Seine Mitarbeiter haben immer wieder gesagt, ob wir das dem Herrn Müller beibringen können. Der hat immer nur seinen Vorteil gesehen, obwohl er anfangs versichert hat, es solle hier bei uns nicht mehr so laufen wie in Aretsried, das sei alles für ihn auch eine Art Neuanfang. Als wir jedoch gemerkt haben, daß immer noch mehr Forderungen kamen, ohne daß Müller die von uns angeforderten Unterlagen beigebracht hat, da haben wir uns auch nicht mehr so prostituiert wie früher. Die ganze Milchgeschichte, daß er nicht genügend Milch herkriegt, die war doch bloß eine Ausrede. Sehen Sie zum Beispiel die Abwasserfrage. Wir haben immer wieder Fristen gesetzt, daß uns die Abwasserwerte vorgelegt und vertraglich fixiert werden müssen. Das ist nie geschehen. Ganz zum Schluß wollte uns die ein Mitarbeiter handschriftlich notieren. Müller hat auch richtig mit dem Abwasserpreis handeln wollen. Trotz aller Subventionen, die er bekommen hätte.

Statt der üblichen 3 Mark wollte er nur 1,80 Mark zahlen und das auch noch schriftlich garantiert haben. Aber wir können doch keine Abwassersubvention betreiben, wenn nicht einmal Abwasserwerte vorgelegt werden, wenn wir sogar eine dritte Kläranlagenstraße hätten bauen müssen, die uns zusätzliche 15 Millionen Mark gekostet hätte. Also alles in allem muß ich sagen, das waren für mich unseriöse Geschäftspraktiken. Ja, und dann noch die Sache mit der Havariepauschale. Wir wollten in die Verträge eine Klausel mit aufnehmen, daß Müller für 100.000 Mark haften muß bei Havariefällen. Aber da haben die nur gelacht und gemeint, das könnte man doch pauschal mit einem Zehntel der Summe abgelten. Aber ich frage Sie, was muß man von einem Unternehmen erwarten, das von vorneherein nur für eine lächerlich niedrige Summe haften will, wenn es zu Unfällen kommt. Da muß man doch beinahe davon ausgehen, daß dieses Unternehmen einem dann sagt, wenn was passiert, nimm die 10.000 Mark, räum' das Zeug weg, für uns ist der Fall erledigt".

Das für Müller-Milch vorgesehene Grundstück ist inzwischen an eine westdeutsche Spritzgußfirma verkauft worden. Die Grundsteinlegung für die Fertigung von Mülltonnen war zur Jahreswende '92 und der Wirtschaftsdezernent sagt ganz offen, daß ihm diese Entwicklung inzwischen viel lieber ist als die anfangs durchaus erwünschte Ansiedlung von Müller-Milch. Mit der neuen Firma seien saubere Verträge abgeschlossen worden, in der ersten Stufe würden 135 neue Arbeitsplätze geschaffen und immerhin 60 Millionen Mark investiert. Das sei nicht so viel wie bei Müller, aber weitere Investoren hätten bereits ihr Interesse angemeldet. „Wir haben Glück gehabt, daß Müller von sich aus zurückgezogen hat. Denn politisch wäre uns das kaum möglich gewesen - bei einer Arbeitslosenquote von über 12 Prozent. Das hätten wir gar nicht durchgestanden, wenn wir uns da stur gestellt hätten".

Dr. Frank Beck, der persönliche Referent des brandenburgischen Umweltministers, wurde noch deutlicher was seine Einschätzung von Müllers Geschäftsgebaren angeht. „Das hat wegen dessen allgemein unseriöser Geschäftspraktiken nicht funktioniert. Der wollte sich da mit rabiaten Methoden ein Monopol sichern". Beck bezieht sich bei der letzten Äußerung auf den Versuch von Müller-Milch, sich eine Milchmenge von 80 Millionen Liter garantieren zu lassen, wobei er mit seiner Preispolitik erst Verträge über 30 Millionen Liter unter Dach und Fach gebracht hatte. Um wirtschaftlich arbeiten zu können, seien von der Molkerei mehr als 200 Millionen Liter genannt worden.

Auch der Umweltdezernent am Landratsamt Neuruppin ist über Müller-Milch verärgert. „Der wollte keine Auskünfte über seine Abwasserwerte geben. Aber ihm waren andere Betriebe in der Umgebung ein Dorn im Auge. Müller hat gesagt, es könnte durch Firmen in der Nähe Probleme mit der Wasserbereitstellung geben, das sei seinem Gewerbe nicht zuträglich", berichtet der Umweltdezernent.

Noch während Müller-Milch in Brandenburg zähe Verhandlungen führte, waren die ersten Aktivitäten im Bundesland Sachsen eingeleitet worden. Am 17. September 1991 bereits hatte Müller-Milch die große Molkerei in Chemnitz angepachtet. Einen Tag später gab dann der sächsische Landwirtschaftsminister die eingangs zitierte Presseerklärung ab. Dieser Schritt war zunächst schwer einzuordnen, der Zweck dieser Aktion unklar. Die Molkerei in Chemnitz stand kurz vor dem Konkurs, Müller hat sie für fünf Jahre gepachtet. Von den 180 Beschäftigten wurden 120 entlassen. Der Betriebsrat war zuvor von diesem Schritt informiert worden. Die Bauern, die schon monatelang auf ihr Milchgeld hatten warten müssen, waren zufrieden. Als dann im November bekannt wurde, daß Müller auch die Mittelsächsischen Milchwerke gepachtet hat, war klar, daß das Bundesland Sachsen an die Stelle von Brandenburg treten sollte. Abgeordnete von Bündnis 90/Grüne und der SPD wurden hellhörig und richteten an ihre Staatsregierung eine große Anfrage. Sie wollten von der Staatsregierung in Dresden Auskunft über die Hintergründe der Fördermittelzuteilung. Nach den Worten der Abgeordneten Kornelia Müller (Bündnis 90/Grüne) bekommt Müller für seine rund 180 Millionen Mark teure neue Molkerei samt Becherwerk einen Zuschuß von cirka 80 Millionen Mark. „Ich habe da einfach Bauchschmerzen, weil ich nicht einsehe, daß so eine Firma, die in Bayern durch ihre menschen-

und umweltverachtende Unternehmenspolitik so in die Schlagzeilen geraten ist, so das Geld nachgeworfen bekommt", schimpft die Abgeordnete. Mehr jedoch als Müller-Milch kritisiert sie ihre Landesregierung. Deren Konzept sehe nämlich vor, letztendlich nur drei bis vier Großmolkereien zu fördern, was zwangsläufig das Aus für die vielen kleinen Molkereien bedeute. Damit würden der Markt und die Konkurrenz zerstört und die Landwirtschaft in immer stärkere Abhängigkeit zur Verarbeitungsindustrie getrieben.

Der Landwirtschaftsminister hatte in seiner Antwort auf die Große Anfrage von SPD und Bündnis 90/Grüne argumentiert, daß es Ende 1989 noch 73 milchverarbeitende Betriebe gegeben habe, Ende Oktober 1991 seien davon noch 24 übrig gewesen und daran sei ersichtlich, daß diese Molkereien aus „betriebswirtschaftlicher Sicht in einem marktwirtschaftlich orientierten System auf Dauer kaum überlebensfähig" seien. Außerdem habe der desolate Zustand dieser Betriebe negative Auswirkungen auf die Wettbewerbsfähigkeit, insbesondere auch auf den Auszahlungspreis für den Erzeuger.

Genau damit hat der Minister den springenden Punkt getroffen. Die Zusicherung von Müller-Milch, die höchsten Milchpreise in Sachsen zu zahlen, das ist fraglos eine große Verlockung. „Der kann sich das ja auch leisten, bei dem Zuschuß, den er vom Staat nachgeworfen bekommt", ärgern sich die Verfechter einer sogenannten Genossenschaftslösung. Gerade die Mittelsächsischen Milchwerke in Mügeln, Dahlen, Oschatz und Torgau - die Müller-Milch am 15. November 1991 gepachtet hat - hätten als Genossenschaft weitergeführt werden können, sagt die Abgeordnete Müller, die schon einige Male wegen der Namensgleichheit mit dem Milchbaron aus Schwaben spitz angesprochen wurde.

Das sächsische Landwirtschaftsministerium sieht sich von der EG in seinem Verhalten bestätigt. Der Aufbau einer völlig neuen Molkereistruktur nach EG-Maßstäben mache eine wettbewerbsfähige Größe erforderlich und das könnten eben in Sachsen nur vier bis sechs Betriebsstätten, darunter jetzt auch Müller-Milch, gewährleisten.

Ausnahme bleibt wohl eine kleinere Spezialitätenkäserei, die Kuh-, Schafs- und Ziegenmilch verarbeitet.

Mit großem Hallo waren die Müller-Ankündigungen zur Zahlung eines Höchstpreises für Milch bei den sächsischen Bauern begrüßt worden. Doch schon beim ersten konkreten Schritt der schwäbischen Molkerei sah das ganz anders aus. Vierzehn Tage nachdem Müller die Mittelsächsischen Milchwerke gepachtet hatte, wurde aus heiterem Himmel der gesamten Belegschaft gekündigt. Die schwäbische Großmolkerei werde „die hiesigen Produktionsstätten dicht machen, die Milch der Bauern hierzulande anderswo verwerten" berichtete die *Leipziger Volkszeitung* am 4.12.91. Das Blatt schrieb weiter, daß der Bayer (Müller) diesen Schritt bedauere, die Zeitung aber habe wissen lassen, daß ihm keine andere Wahl bleibe. Auf einer Fläche von 250.000 Quadratmetern soll eine moderne Molkerei samt Becherwerk hochgezogen werden. 250 Millionen Liter Milch sollen verarbeitet werden, wovon bereits über die Hälfte mit sächsischen Erzeugern vertraglich gebunden sei.

Meine Recherchen in Sachsen gestalteten sich ausgesprochen schwierig. Telefonisch waren kaum vernünftige Auskünfte zu bekommen, doch immer wieder wurde über die handstreichartigen Kündigungen durch Müller-Milch geschimpft. Ich entschloß mich also zu einer Reise nach Dresden und Leipzig, um dort den Dingen einmal auf den Grund zu gehen. Ein ausführliches Interview mit der Abgeordneten Kornelia Müller, der agrarpolitischen Sprecherin des Bündnis 90/Grüne, sollte mir einen Überblick über die Lage der Milchwirtschaft in Sachsen geben:
Frage: Frau Müller, aus der Beantwortung Ihrer großen Anfrage geht hervor, daß die gesamte sächsische Milchwirtschaft enorm konzentriert werden soll, daß letztendlich nur noch drei bis vier Großmolkereien übrig bleiben. Ist denn das Ihres Erachtens ein gangbarer Weg?
Müller: Zur Währungsunion gab es noch über 70 Molkereien, da waren kleine aber auch größere Betriebe darunter. Inzwischen sind es noch 24, und wie Sie in der Antwort des Landwirtschaftsministers ja

gelesen haben, werden es bald nur noch vier Molkereien sein. Grundlage dafür ist das sogenannte Rasterförderprogramm für Großmolkereien. Dieses Programm wird gemeinsam von der EG, dem Bund und dem Land Sachsen ausgereicht und im Klartext heißt das, daß die vier geförderten Molkereien knapp 50 Prozent Zuschüsse für ihre Investitionen bekommen. Im Gespräch sind ganz konkret Müller-Milch, Süd-Milch, die mit Sachsen-Milch zusammengehen will, die März-Gruppe und eine Molkereigenossenschaft aus Bayern, aus Niederwinkling.

Frage: Es war doch auch einmal die Rede davon, daß die Milchwerke Schwaben, die unter der Marke „Weideglück" firmieren, sich in Sachsen engagieren. Wenn ich mich nicht täusche, sollte das doch sogar mit den Mittelsächsischen Milchwerken geschehen. Gibt es da nicht sogar schon eine Zusammenarbeit?

Müller: Es gab tatsächlich schon eine Zusammenarbeit, es wurden ja auch schon Milchprodukte unter dem Firmenlogo von „Weideglück" verkauft. Und als ich mich bei den Mittelsächsischen Milchwerken erkundigte, hieß es, man dächte gar nicht daran, zu Müller zu gehen. Ihnen wurde aber dann in den nächsten Monaten mit sanftem und weniger sanftem Druck bedeutet, daß sie sich doch auf Müller einlassen sollten, da sie nur mit einem starken Partner eine Chance in diesem Geschäft hätten.

Frage: Das ist ja dann auch geschehen. Müller hat die Mittelsächsischen Milchwerke am 15.11.91 gepachtet.

Müller: Ja, und zwar hat er zwei Pachtverträge abgeschlossen. Einen für die Gebäude und die ganze Ausrüstung und einen für die Milchanlieferung. Damit wurde es Müller möglich, die Molkerei stillzulegen, die Milch anzukaufen, und sie dann weiter nach Westdeutschland und sogar ins benachbarte Ausland zu verkaufen.

Frage: Waren denn die Mittelsächsischen ein so marodes Unternehmen?

Müller: Die Mittelsächsischen waren früher, ich will mal sagen, eine sehr wohlhabende Genossenschaft und sie hatten es sich durchaus zugetraut, auch aus eigener Kraft ein neues Werk zu bauen. Sie hatten auch einen Antrag auf Förderung an die Landesregierung gestellt, aber dieser Antrag ist nicht gebilligt worden.

Frage: Es kam dann zur Anpachtung durch Müller-Milch. Was mir noch nicht klar ist, wieso wurden zwei verschiedene Pachtverträge abgeschlossen?

Müller: Die Molkerei Müller interessiert sich für die Milch, nichts anderes, und sie ist natürlich nicht daran interessiert, daß die Genossenschaft irgendwann einmal wieder produziert. Mit dem Pachtvertrag sicherte Müller-Milch sich einerseits die Milchmenge, andererseits konnte er die Produktionsstätten in den vier Standorten Mügeln, Dahlen, Oschatz und Torgau stillegen.

Frage: Kurz nach der Übernahme der Molkerei sind ja von Müller die Beschäftigten in allen vier Werken entlassen worden. Wieviele Arbeitnehmer waren davon betroffen?

Müller: Etwa 250, überwiegend Frauen. Die Firma Müller machte einigen Leuten dann ein Angebot, sie könnten doch in Aretsried arbeiten. Etwa 2.000 Mark sei ihnen für die Schichtarbeit geboten worden, hat man mir gesagt. Das soll wohl in so einer Art „rollender Woche" geschehen. Das ist ein Export unserer niedrigen Löhne. Aber Müller schlägt da gleich mehrere Fliegen mit einer Klappe: Export von niedrigen Löhnen nach Aretsried und damit ein Druckmittel gegen die Beschäftigten dort. Hier würde er die Leute nach den Entlassungen ruhig halten, weil die dann darauf hoffen, weiterbeschäftigt zu werden. Und er kann ein dickes Geschäft mit dem Milch-Export machen. Übrigens gab es auch noch das Angebot an die Mitarbeiter, daß einige von ihnen wieder eingestellt werden könnten, wenn 1994 das neue Werk in der Nähe von Leipzig fertig ist. Das finde ich zynisch angesichts der momentanen Lage auf dem Arbeits- markt. Viele der Beschäftigten sind Frauen, darunter zahlreiche äl-tere Frauen, die haben doch auf dem Arbeitsmarkt überhaupt keine Chance mehr. Und in zwei, drei Jahren auch bei Müller nicht mehr.

Frage: Waren denn die Kündigungen nicht von vorneherein von der neuen Inhaberin der Mittelsächsischen Milchwerke angekündigt worden?

Müller: In den Vorgesprächen war davon natürlich nichts gesagt worden. Die Kündigungen, einige hat man wohl erwartet, kamen zumindest in dieser massiven Form aus heiterem Himmel. Sie wurden damit begründet, daß man in den vier Betrieben nicht mehr ökonomisch produzieren könne. Aber alleine diese Behauptung möchte ich stark anzweifeln. Man hat sich ja Ende 1990 neue Ausrüstungen gekauft, neue Produktionslinien angeschafft. Also für mich ist das auch ein ziemlich haltloses Argument.

Frage: Eine Genossenschaft, und die Mittelsächsischen sind ja eine Genossenschaft gewesen, muß doch auf das Wohl ihrer Mitarbeiter bedacht sein. Wieso kam es denn dann überhaupt zum Verkauf an Müller-Milch?

Müller: Die Genossenschaft sind zunächst einmal die Landwirte. Die wiederum sind natürlich hauptsächlich an einem hohen Milchpreis interessiert. Müller-Milch hat ihnen genau dies versprochen. Die Beschäftigen in der Molkerei, das ist wieder ein ganz anderes Kapitel, das sind ja nicht die Bauern. Ich habe den Eindruck, momentan interessiert sich auch die Genossenschaft nicht so sehr für den Erhalt der Arbeitsplätze, sondern in erster Linie für einen annehmbaren Milchpreis, der den landwirtschaftlichen Unternehmen das Überleben sichern würde.

Frage: Nun wird aber eine solche Firma, die zu so drastischen Maßnahmen greift, also zu Massenentlassungen kurz nach der Betriebsübernahme, massiv vom Land und Bund gefördert. Ist das Ihrer Meinung nach gerechtfertigt?

Müller: Was hier gemacht wird, ist nicht die Einführung der Marktwirtschaft, sondern das ist ein äußerst bedenklicher staatlicher Dirigismus, wie wir ihn eigentlich schon lange genug hatten und die Grundüberlegung dieses Konzeptes, nur große Molkereien zu fördern, die sind aus meiner Sicht einfach unbegründet. Es gibt keinen Beweis dafür, daß dort wo es Großmolkereien gibt, der Milchpreis für die Bauern besser ist. Für Müller-Milch ist das jedoch eine willkommene Situation. Er kann auf diese Weise den Markt und die Konkurrenz leicht beherrschen und wenn erst einmal die kleinen Molkereien nicht mehr existieren, dann werden sich die wenigen Großen sehr schnell den Markt aufteilen und die Preise diktieren. Dann werden Müller und die paar Großmolkereien satte Gewinne einfahren und die Bauern werden sich in einer Abhängigkeit befinden, die sie im Moment überhaupt nicht für möglich halten.

Frage: Gibt es angesichts des desolaten Zustandes vieler Molkereien überhaupt eine Alternative?

Müller: Meine Argumentation geht dahin, die Betriebe, die eine ordentliche Konzeption vorlegen, werden gefördert und da ist es egal, ob das nun eine kleine oder eine große Molkerei ist. Wichtig wäre aber, daß vorrangig auch einige einheimische Betriebe gefördert werden. Im Vogtland haben wir beispielsweise ein recht gut funktionierendes Modell. Da gibt es ein gemeinsames Unternehmen einer vogtländischen Molkereigenossenschaft und der Molkereigenossenschaft Niederwinkling aus Bayern. In der Umgebung von Hof gibt es noch eine Molkerei und in Marktredwitz. Es ist eine Konkurrenzsituation da und die Milchpreise sind in Ordnung.

Frage: Sie haben die Befürchtung geäußert, daß Müller-Milch vielleicht auch auf Milch aus anderen Ländern, vor allem osteuropäischen, zurückgreifen könnte. Was muß man sich darunter vorstellen?

Müller: Ich denke da besonders an die CSFR oder Polen. Aufgrund der großen Währungsunterschiede wird von dort natürlich die Milch viel viel billiger angeboten als bei uns. Müller oder den anderen Großen wird es ein Leichtes sein, bei Änderung der Gesetzeslage, die sächsischen Milcherzeuger mit solchen Billigangeboten unter Druck zu setzen. Und dann denken Sie einmal daran, wodurch dies alles erst möglich wurde - durch einen Zuschuß in Höhe von fast 50 Prozent. Also, das sieht einfach nach Hinterherwerfen von Geld aus. Für mich ist das überhaupt nicht einsehbar, daß gerade diese Firma Fördermittel erhalten soll, noch dazu in dieser Höhe, und daß sächsische Firmen nichts bekommen. Wenn Müller hier investieren will, gut, dann soll er das aber aus eigenen Kräften tun, dann soll er sich das aus eigener Kraft aufbauen und dazu müßte er mit seinen Jahresumsätzen, die er hat, auch in der Lage sein. Ich sehe gar nicht ein, daß wir die knappen Landesmittel für eine solche Firma zum Fenster hinauswerfen. Aber wenn Sie sehen, daß in den Ministerien cirka 90 Prozent der leitenden Mitarbeiter aus den Altbundesländern kommen, und die natürlich dann Entscheidungsträger sind, dann ist das für mich mehr als deprimierend. Dann höre ich auch noch aus dem Landwirtschaftsministerium, daß der Abteilungsleiter für Markt und Ernährung, der

Herr Gebhard, Herrn Müller schon seit 20 Jahren kenne. Wenn ich solche Prozesse beobachte, dann muß ich das ganz hart sagen, dann sind das für mich Manieren von Kolonialherren.

Soweit das Interview mit der Abgeordneten Kornelia Müller (Bündnis 90/Grüne). Die Vorgänge, die sie schildert, klingen zum Teil unglaublich. Ich bemühe mich um einen Termin beim Betriebsrat der Mittelsächsischen Milchwerke in Oschatz. Drei Damen aus dem Betriebsrat stehen Rede und Antwort.

Am Eingangstor der Molkerei Oschatz steht ein Schild mit der Aufschrift „Müller Milch - Werk III". Die Uhr über dem Verwaltungsgebäude zeigt fünf vor zwölf. Sie ist stehen geblieben oder

Molkerei Oschatz – nach 11 Tagen von Müller-Milch stillgelegt

angehalten worden. Vier, fünf PKW's, darunter ein neuer Passat mit Augsburger Kennzeichen stehen im Hof. Doch von Betriebsamkeit keine Spur. Das Werk III liegt still, es wird abgewickelt. Im Büro herrscht noch hektisches Treiben. Einige der Mitarbeiter, die entweder zum Ende des Januar, Februar oder März gekündigt wurden, werden wohl noch einige Wochen länger arbeiten können. Zu viele buchhalterische Dinge müssen noch abgewickelt werden. Drei Betriebsrätinnen, alle fast gleich lange im Betrieb, jede von ihnen zu einem anderen Termin gekündigt, berichten von der überraschenden Kündigung. Cornelia Gerlach erinnert sich an ihre letzte Schicht. „Es war am 23.11. Ich war gerade in der Nachtschicht, es war ein Sonnabend. Dort hat mir dann der Schichtleiter mitgeteilt, daß das meine letzte Schicht ist, daß ab Montag der Betrieb geschlossen ist. Ein Großteil der Belegschaft hat das dann erst am Montag erfahren. Es war noch etwas Milch da, dieser Rest, etwa 10.000 Liter, die wurden noch am Sonntag gefahren. Dann hieß es, es würden nur noch Aufräumarbeiten gemacht. Das war's dann. Das ging so Hals über Kopf, über Nacht war plötzlich alles vorbei. Die letzte Schicht. Wir konnten das zunächst gar nicht fassen. Es war einfach unverständlich. Die Diskussionen schlugen hoch. Wir haben die ganze Nacht über diskutiert, aber eine Lösung haben wir keine gesehen".

Bärbel Neugebauer, die die buchhalterische Abwicklung durchführt und die zum 29. Februar 1992 gekündigt wurde, schüttelt den Kopf. „Es ist doch Ende 1990 noch alles neu gemacht worden. Es ist eine völlig neue Anlage drin. Das Gebäude ist neu gemacht worden. Die Produktion ist so gut gelaufen, daß wir einen Riesenabsatz hatten. Wir haben im Drei-Schicht-Betrieb gearbeitet, manchmal sogar Sonntags. Wir haben doch noch eine völlig neue H-Milch-Linie eingebaut". Tatsächlich macht die Molkerei in Oschatz einen gepflegten Eindruck. Die Gebäude sind in einem guten Zustand.

Als die Belegschaft darüber informiert wurde, daß am 15.11.91 Müller-Milch den Betrieb übernimmt, wurde bekanntgegeben, daß Rationalisierungsmaßnahmen erfolgen müßten. Die Betriebsratsvorsitzenden waren zuvor darüber in Kenntnis gesetzt worden, daß vom Gesamtunternehmen etwa 50 Prozent der Beschäftigten entlassen würden. Am 26.11.1991 schaffte Müller-Milch dann vollendete Tatsachen. In einem Schreiben an das Arbeitsamt Oschatz wurde ein Antrag auf „Genehmigung einer Massenentlassung" gestellt. Darin heißt es:

Sehr geehrte Damen und Herren,

zu unserem Bedauern sehen wir uns gezwungen, Antrag auf Genehmigung einer Massenentlassung für rund 255 Betriebsangehörige zu stellen.

Arbeiter männl. = 86   weibl. = 96
Angestellte männl. = 17   weibl. = 56

Der Antragsteller unterhält ein Unternehmen für Milchverarbeitung und hat Betriebsstätten in Oschatz, Dahlen, Mügeln und Torgau. Diese Betriebsstätten wurden von uns von den Milchwerken Mittelsachsen eG Oschatz am 15.11.1991 gepachtet. Unser Produktionsprofil ist völlig anders geartet, als das bisherige und eine Reduzierung des Stammpersonals ist daher unausweichliche Folge; zumal Produktionsstätten wegen fehlender Rentabilität geschlossen werden. Die Entlassungen sind für folgende Zeiträume vorgesehen:

Dezember 91 = Kündigungsfristen 2 Wochen = 137
Januar 92   = Kündigungsfristen 2 Monate = 65
Februar 92 = Kündigungsfristen 3 Monate = 24
März 92   = Kündigungsfristen 3 Monate z. Monatsende = 29

Von der Kündigung sind Schwerbehinderte und Mitarbeiterinnen, die dem Mutterschutzgesetz unterliegen, betroffen.

Schwerbehinderte: = 10 Arbeitnehmer
Schwangere: = 3 Arbeitnehmer
Mütter im Mütterjahr: = 6 Arbeitnehmer, davon 6 länger als 4 Monate nach Entbindung lt. MuSchG Par. 9
ledige Mütter mit
Kindern unter 3 Jahren = 4 Arbeitnehmer

Dem Betriebsrat der Betriebe wurde am 14.11.1991 in einer Beratung mitgeteilt, daß es aus o.a. Gründen zu größeren Entlassungen kommen wird. Der Betriebsrat wurde mit der Maßgabe entlassen, dies allen Arbeitnehmern mitzuteilen.

Am 21.11. und 22.11. wurde den Betriebsräten schriftlich die Information über zu kündigende Arbeitnehmer übergeben.

Eine Stellungnahme liegt noch nicht vor. Ein gültiger Sozialplan wurde geschlossen.

Es wird gem. Par. 18 KSchG beantragt, die Zustimmung zur Massenentlassung rückwirkend zum Tage der Antragstellung zu erteilen. Vorsorglich beantragen wir gem. Par. 19 KSchG Kurzarbeit.

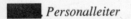

, Personalleiter   i.V.

Das war's dann für die Mitarbeiter der Mittelsächsischen Milchwerke. Zwei Tage später erhielt der Gesamtbetriebsrat vom neuen Inhaber die Anhörung zur geplanten Massenentlassung. Unter dem Punkt 1. „Kurzarbeit und Betriebsstätten-Stillegung" heißt es:

In allen 4 Produktionsstätten muß Kurzarbeit eingeführt werden.
<u>*Oschatz:*</u> *Kurzarbeit 0-Stunden. Grund: H-Milch-Produktionsverlagerung nach Chemnitz. Die Restarbeiten werden bis 6.12.1991 abgeschlossen.*
<u>*Dahlen:*</u> *Kurzarbeit auf 0-Stunden. Grund: Unter marktwirtschaftlichen Gesichtspunkten nicht absetzbare Lagerbestände. Abschlußarbeiten werden bis 6.12.1991 abgeschlossen.*
<u>*Mügeln:*</u> *Kurzarbeit auf 0-Stunden. Grund: wie Dahlen. Ab 49. Kalenderwoche wird Sauermilchquark nach Bedarf hergestellt. Milchannahme und Versand erfolgt nach Wochenplan.*
<u>*Torgau:*</u> *Kurzarbeit auf 0-Stunden. Kondensmilch-Produktion nach Bedarf. Milchpulver und Konzentrate nach Bedarf. Einstellung der Konsummilch-Produktion spätestens zum 31.12.1991.*

Es folgt dann der Part, in dem die Massenentlassungen aufgelistet werden, ähnlich wie in dem Schreiben an das Arbeitsamt. Ausdrück-

Reine Buttermilch · Müllermilch · Kalinka Kefir · Milch Reis

Molkerei Alois Müller GmbH & Co. · Werk III · Molkereistr. 1–2 · O-7263 Mügeln

Arbeitsamt Oschatz
26. 11. 91

An das
Arbeitsamt Oschatz
Promenade
O - 7260 Oschatz   26. November 1991

Antrag auf Genehmigung einer Massenentlassung

Sehr geehrte Damen und Herren,

zu unserem Bedauern sehen wir uns gezwungen, Antrag auf Genehmigung
einer Massenentlassung für rund 255 Betriebsangehörige zu stellen.

        Arbeiter   männl. = 86   weibl. = 96
        Angestellte männl. = 17   weibl. = 56

Der Antragsteller unterhält ein Unternehmen für Milchverarbeitung
und hat Betriebsstätten in Oschatz, Dahlen, Mügeln und Torgau.
Diese Betriebsstätten wurden von uns von den Milchwerken Mittelsachsen eG Oschatz am 15. 11. 1991 gepachtet.
Unser Produktionsprofil ist völlig anders geartet, als das bisherige und eine Reduzierung des Stammpersonals ist daher unausweichliche Folge; zumal Produktionsstätten wegen fehlender
Rentabilität geschlossen wurden.
Die Entlassungen sind für folgende Zeiträume vorgesehen:

Dezember 91 = Kündigungsfristen 2 Wochen, = 137
              4 Wochen u. 1 Monat z. ME

Januar 92   = Kündigungsfristen 2 Monate = 65
              2 Monate z. ME

MOLKEREI ALOIS MÜLLER GMBH & CO · O-7263 MÜGELN · BETRIEBSSTÄTTEN: OSCHATZ, DÖBELN, TORGAU · TEL. 0037/4057/851 · TELEX 517165

„Zu unserem Bedauern...

Februar 92 = Kündigungsfristen 3 Monate = 24

März 92 = Kündigungsfristen 3 Monate z. Monatsende = 29

Von der Kündigung sind Schwerbehinderte und Mitarbeiterinnen, die dem Mutterschutzgesetz unterliegen, betroffen.

- Schwerbehinderte: = 10 Arbeitnehmer
- Schwangere : = 3 Arbeitnehmer

- Mütter im Mütterjahr = 6 Arbeitnehmer, dav. 6 länger als 4 Monate nach Entbindung lt. MuSchG § 9

- ledige Mütter mit Kinder unter 3 Jahre = 4 Arbeitnehmer

Dem Betriebsrat der Betriebe wurde am 14. 11. 1991 in einer Beratung mitgeteilt, daß es aus o.a. Gründen zu größeren Entlassungen kommen wird. Der Betriebsrat wurde mit der Maßgabe entlassen, dies allen Arbeitnehmern mitzuteilen.
Am 21. 11. und 22. 11. wurde den Betriebsräten schriftlich die Information über zu kündigende Arbeitnehmer übergeben.
Eine Stellungnahme liegt noch nicht vor. Ein gültiger Sozialplan wurde geschlossen.

Es wird gem. § 18 KSchG beantragt, die Zustimmung zur Massenentlassung rückwirkend zum Tage der Antragstellung zu erteilen.
Vorsorglich beantragen wir gem. § 19 KSchG Kurzarbeit.

Personalleiter

i.V.

Anlage

…sehen wir uns gezwungen…"

lich auch hier der Hinweis, daß Schwerbehinderte, alleinstehende Mütter, Schwangere und Mütter im Mutterjahr von der Entlassung betroffen sind. Dann heißt es:

Die Kündigungen sind aus wirtschaftlichen Gründen unvermeidbar. Abfindungen werden nach einem bestehenden Sozialplan bezahlt.

<u>3. Bau eines neuen Werkes im Land Sachsen</u>
1994 wird ein neues Werk mit mindestens 350 Arbeitsplätzen fertiggestellt sein. Neueinstellungen können dann wieder vorgenommen werden.
Bereits jetzt könnten 50 Molkereifacharbeiter, Molkereimeister, Elektriker und Mechaniker für unser Stammwerk in Aretsried neu eingestellt werden. Eine Rückkehr nach Sachsen für die Bildung der Kernmannschaft ist möglich.

Wir bitten um Ihre Stellungnahme und Zustimmung bis Donnerstag, 5.12.1991.

Mit freundlichen Grüßen
ppa. ▓▓▓▓   *i.V.* ▓▓▓▓

Cornelia Gerlach weiß noch gut die Reaktionen ihrer Kolleginnen und Kollegen: „Die Leute lassen sich das gefallen. Weil sie Angst haben. Ich selber hab' versucht, denen klar zu machen, daß jeder persönlich dagegen angehen muß - gerichtlich. Aber die Reaktion, kann man sagen, war gleich Null. Ihre Kollegin Gertraud Tschenschner ist sauer auf ihre früheren Geschäftsführer und Betriebsleiter. Und sie erntet die volle Zustimmung der anderen Betriebsrätinnen. „Von unseren ehemaligen Geschäftsführern fühlen wir uns betrogen. Die Sache ist ja die, daß die alle noch da sind. Die sind jetzt alle fest bei Müller angestellt. Die fahren mit großen Autos rum". Die Wut der Frauen ist deutlich spürbar. Ihnen klingen noch die Worte von Helmut Gebhard aus dem sächsischen Landwirtschaftsministerium im Ohr, der in einem zwar im Programmheft angekündigten aber niemals ausgestrahlten Sendebeitrag des *Landessenders Sachsen* gesagt hatte: „Man kann das ja alles vertraglich gestalten. Man kann Gemeinschaftsunternehmen, Genossenschaften und private, bilden. Ich bin auch der Meinung, es darf kein Auslieferungsvertrag sein, sondern es muß ein partnerschaftlicher Vertrag sein". Doch von Partnerschaft, sagen die drei Betriebsrätinnen, hätten wohl nur die früheren Chefs etwas gespürt. Die sind jetzt wieder Chefs. Sie haben sich auch gegen die Kündigungen nicht gewehrt. Das hat übrigens auch der Gesamtbetriebsrat nicht getan. „Die sitzen schon alle fester im Sattel als die kleinen Angestellten. Die haben ihre Posten mehr oder weniger behalten. Die haben sich angepaßt, als Erfinder der Marktwirtschaft. Da hören Sie plötzlich nichts mehr von Sozialismus, gar nichts mehr. Mit einem Mal sitzen die wieder ganz vorne. Das zermürbt einen schon als kleinen Arbeitnehmer".

Die drei Frauen aus dem Betriebsrat können es nicht verstehen, daß sich ihre einstigen Kollegen nicht gerichtlich zur Wehr setzen. Eine unbestimmte Angst ist wohl der Grund, und die Hoffnung, daß vielleicht der ein oder andere doch noch übernommen wird, oder wieder einmal eingestellt wird, wenn das neue Werk fertig ist. Viele hätten auch auf die Abfindungen geschielt, die meisten jedoch einfach resigniert.

Der Sozialplan, der noch von der Genossenschaft aufgestellt wurde, sei viel zu schwammig formuliert, sagen die Betriebsrätinnen. Es heißt dort unter anderem: „Dieser Sozialplan gilt nur dann, wenn auch die zur Erfüllung erforderlichen finanziellen Mittel unter Beachtung der Verbindlichkeiten im Unternehmen vorhanden sind und der Fortbestand des Unternehmens oder die nach Durchführung der Betriebsänderung verbleibenden Arbeitsplätze nicht gefährdet werden (...)". Das wiederum hieß in Oschatz, nur wenn Müller übernimmt, ist Geld für den Sozialplan da. Dieser wurde nämlich noch von der Genossenschaft abgeschlossen.

Genau das, so sieht das auch die Gewerkschaftssekretärin Hella Meyer aus Leipzig von der Gewerkschaft NGG (Nahrung, Genuß,

Gaststätten), sei das Druckmittel gewesen, um die Beschäftigten ruhig zu halten. Nach dem Motto, wenn uns Müller übernimmt, gibt es wenigstens noch Geld. „Wir wollten den Sozialplan kündigen, aber wir haben das trotz dreitägiger Verhandlungen nicht durchsetzen können. Die Arbeitnehmer haben sich einschüchtern lassen durch das Gerede mit Müller-Milch. Das lief so nach dem Motto, wenn ich was sage, mich wehre, dann werde ich nicht übernommen. Mit einzelnen Mitarbeitern laufen jetzt ja auch angeblich streng geheime Gespräche auf Wiedereinstellung". Hella Meyer kann es noch immer nicht fassen, daß sich die Belegschaft nicht wehrt. Nach anfänglichem Zögern seien es jetzt allerdings immerhin 80 ehemalige Beschäftige, die gegen die Massenentlassungen klagen wollen, darunter auch einige Schwerbehinderte und Schwangere. Die Schwerbehinderten hätten nicht ohne Zustimmung der zuständigen Hauptfürsorgestelle gekündigt werden dürfen und die Schwangeren grundsätzlich überhaupt nicht. Dann sagt Hella Meyer: „Für mich hat sich der Verdacht erhärtet, daß da einige Leute gekauft werden. Da ist die Rede von neuen Arbeitsplätzen mit dem doppelten Gehalt wie jetzt". Die alten und neuen Chefs sind für Hella Meyer ein rotes Tuch. „Diejenigen, die Kündigungsschutzklage eingereicht haben, werden eingeschüchtert. Konkret läuft das dann so, daß es heißt, wenn ihr euere Klagen nicht zurückzieht, bekommt ihr keine Abfindung, dann bekommt ihr auch nirgendwo mehr Arbeit". Die neuen alten Chefs seien es, die auf diese Tour arbeiten würden, sagt die Gewerkschafterin, der in den einzelnen Betrieben schon einmal Hausverbot erteilt werden sollte, nachdem sie Tarifverträge an die Betriebsangehörigen verteilt hatte. Inzwischen würde auch Müller-Milch mit einer regelrechten Einschüchterungstour arbeiten, berichtet Hella Meyer. Sie meint damit ein Schreiben von Müller-Milch, das am 13.2.92 (so die Datumszeile, die wohl 13.1. heißen muß, denn der Brief erreichte die Empfänger bereits im Januar 1992) an die Mitarbeiterinnen und Mitarbeiter geschickt wird, die Klage eingereicht haben. Darin heißt es:

Wir sind der Meinung, daß es für Sie nachteilig ist, wenn Sie Kündigungsschutzklage erheben. In diesem Fall werden Sie die Abfindung gemäß Sozialplan nicht erhalten. Sie müssen auf Ihre

Abfindung, die vom Gericht festgelegt wird, solange verzichten, bis das Gerichtsverfahren durchgeführt ist.

Vermutlich werden wir in der Güteverhandlung und vor der Kammer keine Einigung erzielen können. Das Landesarbeitsgericht wird wohl die Entscheidung fällen müssen. Im Westen ist hier mit 1 bis 1 1/2 Jahren zu rechnen. Wie lange dies im Osten dauert, wissen wir nicht. Bei den ersten beiden Gerichtsterminen werden wir keinesfalls einer höheren Abfindung zustimmen können als die, die im Sozialplan ausgewiesen ist. Dies wäre ungerecht gegenüber allen anderen Kollegen. Aus diesem Grunde kann dies aus Prinzip nicht sein. Ob Sie nach Beendigung des Rechtsstreits tatsächlich eine höhere Abfindung erwirken können, ist ungewiß.

Nachdem kein Weg an den Betriebsschließungen vorbei geht, wird das Arbeitsverhältnis auch nicht fortbestehen können. Wir meinen, daß es besser wäre, wenn wir hier gemeinsam Vernunftsgründe walten lassen.

Mit freundlichen Grüßen
MOLKEREI ALOIS MÜLLER GmbH & Co

Die Abgeordnete Kornelia Müller, die von diesem Schreiben Kenntnis erhält, reagiert erbost auf diesen Einschüchterungsversuch. „Sind das die Sitten, die Herr Müller zu uns exportieren wird?" Sie stellt im Sächsischen Landtag einen Antrag, die Fördermittel für Müller-Milch nocheinmal zu überdenken:

„Die sächsische Staatsregierung wird aufgefordert, die Vergabe von Fördermitteln für die Verbesserung der Marktstruktur an die bayerische Firma Müller-Milch an die Bedingung zu knüpfen, den Produktionsstandort Mittelsachsen bis zur Inbetriebnahme der neuen Molkerei zu erhalten und die kürzlich vollzogene Massenentlassung zurückzunehmen.

Begründung: Am 15.11. pachtete die bayerische Firma Müller-Milch die Mittelsächsischen Milchwerke. 14 Tage später folgte dann die Massenentlassung von 250 Beschäftigten. Seitdem fungieren die

Von den Müllers aus Aretsried

Reine Buttermilch · Müllermilch · Kalinka Kefir · Milch Reis

Molkerei Alois Müller GmbH & Co. Zollerstraße 7 · 8935 Aretsried

Ihre Zeichen	Ihre Nachricht vom	Unsere Zeichen	Datum
		kö-ber	13.02.92

Sehr geehrt

wir sind der Meinung, daß es für Sie nachteilig ist, wenn Sie Kündigungsschutzklage erheben. In diesem Fall werden Sie die Abfindung gemäß Sozialplan nicht erhalten. Sie müssen auf Ihre Abfindung, die vom Gericht festgelegt wird, solange verzichten, bis das Gerichtsverfahren durchgeführt ist.

Vermutlich werden wir in der Güteverhandlung und vor der Kammer keine Einigung erzielen können. Das Landesarbeitsgericht wird wohl die Entscheidung fällen müssen. Im Westen ist hier mit 1 bis 1 1/2 Jahren zu rechnen. Wie lange dies im Osten dauert, wissen wir nicht. Bei den ersten beiden Gerichtsterminen werden wir keinesfalls einer höheren Abfindung zustimmen können als die, die im Sozialplan ausgewiesen ist. Dies wäre ungerecht gegenüber allen anderen Kollegen. Aus diesem Grund kann dies aus Prinzip nicht sein. Ob Sie nach Beendigung des Rechtsstreits tatsächlich eine höhere Abfindung erwirken können ist ungewiß.

Nachdem kein Weg an den Betriebsschließungen vorbei geht, wird das Arbeitsverhältnis auch nicht fortbestehen können. Wir meinen, daß es besser wäre, wenn wir hier gemeinsam Vernunftsgründe walten lassen.

Mit freundlichen Grüßen

MOLKEREI ALOIS MÜLLER
GmbH & Co

ppa. i. A.

MOLKEREI ALOIS MÜLLER GMBH & CO · 8935 ARETSRIED · TEL. 0 82 36/57-0 · TELEFAX 0 82 36/54 95 · FS 533377 · Tx 823681

„Wir sind der Meinung, daß es für Sie nachteilig ist…"

Mittelsächsischen Milchwerke nur noch als Milchsammelstelle, bevor die Milch zur Weiterverarbeitung nach Italien, Belgien, Holland und Frankreich geliefert wird. Dabei hatten die Mittelsächsischen Milchwerke erst kürzlich in neue Ausrüstungen investiert und es war genügend Absatz vorhanden.

Die Entlassenen sind zum großen Teil Frauen, darunter Schwangere, Mütter mit Kleinkindern und Behinderte. Außerdem befindet sich der Betrieb in der Region mit der zweithöchsten Arbeitslosenquote in ganz Sachsen."

Staunend verfolgten fünf Mitarbeiterinnen und Mitarbeiter aus Oschatz die Diskussion im Sächsischen Landtag. Der Antrag der Abgeordneten Müller wurde abgelehnt, ebenso die Forderung der SPD, FDP, Bündnis 90/Grüne und PDS zur generellen Frage der Molkereiförderung. Die Oppositionsparteien wollen, daß nicht nur die Großmolkereien, sondern auch kleinere Betriebe gefördert werden sollten.

Am 24.1.92 dann, nach der ersten Abstimmung im Landtag, hatte es noch so ausgesehen, als würde dieser Antrag eine knappe Mehrheit bekommen. Doch der Landtagspräsident ließ die Abstimmung einfach nocheinmal wiederholen, mit der Begründung, das Ergebnis sei unklar gewesen. „Ich sah dann in der kurzen Pause zwischen den beiden Abstimmungen einige CDU-Abgeordnete vom Landwirtschaftsausschuß auf ihre Parteifreunde einreden, dann wurde nocheinmal abgestimmt, und was dann kam, war bitter", berichtet Kornelia Müller. „Plötzlich enthielten sich einige CDU-Abgeordnete, die vorher noch zugestimmt hatten, der Stimme und damit war die Entscheidung gefallen: Müller-Milch wird also mit über 70 Millionen Mark vom Freistaat Sachsen gefördert, obwohl er verantwortlich ist für Massenentlassungen. Ist das die Belohnung für solche Unternehmenspraktiken?"

Ich versuche, beim sächsischen Landwirtschaftsministerium Antworten auf eine Reihe von Fragen zu bekommen, reiche einen ganzen Fragenkatalog zur künftigen Milchwirtschaft in Sachsen ein.

Es dauert Wochen bis endlich die mehrfach angemahnte Antwort kommt. Das Ministerium zeigt sich „befremdet" von der Art und Weise, wie ich „ohne Kenntnis der Situation und Zusammenhänge z.T. derart provokative Fragen zur Strukturpolitik" stelle. Doch es geht nur recht oberflächlich auf diese angeblich provokativen Fragen ein. Auf meine Frage, warum in Sachsen mit Ausnahme einer kleinen Käserei keine kleinen und mittleren Molkereien mehr gefördert werden, heißt es: „Siehe Pressemitteilung".

Welcher Absatz in der vierseitigen Pressemitteilung gemeint ist, kann nur vermutet werden. Aber da heißt es zum Beispiel: „Bündnis 90/Grüne behaupten, die Sächsische Staatsregierung würde mit ihrer Förderungspolitik Monopole und eine vollkommene Abhängigkeit der sächsischen Milcherzeuger von wenigen Großbetrieben fördern. Tatsache dagegen ist, daß gerade die jetzt vorgesehenen Strukturen mit vier größeren Betrieben und mehreren kleineren Spezialmolkereien die ideale Voraussetzung für einen gesunden Wettbewerb im Sinne der Erzeuger darstellen. Wer die Entwicklung und die Strukturen in der Verarbeitungswirtschaft und im Handel in Europa kennt und weiß, daß Molkereien in der Größenordnung zwischen 100.000 und 600.000 t Milcherfassung im Jahr gerade 'Mittelstand' sind, kann nicht behaupten, wir würden hier 'Monopole' fördern".

Oder hat das Staatsministerium eine andere Passage ihrer Pressemitteilung gemeint? Da heißt es: „Auf dem Milchsektor herrscht der europäische Wettbewerb. Die sächsischen Milchbauern und Molkereien müssen sich in diesem europäischen Wettbewerb behaupten. Wer diese Einsichten nicht hat und meint eine 'Folklorelandwirtschaft' in Sachsen mit handwerklichen Verarbeitungsbetrieben erhalten zu können, kennt die Realitäten nicht, beurteilt Staatsminister Dr. Jähnichen den Antrag von Bündnis 90/Grünen am 24.01.1992 im Sächsischen Landtag anläßlich der Agrardebatte zur Zukunft der sächsischen Molkereiwirtschaft".

Ich habe das Ministerium außerdem gefragt, ob bekannt war, daß die Großmolkerei Müller sämtliche Beschäftigte nach Anpachtung der Mittelsächsischen Milchwerke entlassen wird. Auch hier der Hinweis „Siehe Pressemitteilung". Angefügt wurde vom Ministerium folgende Ergänzung: „Nach Fertigstellung des neuen Unternehmens werden - einschließlich vor- und nachgeschalteter Bereich - insgesamt etwa 500 Personen beschäftigt werden". Ich suche in der Presseerklärung nach der Passage, die meine Frage etwas präziser beantwortet. Ist vielleicht folgender Absatz gemeint? „Das Festhalten an alten Strukturen hätte auf Dauer das Massensterben der Milcherzeuger zur Folge. Die Forderung, „bedürftigen" Molkereien staatliche Mittel zu geben, ist kein Konzept für die Zukunft. Eine rasche Verbesserung dieser Situation ist nur durch Rationalisierungsmaßnahmen und Konzentration der Verarbeitung möglich. Das erfordert auch die Stillegung unwirtschaftlicher Betriebsstätten (...) Daß in diesem Zusammenhang auch Arbeitsplätze verloren gehen, ist ohne Zweifel für die Betroffenen schmerzlich, aber für den Fortbestand landwirtschaftlicher Betriebe überlebensnotwendig".

Auf eine weitere Frage hin, wie das Landwirtschaftsministerium beziehungsweise die Staatsregierung einer Massenentlassung vorgebeugt hat, werde ich nicht auf die Pressemitteilung verwiesen, sondern erhalte direkt eine Antwort: „Es wäre wenig sinnvoll und letztlich nur auf dem Rücken der Landwirte finanzierbar, einen 'Schutzzaun' um jeden unwirtschaftlichen Betrieb zu legen und daneben den dringend notwendigen Neuaufbau zu realisieren". Ähnlich erschöpfend sind die anderen meiner angeblich „derart provokativen" Fragen beantwortet worden, beispielsweise die Frage, ob es Überlegungen des Ministeriums gibt, nach den Massenentlassungen die Förderung von Müller-Milch nocheinmal zu überdenken: „Zu Entlassungen kam und kommt es derzeit leider in vielen Bereichen".

Zum Thema Baurechtsverstöße habe ich das Landwirtschaftsministerium gefragt, ob Vorsorge getroffen wurde, daß sich Baurechts- und sonstige Verstöße, wie sie aus Bayern bekannt sind, in Sachsen nicht wiederholen. Was antwortet das Ministerium? „Die zuständigen Behörden werden die Fa. Müller-Milch genauso behandeln wie jeden anderen Investor". Was ist da provokativ - die Fragen oder die Antworten? Bliebe noch die Nachfrage, welche Kontakte ein leitender Ministeriumsbediensteter zu Müller-Milch hat, nachdem sich laut Bündnis 90/Grüne der Abteilungsleiter Markt und Ernährung, Helmut Gebhard, dahingehend geäußert haben soll, daß er Müller seit 20 Jahren kennt und für eine zuverlässige Firma halte. Eine Nachfrage, die die journalistische Sorgfaltspflicht schlicht und einfach erfordert. Denn wie würde das Ministerium oder der angesprochene Beamte reagieren, wenn ohne eine Nachfrage eine solche Behauptung verbreitet würde? Die Antwort des sächsischen Landwirtschaftsministeriums: „Siehe Presseerklärung vom 06.08.91. Die 'Andichtungen' werden offensichtlich laufend erweitert". Ich blättere in der genannten Presseerklärung, diesmal einer vom August, und lese da unter anderem: „Zum Wesen einer demokratischen Auseinandersetzung, die für das Bündnis 90/Grüne offenbar noch ungewohnt ist, gehört ohne Zweifel auch das ernsthafte Bemühen um den besten Weg, ein Ziel zu erreichen. Schlicht eine Verleumdung ist jedoch die Behauptung, die Fa. Müller-Milch habe im Westen 'gute Beziehungen' zu den Behörden, die nun auch im Osten eine Rolle spielen würden. In direktem Zusammenhang damit wird mein Name, als des Leiters der Abteilung Markt und Ernährung im sächsischen Landwirtschaftsministerium genannt. Eine derart infame Unterstellung ist mir in meiner bisher nahezu 30jährigen Tätigkeit in der Fachverwaltung des Freistaats Bayern noch nicht untergekommen. Das ist eine unglaubliche persönliche Beleidigung. Daß ich die Firma Müller-Milch wie alle anderen Unternehmen der bayerischen Molkereiwirtschaft seit Jahrzehnten kenne, liegt einzig und allein an meiner langjährigen beruflichen Tätigkeit. Das kann doch wohl nicht ehrenrührig sein (....)" Helmut Gebhard.

Was nach der Beantwortung meines Fragenkataloges durch das sächsische Landwirtschaftsministerium bleibt, ist die Tatsache, daß wohl kaum Betriebe wie Oschatz, Dahlen und andere mit staatlicher Förderung rechnen dürfen. Die Konzentration auf einige wenige Großmolkereien wird nicht nocheinmal überdacht, erscheint dem Ministerium ganz offensichtlich unumgänglich. Die Gewerkschaftssekretärin Hella Meyer aus Leipzig hat für eine solche Entwicklung kein Verständnis. Die Folge dieser ganzen Vorgänge sei, daß die heimischen Molkereien kaputt gemacht würden, und dies mit Zustimmung der eigenen Regierung und der Treuhand, sagt sie. Zu bedauern sei es auch, daß durch solche Konzentrationsprozesse der sowieso schon extrem niedrige Anteil an der Frischmilchversorgung noch weiter zugunsten der H-Milch verändert wird. Daß Firmen wie Müller-Milch jetzt das große Geschäft mit dem Milchhandel auf dem Rücken der Bevölkerung betreiben würden, ärgert die Gewerkschafterin. Aber auch die Frauen vom Oschatzer Betriebsrat sind darüber verärgert. „Am ersten Tag als uns Müller gepachtet hat, als wir noch produziert haben, da fiel plötzlich einfach eine Schicht aus, weil Lastwagen kamen und die Milch abtransportierten", erinnert sich Cornelia Gerlach. „Die Milch geht nach Holland, Frankreich und Italien, soviel ich mitbekommen habe. Und die kleinen Geschäfte bei uns, die gucken in die Röhre. Als wir so Hals über Kopf dicht gemacht haben, da sind plötzlich die Geschäfte sehr schlecht mit Milch beliefert worden. Es waren ja kleinste Läden darunter, die ihre Waren wollten. Doch es gab einfach nichts mehr. Von einem Geschäftsinhaber ist mir bekannt, daß der jetzt jede Nacht um ein Uhr nach Chemnitz fährt, um die Waren herzuschaffen. Früher hat er alles hier gekriegt".

Inzwischen, nach den ersten Veröffentlichungen über das Vorgehen von Müller-Milch in einigen überregionalen Zeitungen, die vorwiegend in Westdeutschland verkauft werden, hat sich auch die Lokalpresse dieser Vorgänge angenommen. Unter der Überschrift „Profit steht über allem!", kommentiert das *Torgauer Tagblatt* am 11.2.92 Müllers Vorgehen wie folgt: „Da war es leicht abzuwarten, bis hiesigen Unternehmen die Luft ausging. Fast zum Nulltarif konnte man dann, wie im Molkereifall, die Unternehmen einkassieren. Die Werkshallen wurden wohlweislich gepachtet, damit sie bei Schließung des Betriebes an andere Nutzung gehen. Daß bei Kündigung von 260 Mitarbeitern Formfehler passieren und das als normal bezeichnet wird, ist schon makaber. Der Mensch spielt bei Müller-Milch überhaupt keine Rolle. Im Mittelpunkt steht der Profit (...)"

Müller-Milch-Mann Jürgen Hagenow hatte zuvor der Zeitung gegenüber eingestanden, daß bei „den Kündigungen einige Formfehler gemacht" worden seien. Und in der *Torgauer Rundschau* wird inzwischen auch der Milchhandel kritisch unter die Lupe genommen. Daß damit derzeit ein gutes Geschäft zu machen ist, hört man überall in Sachsen. Gewerkschaftssekretärin Meyer hat sich einmal über die Gewinnspannen erkundigt, die dabei zu erzielen sind: „Die Bauern bekommen 52 Pfennige, dann wird die Milch weiterverkauft nach Italien, Belgien, Holland oder Frankreich, und da werden dann Preise bis zu 76 Pfennige erzielt. Das ist ein Riesengeschäft". Ob tatsächlich solche Gewinnspannen - also bis zu 76 Pfennige - zu erzielen sind, läßt sich nicht mit letzter Sicherheit in Erfahrung bringen. Aber Frau Meyer sagt, sie hätte diese Angaben mehrfach bestätigt bekommen. Ein Blick auf die Milchmenge, die Müller in Sachsen vertraglich binden will verdeutlicht, welch enorme Gewinne mit dem Milchhandel derzeit zu erzielen sind. Die Milchmenge wurde vom Unternehmen mit 250 Millionen Litern jährlich angegeben. Bereits im Dezember 1991 wurde gemeldet, daß Müller schon 124.000.000 Liter vertraglich gebunden habe.

Da ist es kein Wunder, daß sogar schon spekuliert wird, ob womöglich Müller-Milch überhaupt kein Werk in Sachsen baut, sondern sich vielleicht voll auf den Milchhandel konzentriert. Zumal ja in Dresden die Südmilch AG ein noch größeres Werk als Müller-Milch plant. Rund ein Drittel der insgesamt 1,2 Milliarden Liter Milch, die jährlich in Sachsen anfallen, soll dort künftig erfaßt werden. Die Schwaben sind mit 51 Prozent an der Dresdner Sachsenmilch AG beteiligt. Und sie können womöglich von Dresden aus auch den Raum Leipzig mit veredelten Milchprodukten beliefern, was wiederum für Müller-Milch Konkurrenzprobleme mit sich bringen könnte. Aber ob die Aretsrieder Molkerei tatsächlich gar nicht bauen will, ist fraglich. „Ich habe darüber auch schon nachgedacht, aber ich denke, wenn der so hohe Investitonskostenzuschüsse für einen Neubau bekommt, dann baut der doch auch", sagt die sächsische Landtagsabgeordnete Kornelia Müller zu diesen Spekulationen.

In Sachsen hat Müller-Milch schon deutlich gemacht, was er sich unter Milchhandel vorstellt, auch wenn es innerhalb des Freistaates nicht um solch enorme Gewinnspannen geht, die angeblich mit dem Ausland zu erzielen sind, weil ja auch die Transportkosten und die Kosten für ein „Eindampfen" der Milch entfallen. Der Milchhof in Leipzig hatte bis zur Übernahme der Mittelsächsischen Milchwerke durch Müller-Milch immer seine Milch aus Oschatz bekommen. Durch die Leipziger Molkerei werden täglich 70.000 Schulmilchflaschen an die Schulen im Raum Leipzig, Halle, Merseburg geliefert. Der Milchhof ist also der Schulmilchlieferant im Ballungsgebiet. Völlig überraschend hat dann Müller-Milch dem Milchhof Leipzig die Lieferverträge gekündigt, die Schulmilchversorgung drohte zusammenzubrechen. „Wenn wir nicht einen Ausweg gefunden hätten und nicht die Osterland-Molkerei in Gera (Thüringen) eingesprungen wäre, dann wären wir am 31.12.91 völlig ohne Milch dagestanden", berichtet der Geschäftsführer der Leipziger Molkerei, Peter Johannsen. Sein Kollege Wolfgang Thiemer erinnert sich daran, wie Müller-Milch aus dieser Situation Kapital schlagen wollte: „Wir haben bisher 51 Pfennige für den Liter Milch bezahlt, der Herr Müller wollte von uns plötzlich 60 Pfennige. Das kann die Molkerei unmöglich bezahlen, in Gera bekommen wir den Liter für 54 Pfennige".

Der Milchhof Leipzig ist einer dieser typischen Betriebe, die so gut wie keine Überlebenschancen mehr haben. Ein abgewirtschafteter Riesenkomplex mitten in Leipzig. Es klingt beinahe beschönigend wenn der Geschäftsführer von „dem hohen Verschleißgrad des Betriebes" spricht, so heruntergewirtschaftet sind die Gebäude. Die Aushänge am Schwarzen Brett, sprechen Bände. Beschwörungsformeln von Chancen, die die neue Zusammenarbeit mit Gera mit sich brächte, sind zu lesen. Doch diese Kooperation mit der Molkerei Gera könnte tatsächlich noch so etwas wie ein kleiner Hoffnungsschimmer sein. Als Produktionsstandort kommt Leipzig schon wegen der hygienischen Bedingungen nicht mehr in Frage, das wissen auch die Geschäftsführer. Aber als Auslieferungslager durchaus. Und rund die Hälfte der Bauern, die einst ihre Milch geliefert haben, ließen sich nach den Worten von Peter Johannsen auch nicht durch den besseren Milchpreis von Müller-Milch abwerben.

Der Milchhof Leipzig könnte in Zusammenarbeit mit der Osterland-Molkerei in Gera - so die Vorstellung der Leipziger Geschäftsleitung - auch künftig die Schulmilchversorgung der Region aufrechterhalten. Darüberhinaus könnte der steigende Frischmilchbedarf durch den Betrieb gedeckt werden. Was in Sachen Schulmilch, besser gesagt, Flaschenmilch machbar ist, das hat das Beispiel Leipzig gezeigt. In den neuen Bundesländern ist der Anteil von Frischmilch seit der Wende drastisch gesunken. Der H-Milch-Anteil wird mit rund 80 Prozent angegeben. Immer mehr Molkereien hatten in den vergangenen Jahren ihre Frischmilchproduktion umgestellt auf H-Milch-Herstellung. Da gab es mitunter kuriose Situationen. So wurde beispielsweise von der Molkerei in Riesa die Flaschenmilchabfüllanlage an eine westdeutsche Molkerei verkauft, während Riesa umstellte auf H-Milch-Produktion. „Wir machen genau das alles nocheinmal, was vor zehn Jahren im Westen gemacht wurde", hatte das die Abgeordnete Müller kommentiert.

Doch einer steigenden Zahl von Bürgern in den neuen Bundesländern ist offensichtlich sehr schnell klar geworden, daß die westdeutschen Karton-Verbund-Verpackungen nicht immer das Gelbe vom Ei sind. Die Nachfrage nach Frischmilch in Pfandflaschen steigt inzwischen wieder an, wie wir noch am Beispiel der kleinen Molkerei in Döbeln sehen werden. In Sachen Flaschenmilch wurde auch die Molkerei Leipzig aktiv und zwar auf Drängen einer Schülerinitiative hin. „Es hat sich hier in Leipzig eine Schülerinitiative Schulmilch in Flaschen organisiert, die 1991 sehr wirksam wurde und die hat erreicht, daß innerhalb kurzer Zeit die Schulen den Sprung von 100 Prozent Kartonverpackung auf 50 Prozent Karton und 50 Prozent Flaschen gesteigert oder wieder umgestellt haben", berichtet Peter Johannsen. Dies sei innerhalb von nur drei Monaten geschehen und zwar ohne daß in irgendeiner Form auf die Schulen und das Kaufverhalten Einfluß genommen wurde. Genau dies ist für den Geschäftsführer des Leipziger Milchhofs einer der Punkte, der ihn durchaus noch eine Zukunft für den Betrieb sehen läßt, wie gesagt, in Zusammenarbeit mit der moderneren Molkerei in Gera. Diese ist übrigens nach wie vor in der Hand der einheimischen Bauern, die als Hauptgesellschafter in der GmbH fungieren.

Eine Marktnische, die ihm die Existenz sichern könnte, sieht Johannsen jedoch nicht nur in der Schulmilchproduktion, sondern auch im Frischmilchhandel. „Wir werden als Wettbewerber in der unteren Preisgruppe gehandelt, das ist nun mal so. Aber Müller-Milch hat sicher kein Interesse daran, sich mit normaler Frischmilchproduktion oder der Schulmilch abzugeben, wenn die Firma durch ihre sehr spezialisierten Produkte wesentlich höhere Preise erzielen kann. Darin sehe ich eine Chance auf dem Markt". Der Geschäftsführer bedauert es, daß die Milchwerke Schwaben in Ulm sich nur mit ihrem Markenzeichen „Weideglück" beteiligt haben und nicht auch finanziell. Dieser Investor, sagt Johannsen, wäre ihm lieber gewesen, nicht zuletzt deshalb, weil auch dort in Ulm auf genossenschaftlicher Basis gearbeitet wird. „Die Beratung allein hat einfach nicht ausgereicht, es hätten schon gemeinsame, neue Produktionsstätten sein müssen".

Daß die Konzentration auf drei, vier Großkonzerne nicht unbedingt die einzige Möglichkeit sein muß, Milchwirtschaft in einem Bundesland wie Sachsen zu betreiben, das könnte ein Beispiel aus der Nähe von Dresden zeigen. In der Gemeinde Döbeln und im Umkreis von 200 Kilometern scheint sich ein „Sachsentraum" zu verwirklichen. Als Sachsentraum firmiert die einstige Molkereigenossenschaft Döbeln, heute eine GmbH unter westdeutscher Leitung. Die Molkerei Döbeln ist einer sogenannten Catering-Kette aus Frankfurt angeschlossen und sie produziert in die bereits angesprochene „Marktnische Flaschenmilch" hinein. Das Unternehmen hat von den früheren Alu-Verschlüssen umgestellt auf Twist-Off-Verschlüsse und scheint sich mit dem Mehrweg-Flaschensystem behaupten zu können. Endgültige Aussagen darüber wären freilich weit vorgegriffen, zumal die Sächsische Staatskanzlei der Geschäftsführung Ende Oktober mitgeteilt hat, daß keinerlei Aussicht auf Fördermittel besteht:

„Professor Biedenkopf läßt Ihnen vielmals für Ihr o.g. Schreiben danken (...) Der Aufbau einer leistungsfähigen Verarbeitungs- und Vermarktungsindustrie bildet die Grundlage für einen gesicherten Absatz der bäuerlichen Erzeugnisse und gehört somit zu den wesentlichen Aufgaben innerhalb der sächsischen Agrarpolitik. Dies berücksichtigen auch die Förderprogramme, die jetzt auf dem Agrarsektor im Freistaat Sachsen angelaufen sind (...) Im Bereich der Molkereiwirtschaft ist ein grundsätzlicher Neuaufbau der Betriebe in den fünf neuen Bundesländern notwendig, um eine im EG-Maßstab wettbewerbsfähige Struktur zu erreichen (...) Das nun vorliegende Gutachten (Sektorplanung) wird seitens des Bundesministeriums für Landwirtschaft aus fachlicher Sicht als ausgezeichnete Grundlage für das Förderprogramm „Molkereistruktur" charakterisiert und stellt damit einen verbindlichen Rahmen auch für das Strukturprogramm des Sächsischen Staatsministeriums für Landwirtschaft, Ernährung und Forsten dar. Danach soll der Neubau oder Erweiterungsbau für vier Betriebsstätten und einen Spezialbetrieb erfolgen. Damit sind die Möglichkeiten der finanziellen Förderung erschöpft. Die Inhalte des Strukturprogramms sind vom Agrarausschuß akzeptiert und werden sowohl vom Genossenschaftsverband als auch von den bäuerlichen Berufsvertretungen mitgetragen.

Unter den gegebenen Umständen sieht das Sächsische Staatsministerium für Landwirtschaft, Ernährung und Forsten leider keine Möglichkeit, Ihren Förderantrag zu berücksichtigen.

Auch in Anbetracht Ihrer geplanten Finanzierung schlage ich Ihnen deshalb vor, Ihre zukünftige Entwicklung gemeinsam mit der Sachsenmilch-AG abzustimmen.

Ich bedauere, Ihnen keinen positiveren Bescheid geben zu können und wünsche Ihnen für die Entwicklung der Molkerei Döbeln GmbH viel Erfolg (...)"

So schreibt also der Staatssekretär in der sächsischen Staatskanzlei an den Geschäftsführer der Molkerei Döbeln. Kurt Grübner ist CDU-Mitglied, aber er sagt, er habe sich so über diese kaltschnäuzige Abfuhr und diese Art der Landwirtschaftspolitik geärgert, die nichts mit einer Marktwirtschaft zu tun habe, daß er schon überlegt hat, ob er nicht seinen CDU-Ausweis zerschneiden und an Herrn Biedenkopf schicken solle. Vor allem der Hinweis, er solle sich doch der Südmilch, respektive Sachsenmilch-AG, anschließen ist für Grübner der Gipfel der Unverschämtheit. Der Geschäftsführer ärgert sich darüber, daß von den 2,5 Millionen Mark, die in den früheren Volkseigenen Betrieb (VEB) zur Sanierung gesteckt wurden, „nicht eine müde Mark an Zuschüssen fliest, man sie aber dem Müller und der Südmilch regelrecht nachwirft".

Döbeln ist ein Kleinbetrieb. Nur rund 40.000 Liter Milch werden hier täglich verarbeitet. Nach anfänglichen Schwierigkeiten hat die Molkerei angeblich inzwischen die Hygieneprobleme im Griff. Die Abfüllung von Fruchtsäften und eine Lohnabfüllung für Südmilch sollen künftig zusätzliche Einnahmen bringen. Laut Grübner schreibt Döbeln inzwischen bereits schwarze Zahlen. Ein Großteil der Milch, rund 50.000 Viertel-Liter-Flaschen, verlassen täglich als Schulmilch die Molkerei. Beliefert werden etwas 600 Schulen und Kindergärten. Das sind für sächsische Verhältnisse keine Größenordnungen. Döbeln ist aber, unabhängig davon ob sich das Konzept letzlich bewährt oder nicht, ein Beispiel dafür, daß die Konzentration auf vier Großmolkereien nicht alles ist. Denn die kleine Molkerei bezahlt nach Angaben der Geschäftsleitung einen Spitzenmilchpreis für sächsische Verhältnisse, nämlich 60 Pfennig pro Liter. Entlassungen hat freilich auch Kurt Grübner ausgesprochen, für rund die Hälfte der Beschäftigten. Heute sind noch 72 Frauen und Männer in der Molkerei beschäftigt, wegen der Ausweitung auf 3-Schicht-Betrieb werden noch einige Arbeitsplätze dazu kommen. Geschäftsführer Grübner gibt sich optimistisch, aber er läßt doch auch anklingen, auf welche Weise sein Konzern mit Döbeln ebenfalls ein Geschäft machen könnte: „Wir könnten die Liegenschaften hier verkaufen, oder noch besser, wir lassen sie etwas liegen, bis sie im Preis gestiegen sind, dann haben wir auch unser Geld gemacht".

Die Betriebsräte in der Molkerei Döbeln geben sich verhalten optimistisch. Für die nächsten Jahre, zumindest bis Sachsenmilch im neuen Werk die Produktion aufnimmt und bis Müller-Milch sein

Werk bei Leipzig fertiggestellt hat, sehen sie durchaus Überlebenschancen. Ob es dann weitergeht, hänge davon ab, wie gut es bis dahin gelungen sei, sich mit der Frisch- und Flaschenmilchproduktion im Markt zu behaupten. Was die drei Betriebsräte übereinstimmend tun, ist ein Loblied auf die Milchflasche anzustimmen. „Jahrzehntelang haben wir mit der Milchflasche gelebt. Wir waren damit zufrieden, auch vom Abfall her war das in Ordnung. Wenn Sie jetzt überall diese Plastiktüten sehen, das ist doch Unsinn", sagt die Betriebsratsvorsitzende Margita Winkler. Vom Vitaminaufbau her sei die H-Milch überhaupt nicht mit der Frischmilch zu vergleichen". Ihre Kollegen ärgern sich über das Kaufverhalten ihrer Landsleute. Auch über das Verkaufsgebaren in den Läden. Bei verschiedenen Verkaufsstellenkontrollen hätten sie festgestellt, daß es zum Teil unsinnige Ausmaße und Auswüchse angenommen habe, was die H-Milch angehe. Bei hochsommerlichen 32 Grad, so Albert Krietsch, hätte er einmal gesehen, wie in einem Lebensmittelmarkt die H-Milch im Kühlregal stand, die Frischmilch aber im Verkaufskorb in der prallen Sonne. „Dann wird diese bequeme Palette mit den Einwegpackungen gekauft, und die Frischmilch bleibt stehen".

Das Konzept mit der Flaschenmilchabfüllung halten sie für richtig, auch wenn sie nicht gerade gut auf ihre Geschäftsleitung zu sprechen sind. Viel zu wenig würde der Chef aus dem Westen sie informieren. Von der Fördermittel-Absage der Staatskanzlei haben die Betriebsräte erst durch meine Nachfrage erfahren. „Wir hören das jetzt zum ersten Mal, aber das ist eine Sauerei. Wir sind doch auch ein Versorgungsbetrieb, der die Bevölkerung mit hochwertigen Nahrungsmitteln versorgt. Ist das die freie Marktwirtschaft?"

Diese Frage wird zur Zeit nicht nur in Sachsen diskutiert. Und sie hat auch nur bedingt mit Müller-Milch zu tun. Viel mehr ist es nicht auszuschließen, daß sich an diesen Beispielen etwas andeutet, was der gesamten deutschen Landwirtschaft in Zukunft ein völlig neues Gesicht geben könnte, und das hängt unmittelbar mit dem Aufbau einer leistungsfähigen Landwirtschaft in Ostdeutschland zusammen. Die *tageszeitung* hat anlässlich der Grünen Woche 1992 getitelt:

„Ost-Bauern kommen langsam, aber gewaltig". Das was in diesem Beitrag angedeutet ist, könnte schon bald Realität sein. Und der Milchmarkt in Sachsen ist womöglich eine Art Testlauf. Noch kämpft die Landwirtschaft in den neuen Bundesländern ums Überleben, noch klatschen sich selbstzufrieden manche westdeutsche Landwirte auf die Schenkel. Scheinbar unüberwindbar die Probleme der Kollegen drüben, wo gerade die letzten LPG's (Landwirtschaftlichen Produktions Genossenschaften) privatisiert wurden.

Wem freilich noch die Ohren klingeln, wegen der extrem großen Gülleprobleme, die herrühren von den riesigen Betriebsgrößen; wer die Arbeitsplatzentwicklung in der ostdeutschen Landwirtschaft betrachtet, wo von einstmals 840.000 Beschäftigten gerade noch knapp 300.000 übrig geblieben sind, Tendenz sinkend, der mag noch glauben, die bäuerliche Welt in Westdeutschland sei doch eigentlich noch ganz in Ordnung. Was aber würde es für die Landwirtschaft bedeuten, wenn in nicht mehr allzu ferner Zeit die einstigen LPG's als sanierte landwirtschaftliche Großbetriebe, für einen neuen EG-Binnenmarkt gerüstet, ganz neue Formen der landwirtschaftlichen Produktion vorexerzieren.

Das mag Spekulation sein, aber wenn man einen Blick auf die Betriebsgrößen der milchverarbeitenden Betriebe in den alten und den neuen Bundesländern wirft, werden die Dimensionen deutlich, in denen womöglich in gar nicht allzu ferner Zukunft produziert und gedacht wird. Nehmen wir zunächst einmal das Beispiel Bayern - Schleswig Holstein. In Bayern gibt es 119.000 Kuhhalter, die insgesamt 1,8 Millionen Milchkühe ihr eigen nennen. Das ergibt einen Durchschnitt von 14,3 Kühen pro Halter. In Schleswig Holstein, wo für westdeutsche Verhältnisse die Betriebsgrößen überdurchschnittlich hoch sind, entfallen auf 13.800 Kuhhalter insgesamt 472.000 Milchkühe. Das ergibt einen Schnitt von 34,8 Kühen pro Halter.

In Brandenburg liegt die durchschnittliche Zahl der Kühe pro Betrieb bei 624 und in Sachsen gar bei 705. Es gibt dort 34 Betriebe mit mehr als 2.000 Kühen, einstmals „Einheiten" genannt.

Werden das die Betriebsgrößen der Zukunft? Oder wird deutlich zurückgefahren, verkleinert. Wenn ja, ist das überhaupt in einem Maß denkbar, das unseren heutigen Größenvorstellungen entspricht, oder ist eine solche Entwicklung, nämlich das Zurückfahren auf überschaubare Größen, gar nicht gewünscht? Es gehört nicht sonderlich viel Phantasie dazu, sich auszumalen, wie sich die Milchwirtschaft und der Milchpreis in Sachsen entwickeln werden, wenn künftig nur noch drei, vier Molkereien in diesem Bundesland existieren; wenn Firmen wie Müller-Milch das Sagen haben, ihre Vorstellungen womöglich diktieren können. Den Bauern in Ostdeutschland dann die Schuld in die Schuhe zu schieben, wäre sicherlich der einfache und falsche Weg. Denn an dem Beispiel der Milchwirtschaft in Sachsen wird deutlich, daß es ein gemeinsames Förderprogramm von EG, Bund und Ländern ist, das hier umgesetzt wird; ein Programm, das viele Fragen offen läßt und sicherlich nicht mit einem kurzfristigen Lockangebot eines höheren Milchpreises erklärt werden kann. Ein Beispiel aus Brandenburg zeigt, daß die Erwartungen, privatisierte einstige LPG's würden verkleinert, durchaus täuschen kann. In Kremmen, so berichtet die *taz*, herrschen bereits amerikanische Verhältnisse. Ein einziger Betrieb, als GmbH von insgesamt 72 Gesellschaftern geführt, von denen jeder 1.500 Mark als Anteil eingebracht hat, produziert jährlich mit 1.250 Milchkühen fast 10 Millionen Liter Milch. Insgesamt beziffert die Großfarm die Zahl ihrer Rinder auf knapp 3.000, dazu kommen noch 1.000 Schweine. Hält man sich dann noch die Vorstellungen des DLG-Präsidenten vor Augen, dem eine Senkung der Milchpreise, der Fleisch- und Getreidepreise, durch eine Senkung der anteiligen Lohnkosten und mehr Einsatz von Technik vorschwebt, dann bekommen plötzlich die Forderungen der Agrar-Opposition eine ganz andere Bedeutung. Dann nämlich klingt es plötzlich recht plausibel, wenn der Erhalt des bäuerlichen Betriebes gefordert wird. Oder, um es auf den aktuellen Fall der Milchwirtschaft in Sachsen zu übertragen, der Erhalt der kleinen Molkereien neben den Großen der Branche.

In welchen Dimensionen Firmen wie Müller-Milch denken und planen, wird vielleicht auch daran deutlich, daß parallel zu den

Aktivitäten in Sachsen auch in Großbritannien ein großes Werk errichtet wird, und zwar in der Gegend zwischen Manchester und Birmingham. Damit will Müller der starken Nachfrage auf dem englischen Markt gerecht werden. Stolze 15 Prozent Marktanteil bei Joghurt hält die schwäbische Molkerei inzwischen auf der Insel. 1990 wurden rund 200 Millionen Becher Müller-Produkte dort verkauft. Die Kapazität des neuen Werkes plant Müller-Milch mit 400 Millionen Becher Jahresproduktion. Absatzchancen rechnet sich das Unternehmen auch in Spanien, Frankreich und Italien aus. Sogar mit Amerika und der Sowjetunion gibt es bereits erste Kontakte für Gemeinschaftsprojekte, meldete die *Süddeutsche Zeitung* im April 1991.

Mit der Flasche auf Erfolgskurs: Molkerei Döbeln

Kapitel 12

IMMER DIE ANDEREN

Warum bleibt Müller stur?

„Warum reagiert der Müller so stur?", bin ich in den vergangenen Monaten oft gefragt worden. Und es war auch schon vereinzelt zu hören: „Der setzt doch seine ganze Firma aufs Spiel, so wie der um sich schlägt". Diese Reaktion war gerade in der Zeit zu hören, als Theo Müller und sein Geschäftsführer Schützner plötzlich auch über Innenminister, Landratsamt und vor allem Umweltminister Gauweiler herzogen. „Sind denn immer nur die anderen schuld", fragten Leute, die zunächst durchaus auch eine „Kampagne des Abgeordneten Kamm" für möglich gehalten hatten. Als jedoch die Angriffe von Müller gegen Kamm immer härter wurden, vor allem nachdem die Millionen-Klage bekannt geworden war, da - scheint mir - schlug die Meinung gehörig um.

Das ist ja auch im Dorf zu sehen. Viel eher sind heute die Leute bereit, sich hinzustellen und zu sagen, was sie stört. Der mächtige Theobald Müller hat offensichtlich bereits deutlich etwas von seiner Machtfülle eingebüßt. Irgendwie wurde sehr schnell registriert, daß „der vielleicht doch nicht mehr alles darf, so wie früher". Das ist vermutlich auch der springende Punkt, daß Müller nicht erkannt hat, daß die Zeiten vorbei sind, in denen es geradezu üblich war, lästige Regelungen und Bestimmungen dadurch zu lösen, daß man sie einfach ignoriert. Die Firma ist in die Schlagzeilen gekommen und hat an Image eingebüßt, weil sie in einer unglaublichen Ignoranz die Belange von Nachbarn übersieht, sich nicht um Auflagen kümmert, die bei „den kleinen Leuten" rigoros angewendet werden.

Es gibt natürlich viele Überlegungen, wie man wohl an Müller's Stelle am besten reagieren sollte auf die für ihn ja durchaus unerfreuliche Entwicklung. Patentrezepte dafür zu nennen, wäre anmaßend. Aber es war beispielsweise in der Kläranlagen-Geschichte, beim Streit um den Millionen-Zuschuß der Gemeinde, deutlich zu spüren, was die Leute erwartet hätten. Gerade an diesem Abend bei der CSU-Podiumsdiskussion, als Müller-Geschäftsführer Gerhard Schützner Asche auf sein Haupt gestreut hatte, als er zugegeben hatte, daß viele Fehler gemacht worden seien von der Firma. Da hatten eigentlich viele im Saal erwartet, daß er sagt: „Gut, wir haben Fehler gemacht. Wir haben auch nicht gleich und nicht richtig auf die Kritik reagiert. Um zu zeigen, daß es der Firma Müller um ein gutes Verhältnis zu den Bürgern geht, werden wir zugunsten der Gemeinde und der Bürger von Fischach und Aretsried auf die uns zustehende Abfindung in Höhe von 2 Millionen Mark verzichten".

Dieser Schritt blieb aus. Den Lippenbekenntnissen folgten keine Taten. Statt dessen kurze Zeit später erneut die Meldung, wegen Schwarzbauten an der Kläranlage mußte das Landratsamt die Bauarbeiten einstellen. Dann die Sache mit dem Abluftkamin, der einfach nicht gebaut wurde. Soetwas muß einfach die Leute ärgern. Das ist nicht mehr stur, stur im bayerischen Sinn, wofür die Menschen hier ja viel Verständnis haben.

Wenn man dann auch noch sieht, wie Müller-Milch in Ostdeutschland agiert, welche Firmenpolitik in Brandenburg und Sachsen betrieben wird, dann stellt sich die Frage, ob dieser Betrieb überhaupt gewillt ist, umzudenken.

Warum stellt Müller nicht einen ökologisch versierten Berater ein? Warum wird nicht ein Stufenplan entwickelt, wie von der Plastikverpackung schrittweise auf Glas-Mehrweg-System umgestellt werden kann. Das alles könnte dann auch noch werbeträchtig präsentiert werden - und von Werbung versteht die Firma ja was. Es bedürfte keiner Boykottaufrufe und keiner immer neuen Negativschlagzeilen. Denn die Firma Müller müßte doch in all den Jahren deutlicher als alle anderen gesehen haben, daß ihr die heute so verhaßte Presse nicht negativ gegenübersteht. Wie oft wurde mit großer Bewunderung über die Firma und ihre Werbegags berichtet. Ich kann mich selbst noch gut daran erinnern, wie ich mit der Recherche begann. Ganz am

Anfang, da war die Bewunderung für die wirtschaftlichen Leistungen enorm groß. Die Bewunderung schlug freilich nach und nach in Verwunderung, schließlich sogar in ungläubiges Kopfschütteln und Unverständnis um, als ich sah, wie kaltschnäuzig alle Kritik unter den Tisch gekehrt wurde.

Nicht die Kritiker, nicht der Kamm, der Gauweiler, der Stoiber oder die Journalisten sind schuld daran, wenn Müller heute in Schwierigkeiten kommt, sondern das Unternehmen selbst! Wieso zig Millionen Mark für Boris Becker und Co. ausgeben und dann an den nötigen Umweltschutzmaßnahmen sparen? Und warum nicht nachdenken über eine dezentrale Produktion, wie das Coca Cola beispielsweise mit großem Erfolg macht. Vielleicht wäre es sinnvoll, einmal zu überlegen, ob enorm große Werke an einem zentralen Ort der einzig gangbare Weg sind, oder ob es nicht möglich wäre, dezentral abzufüllen und beim Vertrieb dann Abermillionen von LKW-Kilometer der Umwelt und der eigenen Sprit-Kasse zu ersparen. Es gäbe wohl eine ganze Reihe von Ideen, von Möglichkeiten, das ramponierte Image wieder aufzupolieren. Mit ihren merkwürdigen Methoden wird das die Firma Müller-Milch gewiß nicht (mehr) schaffen. Dabei könnte gerade sie, die ja vor nicht allzu langer Zeit als eine Art bundesdeutscher Musterbetrieb dastand, sogar so etwas wie eine Vorreiterrolle für andere Betriebe übernehmen, könnte sie gerade in den neuen Bundesländern zeigen, daß wirtschaftlicher Erfolg nicht unbedingt zu Lasten der Menschen und der Umwelt gehen muß. Denn wann ist das leichter als in Phasen der Expansion. Wenn sowieso Riesensummen investiert werden, warum dann nicht gleich vernünftig, noch dazu wenn es so großzügige Zuschüsse gibt. Und das - das könnte, wie gesagt, dann ja durchaus in einer Marktwirtschaft werbemäßig wieder geschickt ausgeschlachtet werden.

Nachwort von Dr. Wilhem Schmid:

MILCH UND MACHT

Worum es bei der Milchgeschichte aus Bayern geht

Man muß das mal gesehen haben. Wer den Betrieb in Aretsried besichtigt, staunt nicht schlecht über den Grad an Perfektion, mit dem da die Milch-Maschine läuft, um am Schluß wohlschmeckende Produkte auszuspucken.

Perfektion, Präzision, Effizenz - Eigenschaften, die man nur bewundern kann.

Aber schon bald gilt das ungläubige Staunen auch der Hartnäckigkeit, mit der bestehende Probleme geleugnet werden; der Schnelligkeit, mit der etwas zurückgewiesen wird, bevor es überhaupt ausgesprochen ist. Steht das nicht in eklatantem Gegensatz zu der Maschine, bei der man schlicht an alles gedacht hat? Müßte die Firma nicht ein Interesse daran haben, Kritik sofort aufzunehmen und im Sinne der Effizienz in einen verbesserten Produktionsablauf umsetzen?

Es geht darum, wie hier gewirtschaftet wird. Es ist wahr, daß jeder Wohlstand in unserer Gesellschaft aus dem Kapital resultiert, das erwirtschaftet wird. Aber auch der Ruin kann daraus resultieren, wenn wir blind sind für die Konsequenz, die das Wirtschaften haben kann. Nicht von ungefähr erlegten die Verfassungsväter bei der Gründung der Bundesrepublik nach dem Zweiten Weltkrieg den Eigentümern die Sozialbindung auf: Die ruinösen Konsequenzen eines rücksichtslosen Kapitalismus waren offenbar geworden.

Heute muß die Ökologiebindung hinzukommen. Beziehungsweise es muß darum gehen, die Sozialbindung des Eigentums auch als eine Ökologiebindung zu verstehen. Es geht nicht an, daß einige Eigentümer in einer Art und Weise wirtschaften, die die Lebensgrundlagen der Gesellschaft ruiniert. Das aber ist der Fall, wenn einer beispielsweise dazu übergeht, Tiefengrundwasser abzusaugen und auf diese Weise Wasser-Vampir spielt, nur um seine Produktion ins Astronomische zu steigern.

Eigentlich sollte man erwarten, daß ein Unternehmer selbst ein Interesse daran hat, die Lebensgrundlagen nicht zu gefährden, auf denen alles beruht - da es doch auch die Grundlagen seines Wirtschaftens sind: In einer verwüsteten Welt wird der keine Geschäfte mehr machen. Aber so weit reicht der Horizont meist nicht. Daraus resultiert die Pflicht der kritischen Öffentlichkeit, den Finger auf die Wunde zu legen, Probleme ans Licht zu bringen und geltendes Recht einzuklagen.

Was Recht ist (also geltendes Gesetz) und was rechtens ist (also gesellschaftlich gültig), muß dabei immer wieder im Einzelfall durchdiskutiert und durchgestanden werden. Die Firma Müller-Milch hat sich aufgrund extrem ablehnender Reaktionen nach ersten Vorhaltungen selbst für eine solche Klärung ins Gespräch gebracht. Dafür muß man ihr eigentlich dankbar sein. Es geht nun darum zu klären, daß das Wirtschaften nicht in einem rechtsfreien Raum, sondern in einem besonders rechtssensiblen Raum stattfindet. Gesetzliche Regelungen wie etwa Baugenehmigungsverfahren sind vielleicht lästig, aber sie tragen dem Interesse der Gesellschaft Rechnung, bei solchen Entscheidungen mitzureden, soweit sie mitbetroffen ist. Wenn so ein Verfahren gleich serienweise umgangen wird, darf man darin das Zeugnis für eine autistische Geisteshaltung sehen, bei der ein Einzelner die Interessen Anderer gar nicht mehr wahrnimmt. Alles Müller - oder was?

Der Fall ist interessant für eine Momentaufnahme unserer Gesellschaft. Daß einer „alles kauft, was er will" - was heißt das für das Leben in der Gesellschaft? Man kann an diesem Beispiel studieren,, wie es um uns steht, welche Fäden von welchen Personen gezogen werden, was ihre Beweggründe sind, welche Haltungen und Verhaltensweisen ihnen eigen sind. Wenn man wissen will, wie die Wirklichkeit im Alltag hergestellt wird, muß man sich an einen dieser beinahe beliebigen Kreuzungspunkte begeben und die Augen ein wenig offenhalten. Am Schreibtisch lernt man nichts.

Das Funktionieren von Machtverhältnissen läßt sich hier studieren. Ein Oberstaatsanwalt hält sich zugute, daß er mit dem Firmenchef, der dubioser Praktiken beschuldigt wird, „schon oft kooperiert habe". Ein Landrat macht sich Sorgen um die Milch, die verkauft werden muß, koste es was es wolle. Aber da ist auch ein Bürgermeister, der neben den Interessen des großen Steuerzahlers auch die der vielen Kleinen im Auge behält. Ferner ein Umweltminister (Bayern), der den Braten riecht, und ein Umweltminister (Bund), der zunächst keinen rechten Bock hat, sich auch noch mit diesen Details der Umweltpolitik zu befassen. Und schließlich eine Staatspartei, die es dem Beschuldigten vielleicht nie verziehen hat, seine Bereitschaft zu einer Spende für die „Republikaner" erklärt zu haben. Aus einer solchen Gemengelage heraus entsteht Politik. Man staunt darüber, wie gekonnt und banal zugleich das alles abläuft, wie professionell und wie albern.

Mit dem Raum der Politik überschneidet sich der Raum der Medien. Man lernt, welch ein glänzendes Bild sich mit Hilfe der Medien, mittels Werbung, erzeugen läßt. Allgäu in Hollywood, es ist zu komisch. Es soll nicht bestritten werden, daß es legitim ist, getürkte Medienbilder zu erzeugen, aber es ist auch legitim, dahinterzuschauen und zu verfolgen, wie mühelos in diesem Raum und im Raum der Macht gelogen wird; wie erfolgreich versucht wird, die Wirklichkeit, und damit auch die Wahl, die die Individuen in ihr treffen, zu manipulieren. Die Öffentlichkeit der Medien ist zweischneidig: Öffentlichkeit kann Aufklärung heißen. Aber sie kann auch Manipulation heißen. In jedem Fall ist sie eine schwer kalkulierbare, machtvolle Größe. Wie sehr sie gefürchtet wird, lässt sich schon an der Panik ablesen, die manch einen bei laufendem Tonband befällt: - „Schalten Sie das Band ab!"

Sowohl die politische Macht als auch die Medienmacht ist nichts anderes als das Theater, das sich vor einem Publikum abspielt: „Die

Anderen", die zusehen, sind immer da. Was ist, wenn einer glaubt, auf sie verzichten zu können? Was ist, wenn bei einem die Sensibilität gegenüber den Anderen schwindet? Das aber ist der Fall, wenn ihm die Probleme von einfachen, alteingesessenen Dorfbewohnern nur noch als eine zu vernachlässigende Größe erscheinen. Dabei verlangen sie nichts weiter, als „auch ein wenig mitleben" zu können. Für den Herrn der Milch und seine Mandarine aber sind, wenn es Schwierigkeiten gibt, die Anderen schuld. Die Anderen schmieden ein Komplott gegen ihn, und da muß man sich der Dienste der Kriminalpolizei versichern, um sie zu terrorisieren. Ist es ein Zufall, daß er dem winzigen Ort Aretsried verhaftet bleibt? Kann er das Dorf nicht in Ruhe lassen? Kann er nicht. Nur an einem kleinen Ort hat er großen Einfluß, das ist seine „Philosophie". Anderswo ist er nur einer unter vielen.

Einzelne Individuen sind es nun, die couragiert danach fragen, wie es sich in Wahrheit verhält: Der Bürger, der Abgeordnete, der Journalist. Sie bedienen sich der freimütigen Äußerung, der parlamentarischen Anfrage, der systematischen Recherche: Instrumente, um die Wahrheit ans Licht zu bringen und jedenfalls sich nicht gleichgültig zu verhalten gegenüber den Zuständen der Welt, in der wir leben; sich nicht abzufinden mit der Wirklichkeit, die uns vorgegaukelt wird, sondern nachzufragen und öffentlich darüber zu sprechen. Das sind die Elemente der kritischen Öffentlichkeit, ohne die eine freiheitliche Gesellschaft nicht bestehen kann. Aber um diese kritische Öffentlichkeit muß gefürchtet werden, insbesondere in Ostdeutschland, wo es sie nicht gab und noch immer nicht gibt, und wo die „Manieren von Kolonialherren" um sich greifen, als deren willfähige Helfer sich sogar Beamte in Ministerien verstehen. Da kommt es zu himmelschreienden Praktiken im Verbund mit der jeweils herrschenden Partei - dahin kommt es nämlich, wenn die kontrollierende Macht der kritischen Öffentlichkeit fehlt. Sizilien in Sachsen. Da kann einem ganz schlecht werden.

Aber der Bürger, der Abgeordnete, der Journalist sind nicht die einzigen Individuen, die dazwischentreten können. Das können auch die vielen Individuen, die bewußt ihre Wahl treffen: Diejenigen, die jeden Tag ins Kühlregal greifen. Das ist nämlich das andere Ende der Geschichte von Milch und Macht. Daß auch der erfolgsgewohnte Unternehmer, der sich so mächtig wähnt, um diese winzige Wahl bangen muß, die jeder Einzelne für sich trifft, das kennzeichnet die demokratische Gesellschaft. Man kann sich also sicher sein, daß er bald den Milch-Wahlkampf um die Entscheidung am Kühlregal eröffnen wird. Die Frage ist nur, mit welchen Mitteln. Mit den Mitteln der Macht? Oder mit den Mitteln der Werbung? Oder mit echten Veränderungen bei sich selbst?

Wilhelm Schmid

DOKUMENTATION

Auszugsweiser Abdruck des nichtredigierten Protokolls der 36. Sitzung des
SÄCHSISCHEN LANDTAGS

Meine Damen und Herren, ich rufe auf den Tagesordnungspunkt 4:
Zukunft der milchverarbeitenden Betriebe in Sachsen

Drucksache 1/912 Große Anfrage der Fraktion Bündnis 90/Grüne und der SPD mit Antwort der Staatsregierung.

Das Präsidium hat auch hier eine Redezeit von fünf Minuten je Fraktion festgelegt. Es sprechen in der genannten Reihenfolge die Staatsregierung, die Fraktion Bündnis 90/Grüne, die SPD, F.D.P., Linke Liste/PDS und CDU. Danach ist dann noch das Schlußwort für die Fraktionen Bündnis 90/Grüne und SPD vorgesehen.

Ich bitte Herrn Staatsminister Jähnichen, das Wort zu nehmen.

Dr. Jähnichen, Staatsminister für Landwirtschaft, Ernährung und Forsten: Sehr geehrter Herr Präsident! Sehr geehrter Herr Ministerpräsident! Meine Damen und Herren! Der Umstrukturierungsprozeß in der milchverarbeitenden Industrie zieht sich nun schon ein Jahr hin, ohne daß wir von einem Endergebnis sprechen können. Wir hatten zu DDR-Zeiten im Territorium von Sachsen 73 Betriebe der milchverarbeitenden Industrie. Mit einer Ausnahme stammten sie alle aus der Zeit vor dem ersten Weltkrieg. Zur Zeit wird noch in 21 Betrieben produziert. Kaum eine dieser Molkereien ist aus betriebswirtschaftlicher Sicht in einer Marktwirtschaft überlebensfähig. Der völlig desolate Zustand dieser Betriebe hat in den vergangenen Monaten außerordentlich negative Auswirkungen auf die Wettbewerbsfähigkeit gehabt - nicht nur beim Absatz von Molkereierzeugnissen sondern über den Auszahlungspreis für Milch auch auf die Primärproduzenten, also auf die Landwirte.

Parallel zur befristeten Rekonstruktion eines Teils dieser Molkereien ist der zeitaufwendige Aufbau einer völlig neuen Molkereistruktur in einer nach europäischen Maßstäben wettbewerbsfähigen Größenordnung und Ausrüstung unbedingt erforderlich. Auf der Grundlage eines vom Bundesministerium in Auftrag gegebenen Gutachtens hat die Staatsregierung ein Konzept erarbeitet, das am 25. Juni vorigen Jahres im Ausschuß für Landwirtschaft, Ernährung und Forsten des Sächsischen Landtages beraten worden ist. Für diese Maßnahmen werden seitens des Europäischen Gemeinschaft und auch der Bundesregierung Mittel bereitgestellt, die in einem Strukturplan verankert sind. Die Gelder dürfen aber ebenso wie die Landesmittel nur eingesetzt werden, wenn die Wirtschaftlichkeit der Maßnahmen nachgewiesen wird und die Unternehmenskonzeption erwarten läßt, daß die Betriebe auch in Zukunft im gemeinsamen europäischen Binnenmarkt wettbewerbsfähig sind.

Die Strukturen, die in Sachsen geschaffen werden, kommen deshalb diesen Vorstellungen sehr entgegen. Es sind keine Monopolstrukturen. Zur Zeit sind vier verschiedene Investoren hinter den größeren Molkereien um zukunftsträchtige Lösungen bemüht. Die Kapazitäten dieser Molkereien sind zwar im Vergleich zu den früher vorhandenen relativ groß, aber im europäischen Wettbewerb gerade einmal als Mittelstand zu bezeichnen. Wir haben in den alten Bundesländern und in den westeuropäischen Staaten Molkereien, die um ein Vielfaches, um ein Drei- bis Vierfaches größer sind.

Unser Vorteil wird auch sein, daß hier in Sachsen modernste Technik zum Einsatz kommen wird und damit auch höchste Qualität und verbrauchergerechte Sortimente erzeugt werden können. Gerade auch deshalb beschränken wir uns bei der Förderung nicht nur auf klassische Produkte sondern unterstützen darüber hinaus besonders auch neue Produkte und Spezialitäten.

Unter diesen Gesichtspunkten hält die Staatsregierung vier bis sechs Betriebsstätten für wünschenswert, dazu noch einmal etwa die gleiche Zahl von Spezialitätenbetrieben. Das ist der gegenwärtige Stand, wie er in diesem Strukturgutachten vorhanden ist.

Gegenwärtig liegen von fünf Unternehmen Konzeptionen und Förderanträge für Molkerei-Neubauten vor. Diese Anträge können nach Vervollständigung der Unterlagen auch nach Brüssel weitergeleitet werden. Ein Antrag, der Antrag von Sachsen-Milch AG, ist bereits bewilligt.

Die Milcherzeuger haben sich selbst für die Investoren mit den besten Konzepten entschieden, und es wird von den Bauern immer wieder bestätigt, daß diese selbst getroffenen Entscheidungen der richtige Weg sind. - Entscheidungen, die die Erzeugerverbände, die in den Molkereigenossenschaften zusammengeschlossenen Bauern getroffen haben. Wir sollten diesen Entscheidungsprozeß fördern, aber aus demokratischer Haltung heraus auch so akzeptieren. Damit ist neben einer effektiven Milchverarbeitung der Zukunft auch ein gesunder Wettbewerb vorhanden, der sich vor allem auf die Milchauszahlungspreise und damit positiv auf die Entwicklung und das Fortbestehen der Milcherzeuger selbst auswirken wird.

Gegenwärtig haben wir bezüglich der Milchauszahlungspeise wieder relativ einheitliche Verhältnisse erreicht. Basiswerte zwischen 54 und 55,5 Pfennig werden zur Zeit an die Erzeuger ausgezahlt. Das war noch vor kurzem nicht so. Eine ganze Reihe Molkereien und Geschäftsführer von solchen alten Molkereien vertraten Auffassungen, daß sie sehr wohl in der Lage seien, einen eigenständigen Weg in der Marktwirtschaft zu gehen. Überall dort, wo die gutgemeinten Ratschläge ignoriert worden sind, haben wir es inzwischen mit konkursgefährdeten Betrieben oder mit Konkursen zu tun - Konkursen, die immer zu Lasten der Erzeuger gehen und deren Schulden letztlich die Bauern bezahlen müssen. Die jetzt vorhandenen Preise sind immer noch deutlich unter dem Niveau in den alten Bundesländern, aber sie sind auch deutlich über dem Stand, wie wir ihn Mitte vorigen Jahres hatten. Es ist leider oft so, daß erst dann, wenn in diesen alten Molkereien das Kind im Brunnen liegt, Hilfe erbeten wird.

Es kann aber eingeschätzt werden, daß wir bei der Entwicklung der zukünftigen Molkereistruktur in den vergangenen Monaten ein großes Stück vorangekommen sind. Wir werden auch weiterhin alles daran setzen, daß die vorliegenden Konzeptionen mit aller Konsequenz umgesetzt werden. Deshalb ist der vorliegende Antrag der Fraktion Bündnis 90/Grüne, Drucksache 1/1325, für mich außerordentlich verwunderlich, und zwar aus zwei Gründen:

Zunächst verlangt er von der Staatsregierung, daß sie Handlungen vornimmt, die mit denen der staatsmonopolistischen Wirtschaft zu DDR-Zeiten vergleichbar sind, und zweitens gehen sie von Begründungen aus, die außerordentlich fragwürdig und zum Teil falsch sind.

Es ist eine Tatsache, daß der Produktionsstandort Mittelsachsen für die Milchverarbeitung erhalten bleibt und erhalten ist.

(vereinzelt Beifall bei der CDU)

Entlassungen kann aber kein Unternehmen vermeiden, wenn es zur Sicherung der Rentabilität notwendig ist. Die Konzeptionen, die in Mittelsachsen umgesetzt werden, werden zusammen mit den Bauern verwirklicht.

(Beifall bei der CDU)

Wir können aber auf diesem Sektor keine Museumslandwirtschaft betreiben. Ideologie als Wirtschaftskonzept taugt nicht - das haben wir gerade in der Vergangenheit erlebt, und wir sollten uns hüten, in alte Fehler zurückzuverfallen.

(Beifall bei der CDU)

Wer das will, der soll es aber auch selbst bezahlen. Steuergelder sollten dafür nach meiner Überzeugung nicht eingesetzt werden.

(Beifall bei der CDU)

Präsident Iltgen: Danke schön. Ich bitte jetzt den Vertreter von Bündnis 90/Grüne zu sprechen. Frau Müller, bitte.

Frau Müller, Bündnis 90/Grüne: Herr Präsident! Sehr geehrte Anwesende! Ich möchte die Gelegenheit nehmen, im Besucherraum fünf kürzlich entlassene Beschäftigte der Mittelsächsischen Milchwerke zu begrüßen.

Präsident Iltgen: Frau Müller, das steht Ihnen nicht zu; ich muß Sie korrigieren.

(Beifall bei der CDU)

Frau Müller, Bündnis 90/ Grüne: Entschuldigung,- Bereits im Sommer vorigen Jahres kritisierte ich hier an dieser Stelle das geplante Rasterförderungs-Programm der Sächsischen Staatsregierung. Die Staatsregierung informierte im Juni vorigen Jahres den Landwirtschaftsausschuß darüber, daß sie vorhat, die Errichtung von vier Großmolkereien und einer Spezialitätenkäserei massiv zu fördern. Die Standorte wurden uns damals bereits gezeigt, und als wir dann nach den anderen Molkereien fragten, die es ja in Sachsen damals noch in einer Größenordnung von 39 gab, hatte man vor, diese im Prinzip leer ausgehen zu lassen.

Wir meinen, das hat viel eher mit einer zentralistisch geplanten Wirtschaft zu tun, als es unseren Vorstellungen entspricht. Wir forderten damals eine Vergabe von Fördermitteln an Molkereien, die ökonomisch sinnvolle sowie sozial und ökologisch tragfähige Unternehmenskonzepte vorlegen konnten. Von diesen und nicht von Größe oder Standort eines Unternehmens werden tatsächlich die Milchauszahlungspreise einer Molkerei an die Bauern abhängig sein.

Herr Dr. Jähnichen, Sie sagten, große Strukturen arbeiten am effektivsten und erzielen die höchsten Preise für die Milch. Das ist ja unser aller Interesse. Aber die Erfahrung der Altbundesländer zeigt, daß die Länder mit der höchsten Molkereikonzentration, das sind Niedersachsen und Schleswig-Holstein, die niedrigsten Milchauszahlungspreise haben.

Die Monopolisierung der Milchverarbeitung beeinträchtigt den Markt, führt zu Preisabsprachen und treibt die Landwirtschaft in immer größere Abhängigkeit zur Lebensmittel-Industrie. Wir meinen, das darf nicht Ziel sächsischer Landwirtschaftspolitik sein, und darüber hinaus wird das Sortiment für die Verbraucher zunehmend eingeschränkt. Unsere Vorschläge wurden damals abgelehnt, und ich möchte Ihnen kurz schildern, wie sich nunmehr die Situation in Mittelsachsen darstellt.

Am 15.11.1991 pachtete die Firma Müllermilch die Mittelsächsischen Milchwerke. Parallel dazu wurden die Milchlieferanten vertraglich an die Firma Müllermilch gebunden. 14 Tage später folgte dann die Massenentlassung von 250 Beschäftigten, zumeist Frauen, in einer Region mit der zweithöchsten Arbeitslosenrate in Sachsen.

Für die Firma Müllermilch ist jetzt der Verkauf sächsischer Milch nach Italien, Frankreich und Holland zur Weiterverarbeitung profitabler als der Erhalt der Arbeitsplätze in den Mittelsächsischen Milchwerken. Die Gewerkschafter der Gewerkschaft Nahrung, Genuß, Gaststätten machen dazu eine einfache Rechnung auf: 55% an die Erzeuger, davon gehen 3,5 Pfennige ab an die Genossenschaft und 76 Pfennige pro Liter Milch beim Weiterverkauf an Holland, Italien und Frankreich macht einen sehr guten Verdienst dafür, daß man die Milch quer durch Europa transportiert. Den Leipziger Milchwerken bot er die Milch für 60 Pfennige an, das macht dann noch die Handelsspanne von 5 Pfennigen. Diese konnten allerdings den Preis nicht zahlen und kaufen jetzt die Milch für 55 Pfennige in Thüringen an. Doch wir meinen, die Firma Müllermilch ist nicht nur ein Investor - ich meine, wir haben Marktwirtschaft, da kann sowas notwendig werden - sondern sie ist Anwärter auf ca. 70 Millionen DM Fördergelder von Sachsen, und wir meinen, wenn Sachsen soviel Geld für eine Molkerei ausgibt, dann kann sie auch bestimmte Bedingungen stellen.

(Beifall bei der SPD und vereinzelt bei der F.D.P.)

Auch die beiden Firmen, die in Sachsen noch Flaschenmilch produzieren - Entschuldigung, es sind inzwischen mehrere Firmen - , sollten bei diesem Förderprogramm berücksichtigt werden. Der Molkerei Döbeln zum Beispiel, die ebenfalls einen Förderantrag stellte - und die diese schönen Flaschen macht; „Sachsentraum", sie werden Ihnen sicherlich schon einmal aufgefallen sein - , teilte das Landwirtschaftsministerium mit, sie möge wenn sie Fördermittel haben wolle, bitte schön ihre Entwicklung mit der Sachsenmilch AG abstimmen. Das hat für mich nichts mit Marktwirtschaft zu tun.

(Beifall bei der SPD)

Dem anderen Flaschenmilchhersteller in Sachsen, der Milchhof Leipzig, wurde von seiten der Treuhand das wichtigste Kapital für seine Zukunft entzogen: das einzige firmeneigene, am Rande von Leipzig gelegene Gewerbegrundstück. Wir werden im Anschluß an die Debatte noch zwei Anträge stellen. Danke.

(Beifall bei Bündnis 90/Grüne und SPD)

Präsident Iltgen: Ich bitte jetzt den Vertreter der SPD, hier zu sprechen. Bitte, Frau Dr.Wirth.

Frau Dr. Wirth, SPD: Sehr geehrter Herr Präsident! Meine sehr verehrten Damen und Herren! Der Hülsemeier-Bericht (?) hat eine unzweideutige Einschätzung der Chancen der ostdeutschen Milchindustrie gegeben. Kaum eine der ostdeutschen Molkereien soll überlebensfähig sein. Die Gründe sind hinreichend genannt worden. Das SML hat sich dieser Auffassung angeschlossen und orientiert seine Molkereienpolitik auf die Schaffung von zwei Molkerei-Zentren in Sachsen. Vier Werke sollen insgesamt gefördert werden. Das bedeutet das sichere Aus für die kleinen selbstständigen und leider auch unrentablen Molkereibetriebe. Großmolkereien haben zweifelsfrei viele Vorteile, die wirklich evident sind. Aber es gibt eine Reihe von Nachteilen, die man als die Vorteile der kleinen Molkereien benennen sollte.

Kleine Molkereien haben einen starken regionalen Bezug, der es ihnen ermöglicht, die so oft beschworene regionale Besonderheit als ein Qualitätszeichen auf den Markt zu bringen. Durch eine Vielzahl eigenständiger Produktionsstätten erhöht sich natürlich auch die Vielfalt der Produkte. Kleine Molkereien vermeiden eine weitere Belastung unserer Umwelt durch unnötige Transporte. Diese Vorteile decken sich mit den Vorstellungen der SPD zu einer alternativen Milchwirtschaftspolitik.

Das Frischmilchangebot in den Regionen muß verstärkt werden. Die Verpackung der Milch sollte endlich in ökologischen Verpackungen erfolgen: als Mehrwegflaschen, in Frischmilch-Automaten in den Geschäften. Die Verwertung der Milchquote sollte in der Region geschehen. Die Entwicklung von regionalen Angeboten kleinerer Produzenten müßte gefördert werden. Fremdenverkehrsorte sollten Frischmilchangebote aus der Region verstärkt bekommen, und aus regionaler Produktion und vom Bauernhof sollten Käse- und Milchprodukte angeboten werden.

Der Zusammenschluß der Bauern zu Erzeugergemeinschaften muß endlich stattfinden, um ihre Interessen gegenüber den meist übermächtigen Abnehmern zu wahren. Es gibt zwei Wege für die sächsischen Molkereien: entweder Bankrott oder Fusion mit Großmolkereien aus den Altbundesländern. Das ist allerdings nur ein aufgeschobenes Todesurteil. So wird es den Molkereien in Torgau, Oschatz, Niesky und Döbeln ergehen. Aus sogenannten betriebswirtschaftlichen Gründen wird dort kaum noch produziert. Die Beschäftigten sind bei einer Nacht-Nebel-Aktion einfach entlassen worden.

Die Milch wird als billigster Rohstoff in die Altbundesländer über viele Kilometer gefahren und dort mit gutem Gewinn verkauft oder in veredelter Form angeboten. Außerdem verdichtet sich die Befürchtung, daß Sachsen hauptsächlich - und hören Sie zu, meine Damen und Herren - als Milchlieferant interessant ist, die Investition vor Ort aber bewußt hinausgezögert wird, und das ist auch die Aussage unseres Staatssekretärs Herrn Haschke.

(Beifall bei der SPD)

Am Investitionsort der Sachsen AG Leppersdorf ist außer der Grundsteinlegung nichts passiert. Die Bauern haben mit ihren Milchpfennigen 20 Millionen DM beigetragen. Die, sollte man bösen Zungen glauben, in die H-Milch Strecke in Dresden investiert worden seien. Wir Sachsen wollen aber keine denaturierte H-Milch mehr in den Tüten, sondern ernährungsphysiologisch hochwertige Frischmilch in Mehrwegflaschen, die man leider in den Geschäften vergeblich sucht.

(Anhaltender Beifall bei SPD, F.D.P und Linke Liste/PDS)

Und nun zu der „Moritei" Radeberg. Die Radeberger nutzten geschickt die Konkurrenz der westdeutschen Großmolkereien um die sächsische Milchquote aus. Sie haben mit ihrem Kampf um die Existenz einen Beitrag zur Belebung der Konkurrenz in Sachsen geleistet. Das ist von großer Bedeutung für unsere Bauern. So ist der Milchpreis von 38, 40 Pfennigen im Vorjahr auf immerhin 55 bis 57 Pfennige geklettert. Die Radeberger haben bereits ein regionales Markenzeichen, das für uns Sachsen spricht. 1880 produzierte Agathe Zeitz (?) den ersten deutschen Camembert, den sogenannten Clausnitzthaler.

Radeberg und überlebenswillige Molkereien sind aber noch nicht aus dem Schneider. Der Kuhhandel mit ihnen geht weiter, und ihre Verhandlungspositionen stehen auf sehr kurzen Beinen. Die Ursachen sind hinreichend bekannt.

Wir möchten das Staatsministerium auffordern, diese kleinen Unternehmen mit ihren Konzepten bei der Treuhandanstalt zu unterstützen. Wir fordern mehr Flexibilität in der Vergabe von Fördermitteln. Das künftige Profil eines ökologisch ausgerichteten Marktes mit regionalem Charakter gibt diesen Unternehmen vielleicht eine kleine Chance. Fördern Sie nicht die Monopolisierung mit Steuergeldern, fördern Sie diejenigen, die es nötig haben! .- Danke.

(Beifall bei SPD und Linke Liste/PDS)

Präsident Iltgen: Bitte jetzt eine Vertreterin der Fraktion der F.D.P., Frau von Fritsch.

Frau von Fritsch, F.D.P.: Her Präsident! Meine sehr verehrten Damen und Herren! Mit der Währungsunion am 1.7.1990 begannen die Absatzschwierigkeiten der Produktketten auch der sächsischen Molkereien! Einheimische Produkte waren plötzlich nicht mehr gefragt. Schnelles und marktgerechtes Handeln mußte von den Molkereigenossenschaften erfolgen. Viele milchverarbeitenden Betriebe hatten den Mut zu Investitionen für Rekonstruktionsarbeiten, zur Umstellung ihrer Produktlinien oder zur Einführung neuer Verpackungslinien. Wer den Mut zu Investitionen hatte, der mußte nun noch mehr Geld auftreiben. Das war und ist für die meisten Molkereien wohl der größte Stolperstein auf dem Weg in die Marktwirtschaft.

Einige Beispiele aus meiner Erfahrung:

Die Molkereigenossenschaft Delitzsch hatte bereits vor der Wende eine sehr gute Joghurtproduktion aufgenommen, die den Verbraucher sowohl von der Produktqualität wie von der Verpackung her ansprach. Nach der Währungsunion brach auch hier der Markt zusammen, und wie so vielen Produzenten gelang nicht rechtzeitig der Einstieg in die Listung der Marktketten. Trotz einiger Millionen Mark Kredit, trotz Personalabbau und trotz zunächst gefundenem Partner aus den Altbundesländern gelang es nicht, schwarze Zahlen zu schreiben. Die Molkerei hat Anfang dieses Jahres den Konkurs angemeldet. Die Milchlieferanten warten auf das von 50 Tagen ausstehende Milchgeld - rund 1 Million DM, darunter ein Wiedereinrichter, der eine Forderung von 16.000,- DM Milchgeld hat. Der Konkurs der milchverarbeitenden Betriebe bringt mutige Wiedereinrichter in arge finanzielle Bedrängnis.

Als weiteres Beispiel sei von mir ebenfalls die Molkereigenossenschaft Radeberg angeführt. Hier stehen neben den finanziellen Problemen - die sollten auch in Radeberg nicht verschwiegen werden - die aus ehemaligen Umlaufmittelkrediten resultierenden noch ungeklärten Fragen des Eigentums an Grund und Boden.

Als drittes und letztes Beispiel die Molkerei Milchwerke Sachsen e.G. Torgau/Mügeln/Oschatz: Auch hier waren es finanzielle Probleme bei Rekonstrukions- und Investitionsmaßnahmen, die zu einer verzögerten Produktaufnahme führten, die die Nichtlistung in den Marktketten nach sich zog, sodaß nur geringe Preise am Markt erzielt werden konnten. Die landwirtschaftlichen Erzeugerbetriebe erhielten nur einen Grundpreis von 44 Pfennigen je Liter Milch. Die Molkerei war nicht einmal mehr in der Lage, diesen Preis ordnungsgemäß auszuzahlen. Der Konkurs für Mai dieses Jahres war abzusehen.

Genug der Beispiele.

Am 25. Juni vergangenen Jahres -Frau Müller nannte auch schon diesen Termin - waren die Mitglieder des Ausschusses für Landwirtschaft, Ernährung und Forsten zu einer Informationsveranstaltung des Staatsministeriums zum Thema „Bericht des Staatsministeriums zu den Konzeptionen für die Verarbeitungsindustrie" eingeladen. Uns Abgeordneten wurde - und das merken wir spätestens jetzt - sehr deutlich das Todesurteil vieler verarbeitender sächsischer Betriebe als Konzept der Staatsregierung vorgetragen.

(Beifall bei F.D.P. und Linke Liste/PDS)

Denn das Konzept sah lediglich für eine Übergangszeit mehr als 5 Molkereien im Freistaat vor.

Wen das Sterben der mittelständischen einheimischen Unternehmen jetzt noch wundert, dem sei gesagt, daß die Gründung der Konzeption der Staatsregierung ein

Gutachten eines Kieler Institutes ist. Auch so können die Spielregeln der Marktwirtschaft festgelegt werden.

Die von mir genannten Beispiele weisen Gemeinsamkeiten auf: Die Betriebe beantragen beim Staatsministerium Fördermittel. Sie erhielten keine Fördermittel, denn sie wurden als nicht förderungsfähig eingeschätzt. Fast auschließlich erhalten Molkereien den guten Rat, mit westdeutschen Partnern zusammenzugehen. Letzteres oder der Konkurs ist das Programm der Regierung.

Die F.D.P.-Fraktion gibt sich damit nicht zufrieden. Wir wollen Chancen für die sächsischen Unternehmen sichergestellt sehen. Wir wollen sächsische Milch, die nicht überall „Müller" heißt!

(Beifall bei der F.D.P., SPD und Linken Liste/PDS)

Lassen Sie mich trotz aller Kritik mit einem sächsischen, würzig duftenden Lichtblick enden: Ich freue mich sehr, daß es einer kleinen Familienkäserei aus meinem Landkreis Delizsch gelungen ist, zum einen 40 Jahre Sozialismus zu überleben, und daß es ihr gelungen ist - ich möchte Namen ja hier nicht nennen -, inzwischen Sachsen mit seinen Produkten auf der Grünen Woche zu repräsentieren.

(Beifall bei der F.D.P., SPD und Linken Liste/PDS)

Präsident Iltgen: Danke schön. - Ich bitte jetzt den Vertreter von Linke Liste/PDS, Herrn Wehnert, hier zu sprechen.

Wehnert, Linke Liste/PDS: Herr Präsident! Meine Damen und Herren! Milch soll müde Männer munter machen. Wenn aber Milchbauern das Melken aufgeben müssen, ist es schlecht um die Munterkeit der Müden eines Landes bestellt. Demgegenüber hat die westdeutsche Nahrungs- und Genußmitelindustrie bei den Investitionsausgaben 1991 einen munteren Zuwachs von 17% auf 10,1 Milliarden Mark, und einen weiteren Zuwachs für 1992 bei der nominellen Steigerung von 10% ist vorgesehen. Genannt wurden als muntere Ursache - ich zitiere - „die Kaufwelle der ostdeutschen Konsumenten, die der Ernährungsindustrie schnellsteigende Auftragseingänge und höhere Auslastung ihrer Produktionskapazitäten bringen. Damit gehören diese Branchen zu den größten Gewinnern der deutschen Vereinigung." - Berichterstattung Statistisches Bundesamt.

Im krassen Widerspruch steht die Tatsache, daß durch unzureichende Infrastrukturen und mangelhafte soziale Regelungen die Bauern eben nun zu den Verlierern der deutschen Einheit gehören werden.

Der Rückzug des Kuhbestandes von 465.100 Stück im Lande Sachsen seit dem 1.1.1990 auf 299.000 Stück - das sind 166.000 - bei einem Milchaufkommen von 2,11 Millionen Tonnen - man muß ja immer bei 3,7% Fett umrechnen, damit man vergleichbar ist - gegenüber 1,39 Millionen Tonnen - das sind 720.000 weniger - und die nunmehr vorgesehene Erfassungs- und Verarbeitungskapazität im Freistaat Sachsen mit rund 1,5 Millionen Tonnen - auch wieder bei 3,7% Fett - bedeuten letztendlich - und hier wollen wir mal gemeinsam rechnen: Wenn eine Kuh nach dem Deckungsbeitrag 5.000 Liter bringen muß - das allerdings bei 76 Pfennigen -, dann können wir in Sachsen nur noch 270.000 Kühe halten, also 20.000 weniger. Da wir aber keine 76 Pfennige bekommen, sondern nur 55, muß sie 6.000 Liter bringen, und das bedeutet einen weiteren Abbau um 49.000 Stück.

Es bleibt die Frage zu stellen, daß mit den Molkereien, wie sie gegenwärtig angedacht sind, ein größerer Teil für das Funktionieren im ländlichen Raum und die notwendige Verbindung von Agrarproduktionen und Veredlung zerstört wird und damit Arbeitsplätze - der Minister sagte - von 49 - und gegenwärtig angedacht - auf 7 verringert werden. Also nur einige Räume haben das Überleben. Und zweitens geht es um die Frage der Umverteilung der Gewinne zuungunsten der Landwirtschaft. Und deshalb bleibt als einzige Alternative offensichtlich - heute bereits mehrmals gesagt - die Bildung von Erezeugergemeinschaften. Aber hier hemmt ja auch das Marktstrukturgesetz, was ich schon mehrfach geäußert habe, weil uns Fördermittel dort diesbezüglich eben nicht zur Verfügung gestellt werden können. Und ich glaube, es ist notwendig, daß wir erkennen, daß es darauf ankommt, die Landwirtschaft nicht mehr als bloßen Rohstofflieferanten zur Meisterung der Überschußproduktion an Agrarerzeugnissen im EG-Raum oder zum gleichen Wettbewerb zwischen einer Vielzahl von Bauern einerseits und wenig konzentrierten Abnehmern anderseits zu machen. Für die Bauern besteht eben die Alternative nur darin, daß die Landwirtschaft ihre Rohstoffe schrittweise mit größerem Anteil selbst be- und verarbeitet und so als Lieferant veredelter Erzeugnisse wirkt.

Meine Damen und Herren! Erstaunlich ist, was gestern das Bundesministerium in der Presse veröffentlichte - man kann es nachlesen. Es heißt dort: Die Ursachen für den Rückgang im Zusammenhang mit der Garantiemengenregelung der EG sind darin zu finden, daß der Abbau der Kuhbestände und die Umstrukturierung der Landwirtschaft in den neuen Bundesländern stattfinden. Gleichzeitig heißt es: Damit ist sicher, daß die den neuen Bundesländern zugestandenen vorläufigen Milchquoten von 6,2 Millionen Tonnen für den Zeitraum April 1991 bis März 1992 bei weitem nicht ausgeschöpft werden.

Wenn man weiß, daß die neuen Bundesländer nur ein Fünftel der Milchmengenregelung haben, die Bayern hat, kann man Ausmaß und Größe eigentlich absehen.

Da hier viele Beispiele zu den gegenwärtigen Gegebenheiten in Sachsens Milchwirtschaft genannt worden sind, ein paar Bemerkungen zu Südmilch oder, besser gesagt, zur deklarierten Sachsenmilch, die aber nur 49% Anteile hat, 3 % hat Langengold (?), und 48% besitzt Südmilch.

Am 5. Dezember erhielt dieser Milchgigant die Zulassung zum Aktienhandel, gepriesen als „Sachsenmilch". Die Banken stellten Zurückhaltung der Anleger fest und äußerten, der ostdeutschen Aktie mangele es an Phantasie. Während mit Dividenden für die Aktionäre - sprich die Bauern - erst in fünf Jahren zu rechnen ist, wurde der Vorstandsvorsitzende der Südmilch AG, Wolfgang Weber, im Dezember 1991 wegen Steuerhinterziehung in Höhe von 4,8 Millionen DM in Stuttgart angeklagt.

(Zuruf von der CDU)

Wem haben sich da die sächsischen Bauern ausgeliefert!

Meine Damen und Herren! Wenn wir Wert auf die Landwirtschaft in Sachsen legen, dann muß man erkennen, daß die Landwirtschaft nicht dann erst zu würdigen ist, wenn es sie nicht mehr gibt!

(Beifall bei Linke Liste/PDS)

Präsident Iltgen: Ich bitte jetzt einen Vertreter der CDU, hier zu sprechen. Herr Kockert, bitte!

Kockert, CDU: Sehr geehrter Herr Präsident! Meine Damen und Herren Abgeordnete! Wir sprechen über die Förderungsfähigkeit unserer milchverarbeitenden Industrie im Lande Sachsen, und ich lege das Gewicht auf die Worte Fähigkeit und Würdigkeit. Auf der Seite der Opposition - und das zieht sich wie ein roter Faden hindurch - wird hier etwas vermengt, nämlich soziale Probleme, die es draußen überall im ländlichen Raum durchaus gibt, sei es bei den Bauern, sei es in der milchverarbeitenden Industrie, und Marktwirtschaft. Und genau das ist ein Kardinalfehler, den wir als CDU nicht mitgehen.

(Beifall bei der CDU)

Als erstes spreche ich über die Betriebe der milchverarbeitenden Industrie und ihre Zukunft in Sachsen. Wir freuen uns erst einmal, daß wir in der vergangenen Woche Sachsen auf der Grünen Woche erleben durften. Wir haben da einen entscheidenden Impuls bekommen, der durch den Minster bestätigt wurde. Die Leute wollen sächsisch kaufen, das heißt, der Markt in Sachsen ist da. Das ist eine Voraussetzung, um hier Unternehmen anzusiedeln.

(Beifall bei der CDU)

Punkt 2. Die CDU setzt sich in der ganzen Breite dafür ein, daß unsere Produkte an Ort und Stelle verarbeitet werden, also auch von Sachsen für Sachsen verarbeitet werden.

(Beifall bei der CDU)

- Keine Zwischenfragen! -

Punkt 3. Nur hochmoderne Betriebe garantieren Qualität, können mit EG-Standard arbeiten und sichern letztlich einen annehmbaren Preis für die entsprechenden Erzeuger, seien es Bauern, Wiedereinrichter oder andere Formen des bürgerlichen Rechts in unseren Betriebsformen.

Ich denke, wenn wir so an die Sache herangehen, sind erst einmal Prämissen gesetzt, wie wir uns hier in Sachsen die milchverarbeitende Industrie vorstellen. Die CDU geht voll mit der Staatsregierung mit, hier vier oder fünf Standorte zu schaffen, die in der Lage sind, diesen Aufgaben gerecht zu werden.

Sicher ist es so, Frau Dr. Wirth, daß wir über die Wiederverwendung von Mehrwegflaschen sprechen werden, daß die Anteile von Frischmilch erhöht werden. Das wird der Verbraucher bestimmen. Wir sind auch überzeugt davon, daß in Zukunft der H-Milchanteil zurückgehen wird, keine Frage! Aber wenn wir uns dabei aufhalten wollen zu sagen, daß die Wiederverwendungsflaschen aus umwelttechnischen Gründen besser sind, dann weiß ich zum Beispiel, daß derzeit im Staatsministerium Untersuchungen laufen, welche wirklich der bessere Weg ist, zum Beispiel bei Müller-Milch. Eine Flasche muß ja auch gespült und gereinigt werden. Auch das belastet die Umwelt. Es wird weit gefahren, das braucht Dieselkraftstoff in Größenordnungen. Dieser ganze Prozeß muß genau untersucht und darf nicht pauschal abgetan werden.

(Zurufe aus der SPD: Das kann man schon nachlesen! Solche Untersuchungen gibt es!)

Jetzt zu meinem zweiten Schwerpunkt. Wir sagen: Monopolisierung der Betriebe. Ich sage: Wir, die CDU, werden alles daran setzen, Erzeugerverbände, Erzeugergenossenschaften ins Leben zu rufen, zu stärken und zu fördern, so daß ein entsprechender Partner diesen großen Molkereibetrieben entgegengesetzt wird.

(Beifall bei der CDU und von einzelnen Abgeordneten der SPD)

Dann kann man wohl nicht so einfach mit den Erzeugern umspringen. Dann werden auch glasharte Bedingungen gesetzt. Ich konnte, als wir uns in Weilbronn (?) bei Südmilch aufgehalten haben, erfahren, daß die Vertragsgestaltung Mängel aufweist, daß sie selbstverständlich interessiert daran sind, mit vielen kleinen Unternehmern zu verhandeln. Aber wir sind für große Erzeugergemeinschaften, die einen Bestand von 10.000 Kühen hinter sich haben, dann kann man entsprechenden Druck ausüben.

Jetzt zum dritten Anliegen. Die CDU ist der Meinung, daß alle Fragen, die den sozialen Bereich angehen, sehr, sehr gründlich miteinander besprochen werden müssen. Es ist ganz dringend notwendig, daß im ländlichen Raum und für die Bauern sowie für die vielen, vielen Arbeitslosen, die jetzt über das Jahresende in die Arbeitslosigkeit gegangen sind und auch in Zukunft gehen werden, entsprechende Begleitung erfolgt. Nur werfen wir das nicht in einen Topf, wenn wir über Unternehmen sprechen.

Wir wollen keine alten Molkereien erhalten, nur damit Arbeitsplätze erhalten werden können. Das ist nie unsere Politik gewesen. In der ersten Runde ist dieses Thema schon von Frau Müller oder auch von Frau Fritsch angesprochen worden: das Landwirtschaftsanpassungsgesetz. Die Oppositionsparteien hätten das Landwirtschaftsanpassungsgesetz gern anders gesehen. Auch die CDU hätte es gern anders gesehen. Wir haben auch heute einen ganz anderen Standpunkt dazu.

(Beifall von Frau Dr. Wirth, SPD)

Wir haben zu Eigentumsfragen einen ganz anderen Standpunkt, als er derzeit vom Bund, von veschiedenen Bundesjuristen eingenommen wird.

(Zustimmung der Oppositionsfraktionen)

Im sozialen Bereich geht es in erster Linie darum, die ABM im ländlichen Raum zu verstärken, und zwar für einen begrenzten Zeitraum. Wir müssen die Kurzarbeit weiter nutzen. Wir müssen vor allem die Umschulung nutzen, um zu sichern, daß die Menschen eine Aussicht haben, neue Arbeitsverhältnisse einzugehen.

Präsident Iltgen: Herr Kockert, kommen Sie bitte zum Schluß!

Kockert, CDU: Wir sind grundsätzlich dagegen - jetzt ist der Faden weg. Ich danke für die Aufmerksamkeit.

(Beifall bei der CDU)

Präsident Iltgen: Entschuldigung! Aber die Zeit war um. - Meine Damen und Herren! Das Schlußwort halten jetzt die Einreicher. Ich bitte einen Vertreter der Fraktion Bündnis 90/Grüne, hier zu sprechen. Frau Müller, bitte!

Frau Müller, Bündnis 90/Grüne: Ich glaube, es ist deutlich geworden, daß alle Oppositionsfraktionen die von der Staatsregierung geplante Molkereistruktur nicht mittragen. Wir haben unsere Alternativvorstellungen ebenfalls hinreichend deutlich gemacht.

Ich möchte aber zum Schluß noch einmal die Art und Weise der Beantwortung der Großen Anfrage kritisieren. Erstens steht darin, daß die Mitglieder des Landwirtschaftsausschusses die Vorstellungen zustimmend zur Kenntnis genommen haben. Das stimmt nicht.

Es gab darüber eine sehr lange Diskussion, und es gab da sogar innerhalb der CDU-Fraktion unterschiedliche Meinungen.

Desweiteren muß ich kritisieren, daß in der Beantwortung der Großen Anfrage die Fördergeldempfänger uns nicht namentlich genannt wurden. Als Begründung wurden Datenschutzgründe angegeben. Datenschutz gibt es für private, personenbezogene Daten, nicht für Firmen, die Fördergelder in zweistelliger Millionenhöhe von Sachsen erwarten.

(Beifall bei Bündnis 90/Grüne; Unruhe bei der CDU)

Unser Datenschutzbeauftragter für Sachsen sitzt hier im Raum. Vielleicht kann er dazu auch noch einmal Stellung beziehen. Danke schön.

Präsident Iltgen: Danke. - Ich bitte jetzt den Vertreter der SPD. Wird das Wort gewünscht, Frau Wirth? - Wird nicht gewünscht.

Es liegen zur Großen Anfrage drei Anträge vor. Das ist einmal die Drucksache 1/1324. Dazu gibt es einen Änderungsantrg der CDU Drucksache 1/1321 und dann einen

Änderungsantrag der Fraktion Bündnis 90/Grüne Drucksache 1/1325. Wir behandeln zuerst den Änderungsantrag der CDU. Ich bitte um Antragsbegründung. - Geschäftsordnung? -

Frau Müller, Bündnis 90/Grüne: Eine Frage: Kann nicht der weitergehende Antrag zuerst behandelt werden?

Präsident Iltgen: Nein, zuerst muß der Änderungsantrag zu Ihrem Antrag behandelt werden.

Dr. Jahr, CDU: Herr Präsident! Meine sehr verehrten Damen und Herren! Die CDU ist der Auffassung:

1. Die Milchversorgung an den Schulen muß gewährleistet werden.

2. Diese Versorgung mit Milch hat, nicht zuletzt auch aus erzieherischen Aspekten, umweltgerecht zu erfolgen.

3. Verschiedene Systeme der Milchversorgung sind auf ihre Umweltverträglichkeit zu prüfen. Die Mehrwegflasche kann ein geeignetes Versorgungssystem darstellen.

4. Es scheint uns zweifelhaft, ob ein Zusammenhang zwischen Versorgungsgrad und Molkereigröße besteht.

Wir wollen deshalb der Staatsregierung nochmals eine Möglichkeit einer Stellungnahme einräumen und haben deshalb einen Änderungsantrag eingebracht, der wie folgt lautet:

Der Landtag wolle beschließen:

1. Die Staatsregierung wird aufgefordert, über den gegenwärtigen Einsatz von Mehrwegflaschen in der Frischmilchversorgung der sächsischen Schulen zu berichten.

2. Die Staatsregierung wird aufgefordert aufzuzeigen, welche Möglichkeiten für einen weitgehenden und flächendeckenden Einsatz von Mehrwegflaschen bei der Frischmilchversorgung in sächsischen Schulen gegeben sind.

Ich bitte um Zustimmung. - Danke.

Präsident Iltgen: Danke schön. - Wer möchte zu dem Antrag sprechen? Frau Müller, bitte.

Frau Müller, Bündnis 90/Grüne: Ich möchte dagegen sprechen. Wir möchten unseren Antrag in den Ausschuß überweisen, damit wir innerhalb des Ausschusses in Ruhe darüber diskutieren können. Ich denke, das kommt auch der CDU entgegen, und es reicht nicht, jetzt den Bericht der Staatsregierung abzuwarten. Die Staatsregierung ist im Ausschuß, und da können wir dann im Dialog über diese Dinge verhandeln.

Präsident Iltgen: Frau Müller, das hätten Sie aber früher machen müssen. Die Änderungsanträge liegen seit einiger Zeit aus, und Sie hätten dazu eigentlich Ihren Antrag früher zurückziehen müssen, nicht erst, wenn der Änderungsantrag aufgerufen und begründet ist. Das muß ich Ihnen sagen. - Bitte.

Frau Müller, Bündnis 90/Grüne: Ich wollte gegen den Änderungsantrag stimmen und habe das erklärt, also die Gegenrede.

Präsident Iltgen: Das können Sie natürlich.

Frau Müller, Bündnis 90/Grüne: Ich möchte einfach noch einmal bestärken, daß wir unseren Antrag hier zur Diskussion stellen wollten. Der ist ja sonst für uns weg. Das wollte ich bloß noch dazu sagen.

Präsident Iltgen: Wir müssen jetzt über den Änderungsantrag abstimmen, und wenn dem zugestimmt wird, dann ist Ihr Antrag gegenstandslos, das stimmt. - Möchte noch jemand zu dem Änderungsantrag Drucksache 1/1324 sprechen? Ja bitte, Herr Gerlach.

Gerlach, SPD: Wir möchten uns eigentlich, da der Antrag der Fraktion Bündnis 90/Grüne weitergeht als der Änderungsantrag, der von der CDU hierzu gekommen ist, für den Antrag der Fraktion Bündnis 90/Grüne aussprechen. Wir wissen natürlich, daß der Änderungsantrag als erster abgestimmt werden muß. Für uns wäre es auch die bessere Lösung, wenn beide Anträge, sowohl der Grundantrag als auch der zugehörige Änderungsantrag, in die Ausschüsse kämen. Jetzt haben wir nur die Möglichkeit, mit ja oder nein bzw. Enthaltung stimmen zu können. Aber der Änderungsantrag wird entweder angenommen oder abgelehnt, und dann müssen wir auch über den anderen abstimmen. Im Ausschuß hätten wir noch einmal die Möglichkeit, Argumente auszutauschen, was wir hier im Plenum nicht mehr können.

Präsident Iltgen: Bloß, Herr Gerlach, solche Dinge müssen vorher geklärt werden. Die können wir jetzt nicht mitten in der Abstimmung klären. Ich muß jetzt diesen Änderungsantrag zur Abstimmung bringen. Er lautet, hier im Plenum abgestimmt zu werden, nicht in den Ausschuß zu verweisen. - Geschäftsordnungsantrag.

Leroff, CDU: Herr Präsident: Da die Geschäftsordnung es durchaus erlaubt, die Anträge zu überweisen, und wir nunmehr feststellen müssen, daß Sie sicherlich zu Recht darauf verweisen, daß sowohl...

Präsident Iltgen: Das ist nicht richtig so. Das sind Anträge zur Großen Anfrage, und die müssen jetzt hier entschieden werden. Dann hätte der Antrag anders lauten müssen.

Ich bringe jetzt den Änderungsantrag 1/1324 zur Abstimmung. Wer diesem Änderungsantrag seine Zustimmung geben möchte, den bitte ich um das Handzeichen. - Danke schön. Wer ist dagegen? - Wer enthält sich der Stimme? - Bei einer Reihe Gegenstimmen und Stimmenthaltungen ist dem Änderungsantrag mehrheitlich zugestimmt worden. Damit ist die Drucksache 1/1321, Antrag der Fraktion Bündnis 90/Grüne, gegenstandslos. - Ich rufe jetzt den Antrag Drucksache 1/1325 der Fraktion Bündnis 90/Grüne auf. Ich bitte um Antragsbegründung.- Bitte, Herr Gerlach.

Gerlach, SPD: Ich wollte noch eine Erklärung zum Abstimmungsverhalten abgeben. Ich möchte erklären, weshalb die Fraktion der SPD sich hier der Stimme enthalten hat. Ich hatte vorhin schon angedeutet, daß es uns nicht ...

Präsident Iltgen: Sie können nur zu Ihrem eigenen Abstimmungsverhalten sprechen, nicht zur Fraktion.

(Zurufe von der SPD: Nein! Geschäftsordnung!)

Gerlach, SPD: Das ist mir jetzt neu. Aber Sie sind der Präsident. Sie müssen das entscheiden.

Präsident Iltgen: Das Abstimmungsverhalten Ihrer Fraktion war unterschiedlich, das war nicht einheitlich. Deswegen bitte ich Sie, jetzt zu Ihrem eigenen Abstimmungsverhalten Stellung zu nehmen.

Gerlach, SPD; Dann kann ich nur mein eigenes Abstimmungsverhalten hier begründen: Ich habe mich der Stimme deshalb enthalten, weil es nicht darum geht, daß wir den Antrag der CDU so schlecht finden, daß er abgelehnt werden müßte, aber der Antrag der Fraktion Bündnis 90/Grüne ist der weitergehende. Es ist schade, daß mit dieser Abstimmung das Anliegen der Fraktion Bündnis 90/Grüne unter den Tisch gefallen ist.

(Vereinzelt Beifall bei der SPD)

Präsident Iltgen: Danke schön. - Gibt es weitere Wortmeldungen zum Abstimmungsverhalten? Dann bitte ich jetzt Frau Müller, den Antrag Drucksache 1/1325 zu begründen.

Frau Müller, Bündnis 90/Grüne: Sehr geehrter Herr Präsident: Werte Anwesende! Wir möchten die Staatsregierung bitten, die Vergabe von Fördermittel für die Verbesserung der Marktstruktur an die bayerische Firma Müller-Milch an die Bedingung zu knüpfen, daß der Produktionsstandort Mittelsachsen bis zur Inbetriebnahme der neuen Molkerei erhalten und die kürzlich vollzogene Massenentlassung zurückgenommen wird.

Zur Begründung - ich bin vorhin schon kurz darauf eingegangen: Es sind wirklich über Nacht, wie es Frau von Fritsch sagte, 255 Beschäftigte dieser Firma entlassen worden. Die Firma fungiert zur Zeit nur noch als Milchsammelstelle, bevor dann die Milch in Italien, Belgien, Holland weiterverarbeitet wird. Sachsen wird damit - und das ist ja für viele Bereiche symptomatisch - zum billigen Rohstofflieferanten degradiert, obwohl die entsprechenden Produktionsstätten da sind. Die Mittelsächsischen Milchwerke waren eine Genossenschaft. Diese Genossenschaft war verschuldet. Aber Müller hat ja nur diese Produktionsstätten gepachtet, und er hat sehr wohl die Möglichkeit, die Produktion weiterzuführen, zumal erst kürzlich in neue Ausrüstungen investiert wurde und auch genügend Absatz vorhanden war. Die Entlassungen dieser Molkerei sind zum großen Teil Frauen, darunter Schwangere, Mütter mit Kleinkindern und Behinderte.

Außerdem befindet sich dieser Betrieb in der Region mit der zweithöchsten Arbeitslosigkeit. Das Land will umfangreiche Fördermittel an die Firma Müller-Milch vergeben. Dann kann es auch bestimmte Bedingungen stellen. Das hat überhaupt nichts mit Sozialismus zu tun, sondern wir meinen, wer den Ton angibt; der macht auch die Musik. Es ist bei anderen Förderprogrammen genauso, daß daran umfangreiche Bedingungen geknüpft werden. Es kann doch nicht sein, daß der Transport der Milch durch ganz Europa billiger ist als die Aufrechterhaltung der Produktionsstandorte hier.

(Beifall bei Bündnis 90/Grüne, SPD und Linke Liste/PDS)

Ich würde die Staatsregierung wirklich bitten, sich diesen Antrag zu überlegen und ihm zuzustimmen. Wir können uns doch nicht einem Unternehmen so ausliefern und dann noch so viel Geld hineinstecken. Danke schön.

(Beifall bei Bündnis 90/Grüne, SPD und Linke Liste/PDS)

Präsident Iltgen: Danke schön. Möchte jemand zu dem Antrag sprechen? Herr Dr. Jahr, bitte.

Dr. Jahr, CDU: Herr Präsident: Meine sehr verehrten Damen und Herren: Frau Müller und die Müller Milch - ich sehe hier ein deutliches Zeichen des Beginns einer großen Leidenschaft.

(Vereinzelt Gelächter)

Die CDU-Fraktion lehnt den Antrag von Bündnis 90/Grüne ab. Dazu folgende kurze Begründung: Ad-hoc-Verfahren sind zwar medienwirksam, sie bewegen aber in der Sache nichts. Wichtig auch in dieser schwierigen sozialen Situation sind Gespräche vor Ort und nicht Ferndiagnosen. Ferndiagnosen sind oberflächlich und führen oft zu schlechten Schlußfolgerungen. Beispielsweise sprechen Sie von 250 Beschäftigten in der Molkerei, aber Sie vergessen andererseits, daß es hier um ein Vielfaches bäuerlicher Existenzen geht.

Vielleicht noch ein paar Worte zur vorangegangenen Aussprache. Wir müssen davon ausgehen, Frau Müller, daß der Weltmarkt für Milchprodukte in absehbarer Zeit geöffnet wird. Joghurt aus den USA wird dann in Dresden kein Fremdwort mehr sein, und in den USA beträgt der Milchauszahlungspreis weniger als 45 Pfennig pro Liter. Wir müssen uns dieser Konkurrenz stellen, und wir können uns dieser Konkurrenz nur stellen mit dem Aufbau einer effizienten Molkereistruktur. Bitte vergessen Sie das nicht!

(Beifall bei der CDU)

Ich empfehle Ihnen deshalb, diesen Antrag abzulehnen.

Präsident Iltgen: Danke schön. - Möchte noch jemand zu dem Antrag sprechen? Das ist offensichtlich nicht der Fall. Dann bringe ich die Drucksache 1/1325, Antrag der Fraktion Bündnis 90/Grüne, zur Abstimmung. Wer diesem Antrag seine Zustimmung geben möchte, den bitte ich um das Handzeichen. - Danke schön. Wer ist dagegen? Danke schön. Wer enthält sich der Stimme? -

(Zurufe: Auszählen!)

Ich würde dann doch bitten, daß die Zähler hier in Aktion treten.

(Wiederholung der Abstimmung mit Auszählung)

Bei 46 Ja-Stimmen, 59 Nein-Stimmen und 12 Enthaltungen ist der Antrag von Bündnis 90/Grüne damit abgelehnt.

Meine Damen und Herren! Die Behandlung der Großen Anfrage ist damit beendet. Wir treten jetzt ein in eine Mittagspause bis 14.10 Uhr. Ein Geschäftsordnungsantrag?

(Frau Müller, Bündnis 90/Grüne: Mir steht als Einbringer das Schlußwort zu.)

- Nein, ein Schlußwort nicht. Sie können eine Erklärung zu Ihrem Abstimmungsverhalten jetzt noch geben.

Frau Müller, Bündnis 90/Grüne: Ich meine, daß damit nicht, wie die CDU das vorgegeben hat, bäuerliche Existenzen gefährdet würden. Im übrigen muß ich es außerordentlich bedauern, daß die Abstimmung hier wiederholt wird, um auszuzählen. Ich habe sehr wohl gesehen, wie Herr Dr. Jahr und einige andere Mitglieder des Landwirtschaftsausschusses hier noch herumliefen. Ich muß mein außerdordentliches Bedauern über diese Verfahrensweise ausdrücken.

(Beifall bei Bündnis 90/Grüne und SPD)

Präsident Iltgen: Danke schön. - Wir treten jetzt ein in die Mittagspause.

(Unterbrechung von 13.07 Uhr bis 14.13 Uhr)

Zusammensetzung des Sächsischen Landtags:
Präsident: Erich Iltgen (CDU)
CDU-Fraktion (92 Sitze) Vors. Gerbert Gollasch
SPD-Fraktion (32 Sitze) Vors. Dr. Karl-H. Kunckel
Fraktion Linke Liste/PDS (17 Sitze) Vors.Klaus Bartl
Fraktion Bündnis 90/Grüne (10 Sitze) Vors. M.Böttger
F.D.P.-Fraktion (9 Sitze) Vors. Dr.Günter Kröber

ELEKTRO- und SOLARAUTOS
in Europa

Aktueller Sachstand der Technik bei
- Antrieb
- Batterien und Fahrgastzelle
Erscheint als Loses Blatt Werk mit
laufenden Aktualisierungen

Jetzt zum günstigen Subskriptionspreis von DM 68,-
(gültig bis zum 31.8.1992)
danach DM 98,-

ca. 250 Seiten, reich bebildert, mit Vorstellung von allen auf dem Markt befindlichen Modellen,
Preisangaben, Lieferanschriften, Solar-Tankstellen
und weiteres mehr

LEDERMANN VERLAGSGES. mbH
Schulstr. 6, 8939 Bad Wörishofen
Telefax: 08247/31300

Aus dem gleichen Verlag lieferbar:

LICHT UND FARBE AM ARBEITSPLATZ

von Dr. Heinrich Frieling

Licht und Farbe in ihrer Raumkonzeption sind für den Arbeitsplatz untrennbar:
Licht und Farbe gewährleisten optimale Wahrnehmung, Sicherheit und Ordnung.
Licht und Farbe wirken über den Organismus und seine vegetativen Funktionen auf das Psychische, schaffen das Raumbewußtsein und lenken das Verhalten.
Es werden Beispiele der wichtigsten Produktionsstätten übersichtlich mit detaillierten Anregungen gebracht.
Ein Beitrag zur Humanisierung der Arbeit, die hier nicht nur Schlagwort oder Alibi ist.
Es geht um den ganzen Menschen mit seinem berechtigten Anspruch innerhalb unseres technischen Leistungszeitalters.

190 S. farbige Abbildungen, DM 98,—, ISBN: 3-923227-00-0

JOJOBA - Ein hochwertiges Pflanzenöl aus der Wüste

von Axel Schwab

Ein unscheinbarer Wüstenstrauch mit Namen Jojoba eröffnet neue Perspektiven. Er produziert wertvolle Rohstoffe, die nicht bis zur Erschöpfung abgebaut, sondern Jahr für Jahr geerntet werden.
Erst 1933 entdeckten zwei Forscher der Universität Arizona, daß das Jojoba-Öl eine erstaunliche Ähnlichkeit mit dem aus den Stirnhöhlen der Pottwale gewonnenen Walrat aufweist.
Die Nachfrage nach diesem Walrat stieg schnell an, da die moderne Technologie die Entwicklung hochtouriger Präzisionsmaschinen ermöglicht hatte.

90 S. DM 25,— ISBN: 3-88748-002-3

LEDERMANN VERLAGSGES. mbH
Schulstr. 6, 8939 Bad Wörishofen
Telefax: 08247/31300